JN208319

中国古典叢林散策

中鉢雅量遺稿集

汲古書院

1998 年名古屋外国語大学研究室にて

序

永年の親友だった中鉢さんが一昨年４月に亡くなられた。人生の暮を迎えて、親友の死ほど、孤独感をつのらせるものはない。最初に逢ったのは、1973年、実に40年を超える親交だった。自分のことを最もよく知ってくれている学問の知己がこの世から消えたのである。老いの身に言い知れぬ孤独感が迫ってくる。

振り返ってみると、中鉢さんの人生と学問は、私との類似点が少なくない。大学を出てから、永く高校の教師をやり、苦労して学問の道をたどったこともその一つである。古人の文学を読み解く読書の学に精進しながら、一方では文学が生まれる場を重視し、現場に行き、現場を見るという姿勢を貫かれた。中鉢さんは、考証学の本場、京都大学に学ばれた。文章の片言隻句から作者の心情を読み取る厳格な学風は、京都の先生方から学ばれたものである。しかし、明窓浄机を離れて現場を見に行くという作風は、おそらく京都で学ばれたものではなく、中鉢さん独自のものといわなければならない。中鉢さんは、幼少期より宮城県の北部、岩手県よりの奥深い山村で成長され、この地の高校から、難関校の京都大学に入られた。もとより恵まれた才能に負うことは言うまでもないが、特に中国文学科を選ばれたのは、土井晩翠の「星落つ、秋風五丈ケ原」に魅せられてからとうかがっている。山村で育ったが故に、蕭条たる五丈が原の心象風景に誰よりもに強く心を動かされたのではなかろうか。山を熟知し、野を熟知し、村の生活にも熟知され、これが土台となって柳田國男の遠野物語などにも親しまれるようになったのであろう。洗練された都市文化の代表である京都の学者には、民俗学の発想を持つ学者は多くはない。中鉢さんは、その希有な一人であり、文学を民俗のすそ野から見る視野の広い学者であった。主著の『中国の祭祀と文学』はその本領を見せた力作であり、また壮年期の『中国小説史研究——水滸伝を中心として』に見るように若いころから「水滸伝」の研究に打ち込まれたのも民間社会に視点を置いて文学作品を見る姿勢の反映である。

1970年代、中鉢さんは、愛知教育大に職を得られてから、地の利を生かして奥三河や南信濃に足を運ばれ、「花祭り」や「霜月祭り」などの民俗芸能を観察された。私は、このころ、文献に拠る中国演劇の研究に行き詰まりを感じ、中国との国交が復活したら、いつの日か中国に行って農村の祭祀演劇を見学したいと望んでおり、そのための予行演習として、しばしば近畿方面に出かけて、各地の宮座の調査を試みていた。中鉢さんはそれを知って、私を三信遠地区の民俗調査に誘ってくれたのである。寒い山間の集落で、徹夜で行われる祭りを見学し、疲れると商人宿の炬燵に入って暖をとり、体が温まると、また現場に出て行くという調子だった。私は、今でも冬になると、この地区の「花祭り」や、「冬まつり」を見に行く癖があるが、過疎化のために往年の賑わいを失った現場を見るたびに、中鉢さんと同行したころの昔の祭りの熱気を思い出すのが常だった。中鉢さんを失ったことは、私にとって、青春が遠く去ったことを意味している。これも免れない人生の無常ということであろう。

中鉢さんは、ライフワークというべき水滸伝研究を出版されたあとは、民間文学の宝庫である敦煌文献の研究に向かわれ、敦煌歌謡の分析や敦煌文献に見える初期禅宗（所謂「敦煌禅」）の研究に専念された。巻末のご家族の「あとがき」に見えるように、禅宗の研究は、晩年の中鉢さんの最大の研究テーマであった。その成果を一書にまとめる暇もなく急逝されたのは、惜しみても余りあることである。ただ幸い、この数年間、中鉢さんご自身がご自宅で、敦煌歌辞を読む読書会を主催され、その成果が『敦煌作品研究』と題する限定版の雑誌（1－3号）に発表されている。そこには、敦煌歌謡について中鉢さんが付けた訳注、及び10年ぐらい前から着手されていた敦煌禅に関する研究論文が残されている。また、中鉢さんご自身は、晩年に入って、専門論文よりは、一般向けの本の形で、中国の小説を解説したいという志を抱かれ、そのために『中国古典散策』と題する連載随筆を執筆中で、その原稿を筐底に蔵しておられた。

このたび、ご長女の朋子さんから、思いがけず、『中国古典散策』の原稿を示された。私としては、この原稿を見て、亡友に再会できたような喜びを感じるとともに、何とかこれを本の形にして世の中に残したい、と念願するに至った。

ただ、この連作自体が未完に終わっており、分量も一書を成すには十分でないという難問にぶつかり、しばらくの思案の結果、『中国古典散策』の原稿と、既刊の学術誌や『敦煌作品研究』に載る敦煌歌謡の訳注、敦煌研究の専著に対する書評、および禅宗関係の論文などを併せて『遺稿集』として刊行することとした。

本書は、遺稿を四部に分けて構成した。第一部には当初、中心に位置づけていた『中国古典散策』を置き、第二部には断片的ながら分かりやすく多様な興味深いテーマを持つ敦煌歌謡の訳注を並べ、第三部には、敦煌文献が生まれた場に対する中鉢さんの考察と、これに関連する専門書２点の書評を配した。第四部には、中鉢さんがこの10年来、思索を傾けられた敦煌禅についての論文を配した。本遺稿集の核心部分と言える第一部の『中国古典散策』には、中鉢さんが中国文学を専攻する契機となった諸葛孔明の「五丈が原」が取り上げられており、このテーマへの中鉢さんの深い関心が窺われる。第二部の『歌辞訳注』の中には、デ・ホロートや柳田國男に言及するなど、中鉢さんが民俗学に造詣の深かったことを示す精彩に富む発言が散見する。第三部では、敦煌変文の地理的背景を考察され、変文が必ずしも敦煌の一地域に限らず、山西省、河南省など中原地域を中心に広く華北一帯に演唱されたものと想定され、この文学形態が続く宋元時代の説唱歌文学の発展の基礎となったことを主張されている。また、敦煌文献の背景に関する専著２点を取り上げて紹介し批評されている。ここでは、まず変文を俗講の台本でなく、後人が記録した白話小説であるとする兪暁紅氏の研究を紹介し、その博捜の労を評価しながら、決め手になる資料的証拠を欠いていることへの不安を述べられている。また敦煌文献に見られる寺院の布教とその教科書を探究した伊藤美重子氏の分析を紹介し、著者が敦煌文献の生まれた場を重視する姿勢を高く評価するとともに、若干の文章の読みに一抹の不安がある点を指摘している。いずれも唐代の口語に通じた中鉢さんの見識を示すものと言える。第四部の敦煌禅に関する中鉢さんの論文３点については、門外の私に批評する資格はないが、禅宗の民衆的側面に焦点を当てた考察が多く、中鉢さんの民間文学を重視する視点が出ている。このように優れた文献学者にして民俗学者であった中鉢さんの本領は、短編の遺作を掇拾して成った本書の中にも紛れなく表れており、多くの点で後進を裨益すること大なるものがあると信ずる。

なお、本書の書名は第一部XからXVに対して中鉢さんご自身が付けられた総題から採ったものである。

2018年2月27日

田仲　一成
公益財団法人·東洋文庫 研究員
日本学士院会員
東京大学名誉教授

目　次

中国古典叢林散策

中鉢雅量遺稿集

第一部　中国古典散策

長い間親しんできた中国古典の中から思いつくままにテーマを選び、私見を綴ってみました。ほぼ2カ月に1回の割合でお送りします。ご一読賜れば幸いです。次回から数回にわたって諸葛孔明、曹操を取り上げる予定です。

I　望　郷

秦の始皇帝は紀元前221年に全中国を統一した。中国史上最初の統一国家である。しかし変革があまりにも急激であったため民衆の反感を買い、始皇帝の死後反乱が各地に起こった。各地の反乱はやがて項羽と劉邦の二大勢力に収斂されるが、最後に劉邦は項羽に勝って再び中国を統一し、以後約200年続く漢王朝を開いた（紀元前202年）。漢の高祖・劉邦は、後世の明王朝の創始者・朱元璋とともに庶民出身の皇帝として知られる。

漢は都を長安（今の西安）に置いた。高祖の父・太上皇（史書ではこう呼ばれる）は、長安の宮殿生活に不満で、故郷の豊（江蘇省、付図参照）に帰りたがった。しかし一応天下を平定したとはいえ、小規模な反乱はまだ各地に起こっていた。例えば淮南王黥布（げいふ）や陳豨（ちんき）の乱である。こんな状況で太上皇を豊に帰すわけにはいかない。困った高祖は長安の西の地に豊に似せて新たに街を作り、豊の民を移住させてそこに住まわせ、新豊と名付け（図１）、太上皇の安住の地としたという。

長く住んだ故郷を恋う話はわが国にもある。奈良県吉野郡十津川村は明治22年に大水害を被り、被災者の多くが北海道に入殖して新十津川村を建設した（現

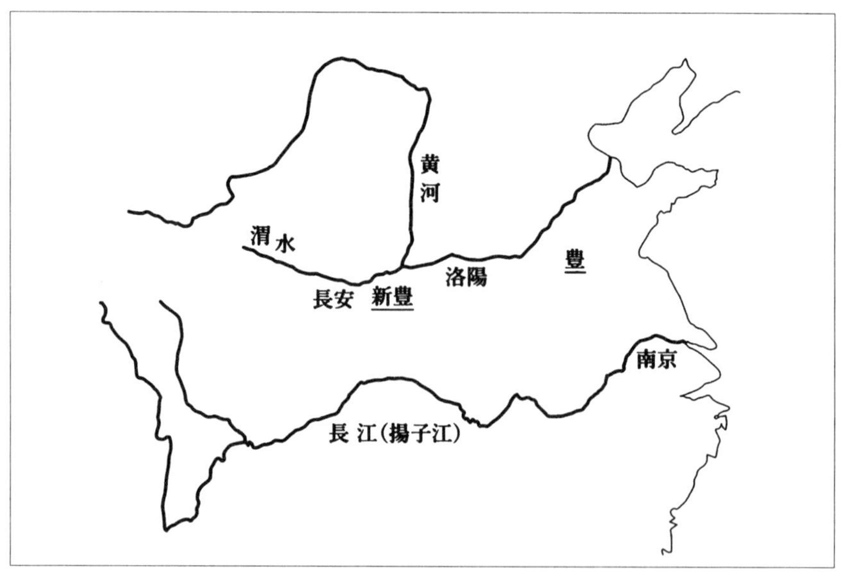

図1：豊、新豊図

在は新十津川町)。そして今度の東日本大震災である。津波や放射能禍によって故郷を追われた人々の望郷の念は察するに余りある。そこに長く住んだ年配の人ほどそれが強いのである。

II　諸葛孔明（1）——天下三分の計——

諸葛孔明と言えば天才的な軍師としてのイメージが強いが、これは後の明代の小説『三国演義』が描く孔明像で、実像ではない。

例えば赤壁の戦い（後述）で、劉備、孔明の主従は呉と連合して曹操の大軍に当たる。呉軍の総指揮者・周瑜は孔明の才を妬み、孔明に急ぎ10万本の矢を調達するよう難題を吹きかける。孔明は三日で用意すると請け合い、20艘の船を借りて船上を青布で覆い、草の束千余束を両側に張り付ける。三日目の夜中、濃霧が大江に瀰漫したのを見て孔明は曹操の水塞に船を近づけ、太鼓を打ち、ときの声を上げさせる。濃霧で敵のあり場所が分からない曹操はやみくもに声のする方に向かって矢を射かけさせる。やがて孔明は草の束に矢を満載した船を引き返させる。

また曹操の率いる北軍は船に慣れていないため船酔いがひどく、曹操は二艘ずつ連結して船を安定させる。孔明と周瑜はそこに目をつけ、火で攻める作戦を立てる。二艘連結しているから、一艘に火をつければもう一艘も類焼する道理である。しかし時は真冬で北西の風が強い。火攻めには両軍の位置から見て反対の東南の風が要る。そこで孔明は小高い山の上に壇を築き、跣になって髪振り乱して天に祈ると、とうとう東南の風が吹き出した。それに乗って劉備と呉の孫権の連合軍は火攻めを成功させる。

以上二つの神技に近い孔明の知略はどちらも『三国演義』に描かれているが、史書はこうした孔明像を記していない。この種の話は大体『三国演義』のものである。

孔明の実像を知るためには正史の『三国志』に拠らねばならぬ。中国の正史とは、ある王朝が滅んだ後、次の王朝の史官が記録するもので、全部で24ないし25史ある。『三国志』は三国の魏に代わった晋の史官・陳寿が書いたもので、一応魏を正統としているが、蜀、呉に対しても客観的な記述に努めている。以下主にこの書の「諸葛亮伝」によって論を進める。

諸葛亮、字は孔明。若い頃湖北省隆中の地で農耕生活を送っていた。孔明の賢を耳にした劉備は、三顧の礼を執って訪ねる。孔明は有名な天下三分の計を献策する。

> 曹操は百万の軍を擁し、後漢の天子を抱えこんで諸侯に号令していて、今、戦うべきではありません。孫権は江東（長江の中下流一帯）を既に三代にわたって領有しています。これとは同盟を結び、敵対すべきではありません。荊州（当時の州は全国を13に分ける広大な行政区画、地図参照）は地理上重要な位置を占めながら暗愚な劉表が守っていて、天が将軍（劉備を指す）に差し出しているようなものです。その隣の益州も沃野千里、天然の倉庫ですが、その領主劉璋も闇君です。将軍は荊州、益州を跨いで領有し、チャンスを見て一上将に荊州の軍を率いて魏の都のある洛陽方面に向かわせ、将軍は

益州の軍を率いて（長安などのある）渭水の流域に向かえば、民衆は食べ物、飲み物を捧げて将軍をお迎えするでしょう。将軍の悲願である漢王室の再興（劉備は後漢王朝の末裔であると自称し、その復興を標榜した）はなりましょう。

孔明の非凡なところは以上の計略を机上プランに終わらせず、非常な努力を払って実現させたことである。当時曹操は荊州を撃破し、そこに駐屯していた劉備の兵を蹴散らし、次いで大軍を呉に向ける。孔明は呉と連合して曹操の大軍と戦うべく、降伏に傾く孫権に勝つための方策を説いて戦う決意をさせる。孔明は呉の将軍周瑜、魯粛などと協力して曹操を赤壁に破り、その天下併合の野望を挫く。その後で劉備は荊州を占領し、数年後益州を占領して版図に加える。かくして孔明の天下三分の計は実現する。孔明の偉大さは個々の戦闘における采配の妙などより、こうした優れた経綸家、政略家という点にあったことは確かである。（図２）

III　諸葛孔明（2）――天下三分から漢王朝の再興へ――

孔明の天下三分の計は、それが最終目標ではなく、それを足掛かりに天下を統一し、漢王朝を再興しようというものだった。しかし曹操の天下統一が赤壁の戦いで阻まれたと同様に、劉備・孔明などの統一への願望もそうやすやすとは実現しなかった。

赤壁の戦いの後、劉備主従は荊州を占領する。初めは孔明と関羽が共同でその統治に当たることになった。しかし劉備主従が西隣の益州（蜀）に勢力を拡大し始めると、孔明はそちらにかかりきりとなり、荊州は関羽一人に任される。関羽は当時勇名天下に轟く武将であったが、世を治めることは必ずしも得意ではなかった。

孔明の天下三分の計では、一上将が荊州の軍を率いて魏の都のある洛陽方面に向かうことになっており、この場合当然関羽がその任を担う。実際関羽はしばしば魏軍と戦闘を繰り返し、魏の中心部に進出する勢いを見せた。その際肝

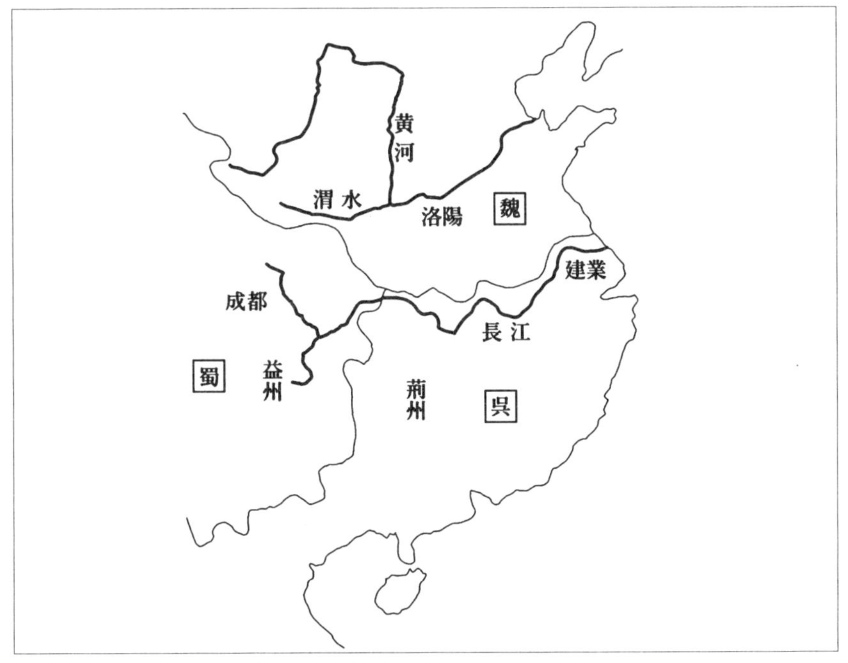

図2：三国鼎立図（『中国歴史地図集』）

要なのは、荊州の領有を狙っている呉に背後から襲われないよう呉と友好関係を保っておくことだった。しかしこの頃関羽には傲慢、粗暴な態度が目立つようになり、呉に対しても細心な備えを怠るのである。例えばある時孫権は関羽の娘を自分の息子の嫁にしたいと申し入れたが、関羽は「犬の子に娘をやれるか!」と拒絶し、孫権を怒らせている。果たして関羽は今の湖北省襄樊の近くの樊城で魏軍を包囲していた時、彼の日頃の傲岸を嫌って離反した部下が呉軍と結託し、関羽は敗走する途中で樊城からほど遠くない臨沮という所で息子の関平とともに斬られる。時に建安24年（219）、赤壁の戦いから12年後のことである。これで一隊が荊州から北へ打って出るという孔明のもくろみは完全に潰えたことになる。

これより先、劉備は関羽が呉に襲殺されたと聞き、蜀の年号で章武元年（221）、皇帝に即位した後に関羽の仇を討つため自ら大軍を率いて呉に向かう。群臣は

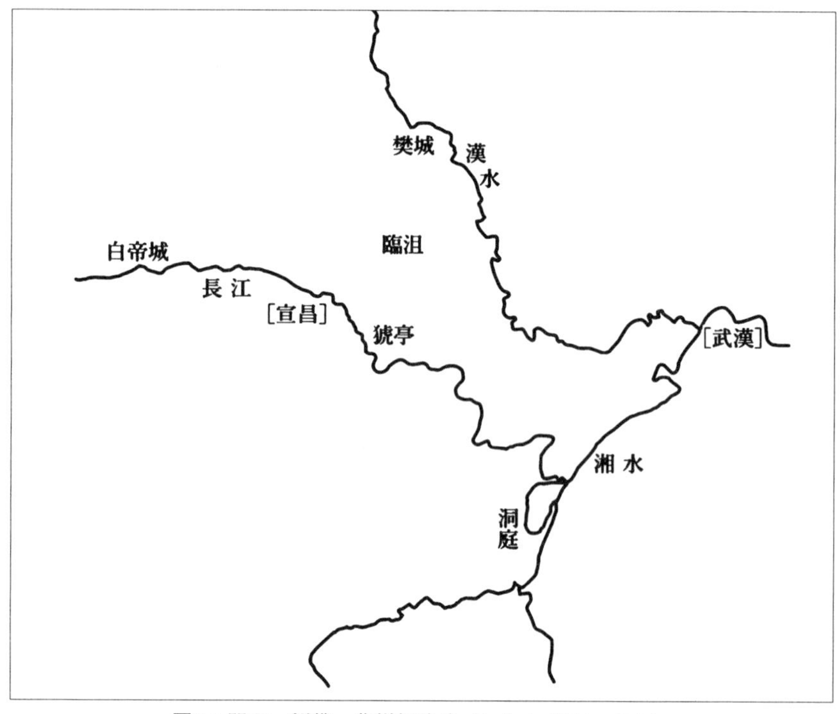

図3：関羽、劉備　荊州転戦地（［　］内は現在の地名）

北方の魏を討つのを優先すべきで、呉と事を構えるのは得策ではありませんと諫め、孫権も和を請うが、劉備の怒りは収まらない。『三国演義』の有名な「桃園結義」の場面では、駆け出しだった頃の劉備、関羽、張飛の三人が、我らの生まれた日は同じではないが、「但だ同年同月同日に死なん」と誓ったとある。正史の『三国志』にこの場面はないが、実際に三人は深い情誼で結ばれていたことは疑いない。劉備はその関羽の死を見殺しにはできなかったのである。

劉備率いる蜀軍は長江を破竹の勢いで下り、呉を震撼させる。しかし現在の湖北省西部の都市・宜昌の下流の猇亭という所で大敗を喫する。そこから、長江が現在の四川省から湖北省に出るあたりにある白帝城（後漢の公孫述が建てたと伝える。劉備は永安宮と改称した。後代、遺構を残すのみであったが、三峡ダムの建造によって水中に没した）まで退き、章武３年（223）、病を得る。急を聞いて孔明は成都から永安（白帝）に駆けつける。劉備は孔明に後事を託し、「もし私の息子が補佐するに値するならそうしてほしい、もし不才ならば君が自ら取って代わっていただきたい」と遺言し、孔明は泣きながら飽くまでも後継ぎの劉禅に忠節を尽くすことを誓っている。劉備はその地でなくなり、劉禅が成都で即位する（223年）。猇亭の敗戦は、関羽同様に呉との連携の重要性を認識できなかった劉備の政治性の欠如が引き起こしたものであり、建国間もない蜀に与えた打撃は計り知れない。（図３）

孔明の初めの三分の計によれば、荊州から一上将が軍を率いて魏を討ち、劉備自ら益州の軍を率いて渭水方面に向かうはずだった。その計略に対して劉備の死は荊州の失陥に次ぐ第二の誤算であり、残された道は孔明自身が軍を率いて北方の魏を討つだけとなった。その６回に及ぶ北伐がどんな経過をたどるかを紹介する前に、蜀の丞相としての孔明の仕事ぶりを次回に取り上げたい。

Ⅳ　諸葛孔明 (3)

——泣いて馬謖を斬る・孔明の信賞必罰主義——

正史の『三国志』の著者・陳寿（233-297）は、全ての史家がそうであるように、世に残された史料の中から信用できそうなものを選んで魏、蜀、呉の歴史を記述した。当然陳寿に採用されなかった史料もあり、後世六朝時代の宋の人・裴松之（はいしょうし）（372-451）が、それらの史料の中から比較的信用できそうなものを拾い上げて、『三国志』の行間に注記の形で挿入している。『三国志』諸葛亮伝の末尾に、裴松之はこの方法で『袁子』なる書を引用していて、その書には蜀の丞相としての孔明の治世の仕方を次のように評している。

> 亮が蜀を治めると、耕地が開かれ、倉庫が満ち溢れ、農機具は鋭利になり、蓄えは豊かになった。朝廷での参会は質素で、道に酔っぱらいはいなかった。

これによると農業に精を出すよう励まし、質素倹約を奨励したようだが、詳しい内容までは分からない。

中国の正史は、時間の継起に従って事件を書き連ねる編年体の史書とは違い、個人の伝記を記述し、それを集成することによってその時代の歴史を再現するという紀伝体のスタイルを取っている（「紀」は「本紀」で帝王の事跡、「伝」は「列伝」で各分野で活躍した個人の伝記）。そして各本紀なり列伝なりの最後には、その人の一生に対する総評を簡潔に記すのが普通である。「諸葛亮伝」の末尾で陳寿は孔明を次のように批評している。

忠を尽くして世のためになった者は、個人的には悪感情を抱いていても必ず賞を与え、職務怠慢にして法を犯す者は個人的には親しくても必ず罰する。罪を認めて自白する者は重罪でも必ず許し、言を左右にして巧みに逃れようとする者は軽罪でも必ず処罰する。善は小さなのでも賞さないものはなく、悪はわずかなのでも貶めないものはない。

孔明のこの信賞必罰主義は民衆の受け入れるところとなったと、陳寿は続けて述べている。

蜀の領域内では民はみな畏敬して愛戴し、刑罰が厳しくても怨む者はいなかった。その適用の仕方が公平で、善悪のけじめが分かりやすかったからである。

ところで孔明が信賞必罰主義を取るに至った背景を推測させる史料がある。

裴松之の注が引く『蜀記』なる書に次のように記す。当時、「諸葛亮の刑法が峻厳で、民衆に過酷過ぎる」という批判があり、孔明の部下の法正が「初めて国を領有したばかりで、まだ民衆に恩恵を施していません。……刑を緩め禁を弛くしてその願いに応えますように」と諫めた。孔明はこう答えた。「（前の蜀主の）劉璋の法網は緩やかで、互いに狎れ合い、徳政は行われず、刑罰も厳密でなかった。蜀の人士は勝手気ままに振る舞い、君臣の道も廃れた。……私が法を厳しくし、その結果法が正しく行われれば、（それを守った場合の）恩恵を知り、爵位を与えて評価すれば、（本当の）栄誉を知ることになる」と。

この史料は『三国志』の著者陳寿に採用されなかったものであり、どこまで孔明の治世の真実を表しているか定かでないが、その信賞必罰主義の由って来る所をある程度推測させるように思われる。

孔明の信賞必罰主義を象徴的に語るものが、よく知られた「泣いて馬謖を斬る」話柄である。蜀の建興6年 (228)、孔明2回目の北伐の時に、今の甘粛省の東部、渭水の北に大軍を出して魏と渡り合った。その時馬謖は大部隊を率いて先鋒となり、魏の将軍張郃と街亭という所で戦ったが、孔明の軍令に違反する布陣をして大敗する (『三国志』諸葛亮伝、馬謖伝)。馬謖は才気走り、普段から好んで軍法を論じ、孔明は彼を高く買っていた。しかし劉備は馬謖の実質を見抜き、臨終に際して孔明に「馬謖の言う事はその実力に過ぎており、重用しない方がよい」と忠告していた。にもかかわらず孔明はこの場面で馬謖を起用し、この大敗を招いたのである。軍法を順守する建前から孔明は泣きながら馬謖を処刑し、上疏 (天子に文書を差し出す) しておのれに人を知る明がなかったことを詫び、自分の位を降等していただきたいと申し出ている。

馬謖がどんな失敗をしたのか、『三国志』では明瞭な書き方をしていない。但し『三国演義』では馬謖の失敗を大略次のように描いている。

> 孔明は戦略上の拠点である街亭を確保するため馬謖に二万五千の兵を与え、王平に補佐させて行かせる。孔明は初め馬謖を起用するのをためらうが、馬謖は「幼時より兵書を熟読しています。失敗したら全家処斬されても甘んじます」と言い張るので軍令状を書かせて認める。
>
> 街亭に到ると王平は五本の道が交わる地点に塞を設けましょうと主張するが、馬謖は近くの小山の上に布陣し、そこから攻め下ろうと言う。王平は、山上に布陣して水を汲みに出る道を敵に断たれたら、軍士は戦わずして乱れると忠告するが、馬謖は耳を貸さない。果たして山上の馬謖軍は魏の大軍に包囲され、窮した蜀軍は戦死、投降する者数知れなかった。

この『三国演義』の一段がどこまで馬謖の失敗の真実を描いているのか、何の史料に拠っているのか確かめようがないが、戦闘の経験少なく、「言、その実に過ぐ」(劉備の評) 馬謖ならこんな失敗もしそうだと思わせる[(1)]。(図４)

---

(1) 本節の末尾で、馬謖の街亭における失敗を『三国志』では明瞭に記さないが、『三国演義』では具体的に描き、且つその描写の根拠が明らかでないと書きました。その後『三国志』の２箇所に『三国演義』の描写の根拠になった記述があることに気付きまし

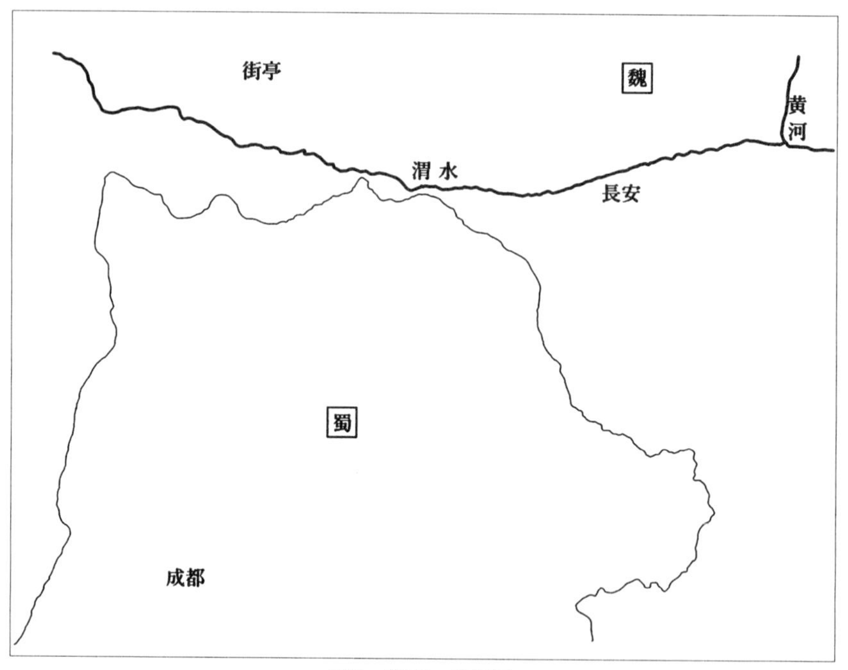

図4：街亭　位置図

た。

（1）『三国志』魏書、張郃伝、（張郃は）諸葛亮の将軍馬謖を街亭で防いだ。馬謖は南山を恃み、平野で城柵に拠らなかった。張郃軍は馬謖軍の水をくむ道を断ち、大いにこれを破った。

（2）『三国志』蜀書、王平伝建興6年、（王平は）参軍馬謖の先鋒に所属した。馬謖は水辺を捨てて山に上り、布陣の仕方が煩雑で、王平はたびたび諫めたが馬謖は用いることができず、街亭で大敗した。

『三国演義』はこれらの記事を拠り所にして描写をふくらませ、前稿に記したような話に仕立てたと思われます。『三国志』は魏書、蜀書、呉書と分かれていますが、煩を避けて、特に必要のある場合以外は一々この三つの分け方を記さないことにします。

なおよく知られた「邪馬壹（臺と字形が類似）国」や「女王卑弥呼」の記事は、この『三国志』魏書、倭の伝にあります。『魏志、倭人伝』というのはその略称です。

V　諸葛孔明（4）――秋風五丈原――

建興3年（225）、孔明は蜀の南部に広がる所謂南中地方に遠征し、そこの支配者孟獲を服従させて後顧の憂いをなくし、その2年後に念願の北伐に乗り出す。出発に先立ち、孔明は後主・劉禅に、後世「出師（師は軍隊の意）の表」と呼ばれる上疏（皇帝に差し出す）文を奉呈して決意の程を披瀝する。

先帝の創業は半ばにもならないうちに中道で崩御されました。今、天下は三分し、益州（蜀）は疲弊しています。誠に危急存亡の秋（とき）であります。……。

先帝は臣（孔明）を卑陋と見なさず、身を低くして三度も臣の草廬に足を運び、臣に当世の事を諮（はか）られ、臣は感激して先帝のために身を粉にして働くことを承諾しました。……先帝は臣の謹慎を認められ、崩御に臨んで大事を託されました。……。今や三軍（軍隊の通称）を励まし率いて北の方、中原（黄河中下流域、中国の中心部分）を平定し、駑鈍（愚かで鈍い）を尽くして姦凶（後漢王朝をないがしろにする曹魏を言う）を払い除き、漢室を復興し、旧都（洛陽や長安）に帰る所存であります。これが臣の先帝に報い、陛下に忠を尽くす勤めであります。

この後、蜀の北部地帯で魏境と接する漢中に軍を進め、沔陽（めんよう）に駐屯した（普通この進軍を第一回の北伐とする）。

建興6年（228）春、孔明は自ら軍を率いて魏領の祁山（きざん）を攻めた。隊伍は整斉、賞罰は厳密で号令は明確であった。魏の南安、天水、安定の三郡は孔明の側につき、関中（秦以前の旧函谷関以西の渭水盆地）は震動した。魏の明帝（曹操の孫）は長安に本営を移し、張郃に命じて孔明の軍を拒（ふせ）がせた。孔明は馬謖に軍を率いさせ、馬謖は街亭で張郃と戦ったが、前述のような経緯で馬謖は大敗する。孔明は漢中に退却する。この戦役の際、姜維が蜀軍に帰投するが、彼は孔明亡き後その遺志を継いで一時北伐に活躍する（以上第2回北伐）。

この年の冬、散関を出て現在の宝鶏市の近くにあった陳倉を包囲するが、食糧尽きて引き揚げる（3回目）。建興7年（229）、孔明は部下の陳式に武都と陰平郡を攻撃させ、孔明の軍も建威まで進出して武都と陰平2郡を平定した（4回目）。同9年、孔明は再び祁山に出て、「木牛」で食糧を運んだが、食糧が尽きて退いた（5回目）。この「木牛」と第6回北伐に使われる「流馬」について、『三国志』諸葛亮伝には言葉のみあって何の説明もない。『三国演義』には一応尤もらしい説明をしているが、これも要領を得ない。どうやら木材で牛や馬の形に作り、人力で操りながら険しい山道での食糧運搬に供するものらしいが、詳細は分からない。

建興12年（234）春、孔明は斜谷から渭水の南岸に進出し、「流馬」で食糧を運搬しながら五丈原に布陣し、魏の名将・司馬懿と対峙した。そこで孔明は兵を分けて屯田させ、持久戦に備えた。しかしその年の秋、孔明は病み、陣中に没した。（数え歳）54歳であった。孔明の死を聞いた司馬懿は蜀軍を追ったが、蜀軍は孔明が生きているように見せかけてそれを迎え撃とうとした。司馬懿は孔明がまだ生きているのかと疑い、それ以上追わなかった。このことは「死諸葛走生仲達」（仲達は司馬懿のあざな、「死せる諸葛生ける仲達を走らす――敗走させた――」の意）と語り草になった（この一条は「諸葛亮伝」の本文にはなく、注が引く『漢晋春秋』に見える）（以上第6回）。（図５）

かくして孔明は漢王朝再興の志を遂げないまま世を去るが、これについて陳寿は「諸葛亮伝」の末尾で次のように言う。

連年兵衆を動かしながらうまく行かなかった。多分臨機応変の軍略は得意とするところではなかったのではないか。

しかし私（中鉢）はこの見方に賛成できない。たとえ孔明に『三国演義』の言うような神技に近い軍略があったとしても、結局は魏を滅ぼすことはできなかったのではなかろうか。三国のうちでは蜀が最も領土が狭く、人材も少なかった。「諸葛亮伝」の注に引かれた『魏氏春秋』に言う、ある時司馬懿の元に孔明の陣中から使いの者が来た。その使者に司馬懿が近頃の孔明の仕事ぶりを尋ねたところ、使者は、諸葛公は朝早く起き、夜は遅く寝て、杖で20回叩く以上の

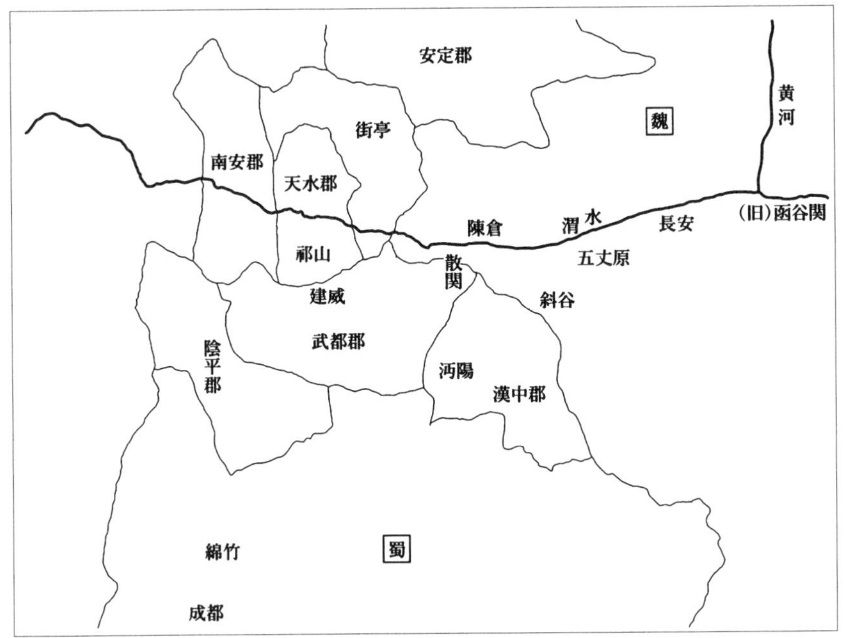

図5：孔明北伐関係地図

刑罰はみな自分で決裁されます。食べる量も多くありません、と答えた。司馬懿は孔明の死は近いと予言したと。これなども孔明に何でも自分でやらないと気が済まないという一面があったのかもしれないが、やはり何と言っても蜀側の人材不足が原因であろう。国力が劣り、人材乏しい蜀が、広大な国土を占め、人材の豊富な魏に勝てなかったのも蓋し当然であった。

私はかつて西安（昔の長安）でタクシーを雇い、五丈原まで足を運んだことがある。

小高い丘の上に孔明の廟が立っており、眼下の渭水盆地を見下ろしながら、しばし往時を偲んだ。その時に気づいたのは、五丈原は西安から車で3時間の距離に過ぎないということである。孔明はよくここまで来た、あと一息で長安へ攻めこめたかもしれないと驚嘆したのである。尤も名将司馬懿の守る陣中を騎馬レースのように駆け抜けることはできなかったであろうが、ここまでやっ

てきた孔明はさすがだと思わざるを得なかった。(**写真1、写真2**)

孔明はその非凡な才能と私心のなさから後世の人々に敬慕された。唐の詩人杜甫(712–770)の次に掲げる詩は、孔明への敬慕の念を代表するものである。杜甫は約3年間成都に流寓し、ある時成都にある孔明を祭祀した廟を尋ねて作ったのがこの詩である。

蜀　相

丞相祀堂何処尋　　　丞相の祀堂何れの処にか尋ねん、

写真1　五丈原の孔明廟（中鉢撮影）

写真2　孔明廟より五丈原・渭水を望む（中鉢撮影）

錦官城外柏森森	錦官城外柏森森たり。
映堦碧草自春色	堦に映ずる碧草自のずから春色、
隔葉黄鸝空好音	葉を隔つる黄鸝空しく好音。
三顧頻繁天下計	三顧頻繁たり天下の計、
両朝開済老臣心	両朝開済す老臣の心。
出師未捷身先死	出師未だ捷（か）たざるに身先ず死し、
長使英雄涙満襟	長えに英雄をして涙襟に満たしむ。

丞相の祀堂は何処に尋ねたらよいのか、錦官城（成都は錦を産し、それを管理する役所が置かれたのでこう言う）外の柏樹が深々と繁る所にある。祀堂のきざはしに映るみどりの草は自然、春の色であり、葉の裏側の黄鸝（鶯の一種）はやたらによい音色で鳴いている。

劉備は三度も孔明を訪ねて天下の計を問い、孔明は老臣の心を尽くして劉備、劉禅の両朝を補佐、救済した。しかし伐魏の軍を出してまだ勝たないうちに死去し、永久に後世の英雄たちに涙して襟を一杯にさせるのだ。

この詩は唐代以前の、孔明の実像に対する敬愛の念を詠ったものであり、更に後代になって『三国演義』などで言わば神格化された孔明像が流布される以前の人々の意識を反映していることに注意する必要がある。

孔明亡き後、第2回北伐の際に蜀軍に帰投した姜維が孔明の遺志を継いで北伐に努めるが、徒らに兵力を消耗するばかりで、大きな戦果は挙げられなかった。そのうち魏の将軍鄧艾（とうがい）が北方より蜀に侵入し、同じく鍾会（しょうかい）が東北方より蜀を目指す。孔明の一子・諸葛瞻（しょかつせん）は綿竹で鄧艾と戦い、その長男・尚とともに戦死する。次男の京は生き延びて後、魏に仕える。蜀の炎興元年（263）、後主劉禅は鄧艾に降り、かくして蜀は滅亡する。劉禅は洛陽に連行されて魏の諸侯の待遇を与えられる。後主はその境遇に満足し、少しも蜀を思わず、周囲の失笑を買ったと言う。

やがて魏も曹氏に代わって司馬氏が政権を握り、司馬懿の孫の司馬炎が帝位に即いて国号を晋とし、280年に呉を滅ぼして三国時代は幕を閉じる。

次回からは三国史を彩るもう一人の大スターで、孔明の好敵手であった曹操を数回にわたって取り上げます。

VI　曹操（1）——英雄曹操（前）——

中国の歴史の上で曹操ほど評価が分かれる人物はいない。ある人は曹操は並外れた英雄であると言い、またある人はとんでもない奸雄だと言う。そしてそれらは単なる感情論ではなく、それぞれ根拠を持っているので、どちらに軍配を上げるべきかなおさら私たちを迷わせる。

本稿では先ず曹操を英雄と見なす『三国志』武帝紀に拠って曹操の事績を見

ていくことにする。「武帝」とは曹操を指す。曹操は三国の魏の実質的な創始者であるが、その生前に後漢王朝を廃して「帝」を称することはなかった。216年、後漢の献帝は曹操の爵位を魏公（「魏」は曹操の封地）から魏王に進める。220年に曹操は死去するが、やはり「武王」と諡（死後に送られる称号）された。同じ年に曹操の子・曹丕は後漢から禅譲（武力を用いず、平和的に政権を移譲されること。実際には強引に譲らせるケースが多い）される形で帝位に即き、国号を魏と称し、曹操を追尊して「武皇帝」と称した。それで『三国志』の著者陳寿は「武（皇）帝紀」と言ったのである。

長くなるので前後編に分け、赤壁の戦いの前までを本稿で、それ以後を次稿で取り上げることにする。

曹操の祖父と父の伝記は『後漢書』宦者伝に載っている。「宦者」とは男性の生殖機能を除去されて後宮に仕える者である。その伝によると祖父は曹騰で、後漢の順帝（125–144年在位）に精勤に仕え、人材を推挙したりして功績があり、高い位を与えられた。曹操の父は曹嵩と言い、曹騰の養子となり、高官に賄賂を贈って高位を得たとあるが、曹嵩の実父はどんな人物であるかは不明である。

曹操は155年に生まれた。20歳頃から地方の小官を歴任し、新興宗教を旗印にして立ち上がった黄巾の乱の平定に活躍した。青州（全国を13の州に分けたうちの１つ。現在の山東省を中心とする）済南国の宰相（州の下には「郡」もしくは「国」の行政単位があり、国には宰相を置いた）となり、汚職官吏を罷免し、むやみな鬼神の祭祀を禁じた。

後漢の都・洛陽に乗りこんだ軍閥の董卓は、崩御した霊帝の太子及びその後見役の皇太后を殺して霊帝の次子を帝位に即け（献帝）、専権を振い始めた。董卓は曹操を配下にしようとしたが、その専権を憎んだ曹操は、故郷の近くの陳留に行って家財を散じ、董卓討伐の義兵を挙げた。時に189年、曹操35歳の時である。翌年、勃海太守（「太守」は郡の長官）袁紹、陳留太守張邈など各地の諸侯と連合し、袁紹を盟主と仰いだ。

それを聞いた董卓は洛陽の宮室を焼き払い、天子を長安に移す。義兵を挙げた諸侯たちは董卓の兵勢に怖れをなし、敢て進もうとしない。曹操一人五千ばかりの兵を率いて後を追い、流れ矢に当たり、乗馬も負傷し、ほうほうの体で退却した。三方ヶ原で負け戦を覚悟の上で武田軍に一戦を挑んだ徳川家康の心意気である。

191年、曹操は黄巾の余党である黒山衆10余万を魏郡に破り、その功によって東郡太守となった。翌年、青州の黄巾衆100万が南下して兗州（えんしゅう）に入り、地方官を次々攻殺した。曹操は請われて兗州の牧（長官）となり、大いに黄巾軍を破り、降卒30余万から精兵を選んで配下に入れた。

曹操の父・曹嵩は董卓の乱を避けて山東の琅邪（ろうや）に避難する途中、徐州の牧・陶謙に殺される。193年、曹操は仇を討つため徐州に攻め寄せる。翌年再び徐州を攻め、当時陶謙の配下にあった劉備と曹豹が迎え撃つが、曹操に撃破される。曹操は陶謙の支配下にあった者たちを虐殺する。

これより先、司徒（丞相に相当）の王允（おういん）は呂布と謀って董卓を殺す。194年、曹操はその武勇当代に並ぶ者がない呂布を濮陽（ぼくよう）に攻めるが、落馬して左手をやけどし、兵を引く。同年、陶謙死し、劉備が代わって徐州の牧となる。195年、曹操は兵の半分を堤防の内側に潜ませ、半分を外側に出し、呂布の軍を誘いこんで大いにこれを破った。敗れた呂布は劉備の元に逃げこむ。

以前董卓によって洛陽から長安に移された後漢の献帝は、長安の戦乱を避けて東に向かい、河南の安邑を経て洛陽に滞在する。曹操は洛陽に行って帝室を護衛するが、帝に荒れ果てた洛陽を去ってその東南にある許昌を都とするよう勧める。東奔西走を余儀なくされた帝室は許昌で漸く祖先を祭る宗廟、土地と五穀の神を祀（まつ）る社稷（しゃしょく）の制を整えたと言う。曹操は後漢の最高執政者・三公の一つである司空に任命され、兵糧確保のため屯田の制を始める。

呂布は劉備を襲い、その根拠地下邳（かひ）を取る。劉備は曹操を頼る。198年、曹操は呂布を攻め、最後は水攻めにして呂布及び参謀の陳宮を捕えて殺す。

袁紹は河北の広大な地域を占め、10余万の兵衆を保ち、曹操の根拠地許昌を攻めようとする。曹操の諸将は勝てそうもないと恐れるが、曹操は「袁紹は志は大きいが智力は少なく、顔付きは厳めしいが胆力は薄い。……土地は広く食糧は豊かでも、私がそっくり頂戴するに相応しい」と自若としている。199年12月に曹操は官渡に布陣し、劉備と朱霊を派遣して、袁紹の従兄弟で淮南（淮水南部）の地を占める袁術を攻撃させた。たまたま袁術は病死する。これより先、劉備は董承などと曹操に対する謀反を企てるが、劉備の出発後、事が露見し、董承などはみな誅殺される（この事件については次々稿で詳述）。曹操は劉備を討ち、劉備は袁紹を頼る。曹操は劉備の妻子及び関羽を捕虜とする。

200年２月、袁紹の部下・顔良の一隊は黄河の白馬の渡しで、東郡太守で曹操の将軍の劉延を攻めた。曹操はその上流の延津から兵を渡河させて袁紹の兵を追わせ、曹操自身は白馬に急行し、張遼や関羽を先鋒にして攻め、関羽は顔良を斬る。袁紹軍は渡河して延津に至るが、曹操は五、六百余りの騎兵で、それに十倍する袁紹の騎兵を破り、文醜を斬る。顔良、文醜は袁紹の名将であった。この間に関羽は劉備の元に逃げ帰る。

曹操軍は部分的には勝ち戦をしながらも、大局から見れば袁紹軍より兵は少なく、食糧も尽きかけていた。袁紹は淳于瓊など５人の将に食糧を運ばせる。

それを知った曹操は曹洪を留めて自営を守らせ、自ら五千の兵を率いて淳于瓊の部隊を襲い、壊滅させる。袁紹は張郃、高覧に曹洪を攻めさせるが、二人は淳于瓊が敗れたと聞いて曹操に投降する。この時を潮目に袁紹軍は総崩れとなり、袁紹は黄河を北に渡って本拠地の冀州に引き揚げる。これより先、袁紹は劉備に許昌の東南方にある汝南を攻めさせたが、曹操自ら救援し、劉備は荊州の劉表を頼る。

202年、袁紹は病死し、二人の兄を差し置いて末子の袁尚が父の後を継ぐ。長子の袁譚は袁尚と跡目を争い、勢力を弱めて先ず曹操に滅ぼされる。袁尚と次子の袁熙は曹操に追われて北方の烏桓を頼り、曹操が烏桓を撃破すると更に遼東の公孫康を頼ろうとするが、公孫康は二人を殺してその首を曹操に送る。かくして曹操は黄河中、下流域の所謂中原の地に覇権を確立する。（図6A、6B）

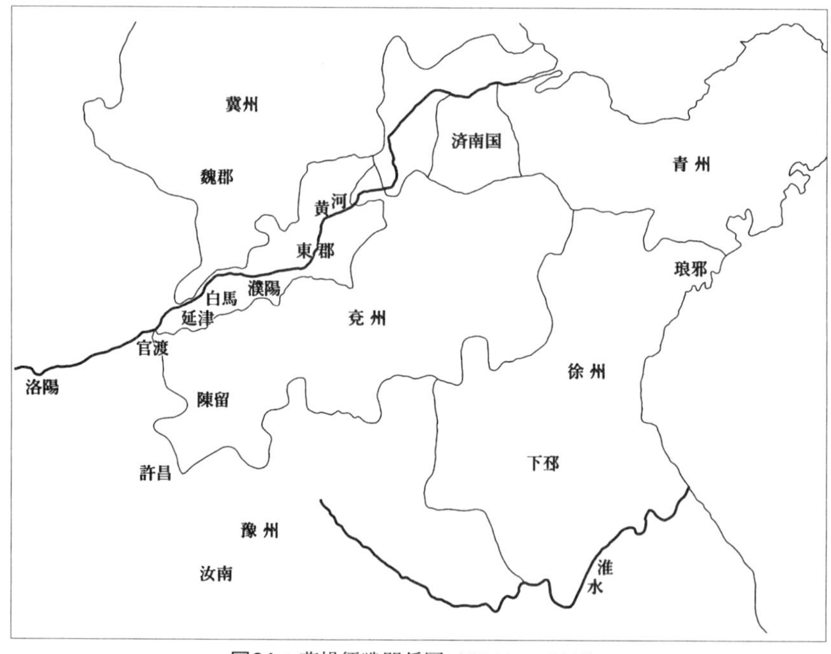

図6A：曹操征戦関係図（黄河中、下流域）

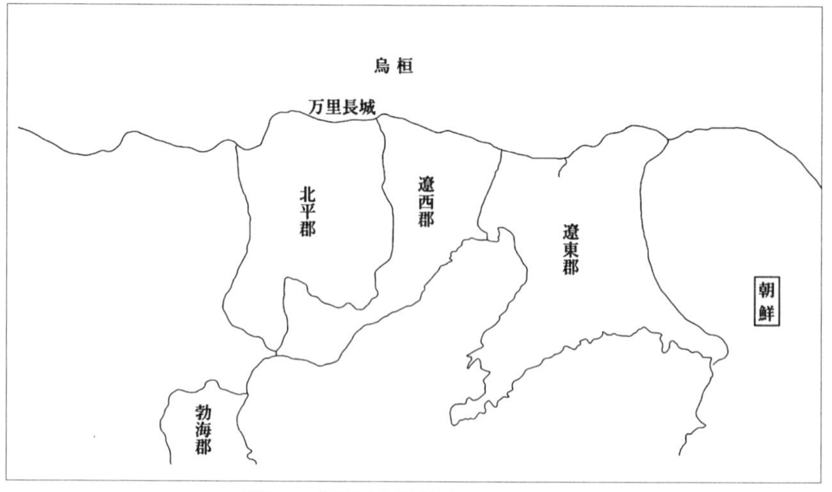

図6B：曹操征戦関係図（中国東北部）

VII　曹操（2）――英雄曹操（後）――

前稿で見たように曹操は征戦を繰り返し、群雄を平定してきたが、戦乱のため土地は荒れ果て、人民は塗炭の苦しみをなめた。曹操は子の曹丕（そうひ）、曹植とともに詩人としても知られるが、この惨状を「蒿里行」と題する詩（「蒿里」は死者の行くところ、「行」は歌の意。「蒿里行」は人の死を悼む歌）で次のように歌っている。

白骨露於野	白骨は野に露（さら）され、
千里無鶏鳴	千里に鶏鳴無し。
生民百遺一	生民は百に一を遺（のこ）すのみ、
念之断人腸	これを念（おも）えば人の腸を断つ。

曹操は中原を制圧したあたりから各種の「令」を発して、生き残った者に耕地と耕牛を支給し、学校を設立するなどの対策を施している。

208年、曹操は（後漢王朝の）丞相となる。時に（数え歳）54歳である。

この歳に曹操は荊州の劉表を攻める。劉表は病死し、その子の劉琮（りゅうそう）は曹操に降伏する。劉表の元に身を寄せていた劉備は、この時期に諸葛孔明と相知り、曹操の軍に追われて夏口（現在の武漢）まで敗走する。しかし同年、劉備、孫権の連合軍が曹操の軍を赤壁（洞庭湖と夏口のほぼ中間にある）に破り、かくて曹操の天下統一の野望が頓挫することは、「諸葛孔明（1）」で述べた通りである。

赤壁で敗れた曹操は、劉備、孫権を後回しにして、まだ勢力の及んでいない西方に矛先を転ずる。211年、曹操は関中の入り口にある潼関に兵力を集中し、関中以西の諸侯と対峙する。関中以西の諸侯中、最大の勢力があったのは涼州（現在の甘粛省・武威）に拠る馬超であった。曹操は潼関に布陣しつつ、配下の徐晃、朱霊などを遣わして黄河の蒲阪津から西岸に渡らせ、自身も黄河の北に渡り、更に蒲阪から西岸に渡る。続いて渭水を南に渡り、渭南に布陣する。呂布並みの武勇を誇る馬超はよく奮戦するが、曹操は詭計を用いて馬超とその盟友の韓遂を離間させ、馬超は涼州に退却する。（以下は『三国志』馬超伝による）その後涼州一帯を平定するが、地元民の反撃に遭って漢中に敗走し、張魯に頼る。しかし張魯はともに事を謀るに足りない男だと見て、劉璋を成都に包囲していた劉備の元に身を寄せる。劉備は馬超を重用する。曹操は関中を平定し、武将の夏侯淵にその中心にある長安を守らせる。

213年、曹操は後漢の献帝より魏公に封ぜられ、かつて袁紹が占めていた冀州の支配を認められ、袁紹が拠点とした鄴を根拠地とする。

214年、献帝と伏皇后は曹操を除こうと相談する。伏皇后はその謀り事をしたためた密書を父の伏完にとどけさせるが、それに対する返書が曹操に見つかってしまう。曹操は皇后及び伏完の一族を皆殺しにする。

215年、曹操は漢中の張魯を攻める。張魯は弟の張衛や将軍の楊昂などに陽平関（南鄭の西にある）を守らせる。張衛らは山を横断して城柵を築き、曹操軍は突破できないので退却し始める。それを見た張衛らは守備を弛める。曹操はその機に乗じ、部下に険しい山道を乗り越えて夜襲させ、大いに敵を破る。張魯は根拠地の南鄭を捨てて、その南にある巴中に逃走する。曹操は平定した漢中の地を後漢の版図に組み入れる。張魯はその年の11月に降り、同じ頃劉備は劉璋を襲撃して益州を取る。曹操は夏侯淵に漢中を守らせる。翌年、曹操は魏王に爵位を進められる。

219年、夏侯淵は劉備と陽平関で戦い、劉備に殺される。曹操は長安から斜谷を経て陽平関に至るが、劉備はよく防戦する。5月、曹操は長安に引き揚げる。10月、曹操は洛陽に帰還し、孫権が関羽を討つと言ってきたので挟み撃ちにすべく南に向かう。戦場に着かないうちに部下の徐晃が関羽を破ったと聞き、洛陽に引き返す。次いで呉軍が関羽を斬り、その首を曹操の所に送ってくる。

220年正月、曹操は洛陽で死去する。（数え歳）66歳であった。「各地に駐屯する将兵は私の葬儀のためその地を離れたりしないように。……埋葬する際、金玉珍宝を入れてはならぬ」などと遺令する。「（魏の）武王」とおくりなされ、2月、高陵に葬られた。

以上『三国志』武帝記に見られる曹操の事績の主なものである。これで見る限り曹操は低い身分より身を起こし、才覚と胆力によって乱世を切り拓いた一代の英雄である。著者の陳寿も「武帝紀」の末尾で次のように評している。

最後まで国政を統べ、よく大業をなし得たのは、その智略が最も優れていたからである。そもそも非常の人、超世の傑物であると言えよう。

しかし陳寿は「武帝紀」の中で曹操の残虐な一面をなるべく抑制して記そうとする。曹操は各地の諸侯との戦闘の際に時々やらずもがなの虐殺を行った。例えば父の曹嵩を殺したとして陶謙を征伐した時には「通過する所で多く虐殺が行われた」と簡潔に記している。更に曹操は袁紹を打ち破った後、「偽って投降した者を曹操は尽く穴埋めにした、前後殺す所は八万人であった」（『三国志』袁紹伝及びその注）という大虐殺を行ったが、「武帝紀」にはこの記述はない。

曹操には寛大な一面があり、自分に帰投もしくは降伏した者を殺さないで受け入れ、適宜処遇している。例えば呂布に襲撃され、根拠地の下邳を奪われた劉備が曹操を頼ってきた時である。部下の程昱（ていいく）が、劉備は将来の禍根となるから殺す方がよいと進言するが、英雄を殺して天下の人心を失うのはよくないとして従わなかった。その劉備の配下にあった臧覇（ぞうは）、孫観などは、劉備が呂布に撃破された後は呂布に従っていた。曹操は呂布を敗死させた後、臧覇などを厚遇し、各地の地方官に任命した。こうした曹操の寛大さは自らの隊伍を大きくする必要もあって、彼の征戦歴の前半でよく発揮されており、「武帝紀」はそれらを余さず記録している。

しかしその征戦歴の後半の赤壁の戦い以降、豊臣秀吉が千利休に切腹を命じたように、さしたる理由もなく何か気に障ることがあるだけで配下の文化人を殺している。殺された人の幾人かは『三国志』で別に伝が立てられ、そこで曹操に殺されたと書かれているが、「崔琰（さいえん）伝」の末尾に次のように言うだけで、その伝すら立てられていない。

初め、太祖（曹操）は疑い深く、その勘気に触れる者、魯国の孔融、南陽の許攸（きょゆう）、婁圭（ろうけい）はみな曹操と長いつき合いなので慎まずに誅殺された。

そのため裴松之はここで孔融、許攸、婁圭の伝記を注記して補充している。

『三国志』の著者陳寿が曹操に配慮していると思われるもう一つの事例は、曹操の赤壁における敗戦をあっさりと記述していることである。「武帝紀」に言う。

> 曹公は赤壁に至り、劉備と戦い、うまくいかなかった。疫病が蔓延し、士官や兵士で死ぬ者が多く、軍を引いて返った。

これだけである。同じ先主（劉備）伝にはこれよりやや詳しい。

> 呉軍は先主と力を併せて曹公と赤壁に戦い、大いにこれを破り、その舟船を焼いた。先主と呉軍は水陸ともに進み、南郡まで追撃した。時に疫病が流行し、北軍（曹軍）は多く死んだ。曹公は軍を引いて帰還した。

このように『三国志』の、特に「武帝紀」で陳寿が曹操の残虐な一面を抑制的に記述したり、曹操の決定的な挫折であった赤壁の敗戦を小さく見せようとする。その背後には、陳寿の、魏の実質的な創始者である曹操に対するある種の遠慮があるからだと思われる。

陳寿の伝記は魏の次の時代の晋（しん）の歴史を記した『晋書（しんじょ）』巻82に見える。それによると陳寿は三国の蜀の出身で、蜀が滅亡すると魏に代わった晋に仕えて著述を司る官や地方官を歴任した。

陳寿の仕えた晋は魏から「禅譲」されて創建された王朝である。禅譲と言っても魏の文帝、曹丕が力づくで後漢に帝位を譲らせたように、曹魏の皇帝を退位させて司馬氏の晋を創建したのである。晋王朝はこのように曹操の創始した魏を土台として創建された。そのため晋に仕えた陳寿が曹操の事績を記述する際には、その短所をなるべく隠蔽せざるを得なかったのである。

魏から晋への政権交代とよく似ているのは、わが鎌倉時代における源氏から北条氏への政権交代である。鎌倉幕府の創始者源頼朝は、曹操と同様に武力で政権を掌握したが、頼朝の妻、政子の父である北条時政が頼朝の子の二代将軍頼家を追い落としてその弟実朝（さねとも）をその後釜に据えて傀儡とし実権を握った。そ

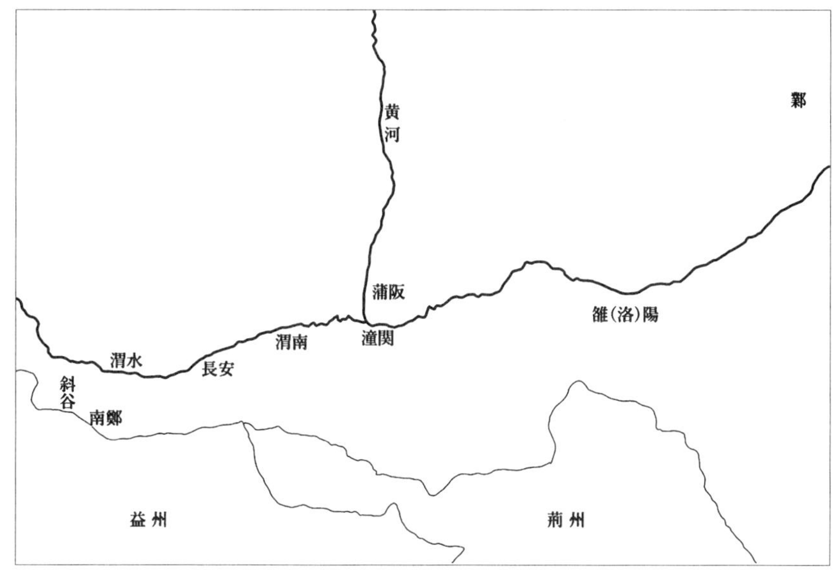

図7：曹操征戦関係図（中国中西部）

の後時政はその子の義時に追われるが、この辺から北条氏による執権政治が始まる。

さて『吾妻鏡』は鎌倉時代の歴史を記述した書だが、北条氏の代々の執権者を称揚し、源氏の頼家や実朝には批判的である。それでも北条執権の源流とも言える源頼朝はさすがに悪く言えなかったらしく、その事績をきちんと跡づけざるを得なかった。

『三国志』の著者陳寿と『吾妻鏡』の著者（誰であるかは不明）は、ほぼ同じ立場に置かれていたと言えよう。

VIII　曹操（3）――奸雄曹操――

前２回では『三国志』武帝紀の英雄曹操像を見てきたが、同じ曹操を「奸雄」だとするもう一つの見方がある。明代の小説『三国演義』がその代表であるが、この書に限らず過去の中国ではこの見方が時代を通じて支配的であった。京劇では曹操が悪者の隈取りをして登場するなどその証拠は無数にある。本稿ではなぜ曹操が奸雄視されたのかを『三国演義』によって考えてみたい。

『三国演義』（以下『演義』と略称）では『三国志』武帝紀に記す曹操の事績は抹消したり歪曲したりしないでほぼそのまま認めるが、「武帝紀」が取り上げない、曹操の奸雄らしさを示す話柄を処々に挿入している。以下幾つかの例を挙げる。

A.　呂伯奢一家皆殺し事件

董卓の専横を憤った曹操は宝刀を献上するふりをして董卓を刺し殺そうとする。しかし見破られて逃走し、故郷の陳留郡に帰って董卓討伐の兵を挙げようと志す。途中、曹操の心意気に感じた中牟(ちゅうぼう)県の県令（「県」は「郡」の下部の行政単位、「令」は県の長官）の陳宮が官を捨てて曹操に同行する。

3日目に成皐(せいこう)地方（成皐は中牟県の西方にあって曹操の向かう陳留とは逆方向になる）に至り、日暮れになって曹操は父の友人、呂伯奢が近くに住んでいることを思い出し、訪ねて行って一夜の宿を乞う。呂伯奢は珍客の来訪を喜び、酒と肴を用意するために驢馬に乗って隣村に出かける。曹操と陳宮が待っていると、屋敷の後から刀を磨く音がする。耳を澄ますと、「縛って殺したらどうか」と言っている。曹操はてっきり自分たちを殺す謀り事だと思い、先手を打って剣を抜いて踏み込み、その場にいた男女8人を皆殺しにする。見ると一匹の豚が縛ってあって、それをどう殺すかの相談だった。

二人は急いで馬に乗り外に出ると、向こうから呂伯奢が驢馬の鞍に酒をぶら下げ、手に野菜などを携えてやって来る。二人を見て驚き、なぜ行ってしまわれる、引き返されよと叫ぶ。曹操はやり過ごしておいて引き返し、呂伯奢を切り捨てる。陳宮は仰天し、先程のは勘違いだったが、今のは何のため？と聞く。曹操は、呂伯奢が帰宅して家人が殺されているのを見たら、きっと皆で追いかけて来るからだと答える。そして曹操は言い放つ、「むしろ我をして天下の人に背(そむ)かせても、天下の人をして我に背かせまい」と。陳宮はこんな男と行動を共にはできないと考え、夜のうちに去ってしまう。後に陳宮は呂布の軍師として曹操と戦う巡り合わせとなる。

以上の話は『三国志』武帝紀にはないが、裴松之の注が引く『魏書』などに曹操が呂伯奢の家人を殺したと見えており、『演義』はそれをネタにして前述の話に仕立てたのである。

B.　衣帯詔事件

『三国志』武帝紀では、曹操は皇室を擁護し、皇室も曹操を丞相に任じたりして頼りにしていたように見えるが、『演義』では両者は絶えず衝突していたとする。衣帯詔事件はその端的な一例である。

曹操はある時、天子（献帝）を誘って許昌の野で狩をする。一頭の大鹿が飛び出し、天子は3回射たが当てられない。天子が曹操に射てみなさいと言うので、曹操は天子の宝弓を借りて一矢で射止める。群臣は天子が射当てたと思い、万歳と叫ぶが、曹操は自分が射当てたことを示すために天子の前に立ちはだかってその万歳を受ける。その上天子に宝弓を返さない。

天子は宮殿に帰った後、泣いて伏皇后にその件を話し、二人は皇后の父・伏完とも相談して「曹操を討つべし」という密詔を書いて伏皇后の玉帯の中に縫いこみ、頼りとする車騎将軍の董承に与える。董承は帰宅後それに気づき、賛同する仲間を集めて連判状を作る。たまたま許昌に滞在していた西涼太守馬騰（前述の馬超の父）や劉備も加わる。

董承は曹操の侍医の吉平を仲間に入れ、吉平は曹操の毒殺を謀るが失敗する。拷問を受けても吉平は口を割らず、自殺する。董承の下男が董承の侍妾と通じているところを董承に尤められ、曹操の府中に駆けこんで一件をばらしたことから謀り事は曹操の知る所となる。曹操は董承等の首謀者5人及びその家族700余人を処刑する。目にした官民で涙を流さない者はなかったという。更に曹操は宮中に踏みこみ、董承の妹の董貴妃を、献帝が貴妃は妊娠5ヶ月だからと哀願するのもかまわず、連れ出して縊死させる。

この事件は『三国志』武帝紀の中に「劉備がまだ根拠地の下邳に向かわない

で許昌にいた時に、ひそかに董承等と謀反を企てた」とあるだけだが、同先主（劉備）伝にはより詳しい。

先主がまだ許昌を出ない時、献帝のしゅうとに当たる車騎将軍董承が帝の衣帯中の密詔を受け、（先主はそれに賛同して）曹公を誅すべきだとしたが、まだ実行しなかった。……たまたま曹操に派遣されることになり、実行に及ばないうちに事が発覚し、董承等はみな誅殺された。

類似の記述は後漢の歴史を記した『後漢書』献帝紀などにも「夷三族」（父、母、妻の一族を皆殺しにする）とあり、『演義』の上記の一段はこれらの史料に基づいている。

C. 伏皇后の弑殺

赤壁の戦いの後の214年にもこれに類似する事件があった。献帝と伏皇后は曹操が後漢王朝を廃して自ら帝位に即くのではないかと疑い、ともに悲嘆する。皇后は父の伏完と謀って曹操を除こうとし、父あての密書を書いて信頼できる臣下の穆順（ぼくじゅん）にとどけてもらう。同様に曹操に反感を抱いていた伏完は同意する旨の返事を書き、穆順は頭髪内にそれを隠して宮中にもどってくる。しかし運悪く宮門で待っていた曹操に見つかり、返書を探し出される。

曹操の命を受けた尚書令の華歆（かきん）は五百人の武装兵を率いて宮中に乗りこみ、柱の中に身を隠した伏后をつかんで引きずりだす。献帝は胸を打って大哭するが、どうしようもない。曹操は伏皇后及び皇后が生んだ二子を殺し、伏完、穆順などの一族二百余人を斬に処す。

この事件は「武帝紀」にも簡潔に記す。

漢の皇后伏氏は父の元の屯騎校尉伏完に書信を送り、帝は董承が殺されたために曹操を恨んでいると言い、文面がはなはだ醜悪（曹操を酷く批判したの意）であった。それが曹操に知られて殺され、一族もみな、処刑された。

D. 部下の誅殺

曹操は何か気に障ることがあると、それまで彼を支えてきた部下と誅殺しているが、前述のように『三国志』では2、3人の例外を除いてその経緯を記述していない。しかし『演義』ではすべてそれらを書きこんでいる。『三国志』に記述された者は除き、『演義』だけが取り上げた場合を２つ紹介する。

孔融：208年、曹操は荊州の劉表の元に身を寄せている劉備を討伐する準備を始める。孔融は孔子の末裔で当時一流の文化人であり、この戦役には大義がないので中止するよう諫めた。曹操はそれを聴き入れなかったが、孔融が慨嘆するのを耳にした者がそのことを曹操に告げ口した。曹操は怒り、孔融及び二人の子を斬らせた（『演義』40回、「回」は「巻」と同義で、長編小説の章分けに用いられる）。（前稿で述べたように『三国志』に孔融の伝はなく「崔琰伝」の注に見える）。

楊脩：曹操と蜀の劉備が漢中の争奪戦を繰り広げた時、曹操は戦況が思わしくないので退却を考え始めるが、蜀兵の物笑いとなりそうなので躊躇していた。たまたま食事中のお椀の中に鶏肋（けいろく）（鶏のあばら骨の意で肉は付いていないが、味があって捨て難い）が入っていたので思わず「鶏肋、鶏肋」と口にした。それを聴きつけた参謀の楊脩は、それは曹操がこの戦役に見切りをつけて帰りたがっている寓意だと取り（「漢中は執着するほどの価値はないが、といって捨て難い」と考えた）、兵士に帰る準備をさせた。それを聴いた曹操は楊脩の気のまわし過ぎに大怒し、これを斬らせた（同72回）（この件は『三国志』武帝紀にはないが、曹操の子の一人である「陳思王植（曹植）伝」に簡単に触れられている）。

さて以上のＡ～Ｄの話柄を併せ考えると、曹操には本来残虐な一面があり、後漢王朝もただ利用するだけで擁護していたとは言えず、曹操を助けて働いた部下たちも曹操とは絶えざる緊張関係にあったと言えないだろうか。こう見て来ると曹操は確かに「雄」ではあったが、「英雄」ではなく「奸雄」だったとなってこよう。

奸雄＝悪玉だとすると、その対極に善玉を設定したくなるのが人情である。少なくともその方が話をおもしろくする。そしてその善玉に相応しい人物としては劉備を措いて他にない。劉備は『三国志』先主伝に、漢景帝（前漢第6代、前157‒前141在位）の子、中山靖王（劉）勝の子孫である。

とあるように漢の帝室の末裔であり、劉備の一生の事業は漢王朝の復興を目指すものであったことは、今まで見て来た通りである。その観点から後漢王朝をないがしろにする曹操に対して董承などと語らってクーデターを企てた程である（前々稿参照）。

更に劉備は『三国志』で見る限り必ずしも「仁君」ではなく、権謀術数を弄する小型曹操的人物だが、曹操にはない、他人の労苦を思いやる一面がある。例えば曹操が劉表の元にいる劉備を討つため荊州に押し寄せる。劉備は南に避難するが、当陽の近くで劉備を慕ってついてくる民衆が十余万人にふくれ上がった。ある者が「この大衆を置き去りにして早く江陵に逃れるように、でないと曹操の兵に追いつかれます」と進言する。しかし劉備は「今、人々が私に帰順している、どうして捨て去るに忍びよう！」と承知しない。結局曹操の兵にふみにじられる。

『演義』では悪玉の曹操を攻撃し、善玉の劉備を擁護する観点から、実際以上に劉備や蜀側の人物の活躍場面を創作している。孔明の赤壁の戦いでの虚実混えての活躍ぶりは「孔明（1）」で見た通りだが、関羽も実際より大きく取り上げられている。

例えば曹操は自分にクーデターを企てた劉備を討つため東に向かい、劉備は敗れて袁紹を頼る（前々稿参照）。劉備の二人の夫人及び関羽は下邳で曹操の捕虜となる。曹操は関羽を優遇し、何とか自分の配下にしようとするが、関羽は膝を屈しない。曹操と袁紹の決戦の時、関羽は曹操軍の一将として出陣し、袁紹の名将、文醜を斬る。その後関羽は劉備の居所を知り、曹操からもらった賞賜をそのまま残して二夫人とともに劉備の元に去る。ここまでは『三国志』関羽伝に記述があるが、『演義』では関羽は袁紹の部下・文醜も斬ったことにし、曹操の追手を撃退したり、途中離散した張飛と再会したり、後に活躍する趙雲を仲間に引き入れたりする場面を長々と描いている（27回、「美髯公（関羽）千里

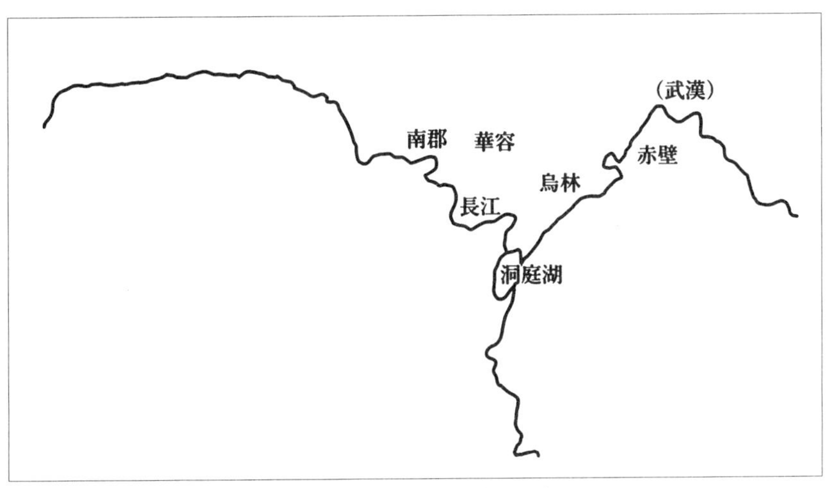

図8：赤壁戦後、曹操敗走地点

単騎走る」の章)。

また赤壁の戦いに敗れた曹操軍は『演義』によると烏林を経て南安まで敗走するが、所々で劉備・孫権側の兵の待ち伏せ攻撃に遭う。最後に烏林で関羽の兵に遭遇し、曹操は万事休すが、関羽はかつて曹操から受けた厚遇を思い出し、従う者27騎までに減った曹操の兵を見逃してやったとある(50回、「関雲長」(「雲長」は関羽のあざな)義に曹操を釈す)。(図８)

曹操の敗戦を短い記述で済ませた『三国志』の記述(前稿参照)とは大違いである。

IX 『資治通鑑』の曹操観

以上で相対立する曹操観を見てきたが、本稿では歴史家の冷静な眼で見た曹操観を紹介する。そして後半では、曹操に対する見方が他の人物にも適用されているかを確かめるため、呉の三君の場合を取り上げる。

前述のように中国の各王朝の興亡を記した歴史書は、帝王であれ、その手足となって働く官僚であれ、一人一人の伝記を書くという「紀伝体」のスタイルで書かれている（「紀」は「本紀」で帝王の伝記、「伝」は「列伝」で各個人の伝記の意）。歴史と言っても各個人の言動の総体であるから、当然このスタイルでも歴史を記録することができる。紀伝体の創始者である司馬遷の『史記』は、小国の分立時代である春秋戦国時代（前770年―前221年）を主な対象としており、これらの時代は何年何月に何が起こった式の編年体で記すのは不便であるから、紀伝体にしたのである。但し紀伝体では各国の事件の前後関係が分かり難いので、「表」（年表）を付けてその欠点を補っている。

史記以降中国の歴史書は紀伝体が主流となるが、このスタイルでは事件の先後の関係やAの事件の後になぜBの事件が起こったのか、事柄の因果関係が不明確である。例えば孔明が北伐を開始した頃に曹操がなお健在であったのか否かは、2人の伝記を開いて見ないと分からない。また張魯の支配する漢中は先に魏の版図に入り、後に蜀の有に帰するが、この辺の事情も紀伝体の『三国志』だけからは分かり難い。

一方歴史書の記述法としては年月を追って事件を記す編年体があり、この方が一般的である。これだと各個人の伝記は個々の事件の中に分散してまとまりを欠きやすいが、事件の先後や因果関係は明瞭になる。

宋の司馬光（1019-1086）は数名の助手を使い、歴代の紀伝体の正史を主な史料とし、その注その他の史料をも適宜取り入れて、紀元前403年から959年までの歴史を記述して『資治通鑑』と名付けた。「資治」とは政治に役立つ意であり、「通鑑」とは「為政者がその歴史の前に己の姿を映して、誤りがあれば正す鏡」の意で、過去の歴史を知ることが現在や未来に正しく身を処す道だとする伝統的な歴史観を反映している。約19年を費やした全294巻の大著であり、完成後に司馬光は「臣の精力、この書に尽く」と慨嘆している（皇帝にこの書を進呈するのに添えた「進書表」に見える。「表」は手紙の意）。

この『資治通鑑』（以下『通鑑』と略称）では曹操をどう評価しているであろうか。司馬光は、曹操の時代とは遠く離れており、何の係累もなく自由に論評できる立場にある。

『通鑑』巻59に、188年、曹操は諸侯が霊帝を廃して別人を立てようとしたことに反対したとあり、これが曹操の初出である。

220年、残暴の限りを尽くす董卓を討つため、多くの諸侯が袁紹を盟主として連合し、曹操も参加したところから彼の活躍が始まる。

義挙とは名ばかりで、それぞれの思惑から諸侯は進んで董卓と矛を交えようとしない。曹操は彼らを叱咤激励し、果ては単独で董卓軍と戦い、流れ矢にあたり、乗馬も負傷して退却する（『通鑑』巻59）。各地に割拠した群雄の中で曹操が一歩ずつ抜きん出て行くのは、随所で発揮された曹操のこうした果敢さによる所が少なくない。

この果敢さに加えて曹操は縦横に機略を発揮する。211年、曹操は潼関に兵力を集中して、関中の諸侯がそこに集まるのを待つ。このように守勢をとった理由を後に部下から聞かれた曹操は、次のように答える。関中は広く、そこに蟠踞する諸侯を各個に攻略していたら、1、2年かけなければすまなくなる。そこで彼らを潼関におびきよせ、一まとめに撃破しようとしたのだと（巻66）。

ただいかに機略縦横な曹操でも一人だけで全作戦を切り盛りするのは不可能である。時に部下の献策に耳を傾け、なるほどと思うものは採用している。例えば官渡で袁紹と対峙した時、袁紹を見限って曹操の許に投じた許攸（きょゆう）が、袁紹軍の食糧貯蔵所の故市、烏巣を襲うよう進言する。曹操はその策を容れ、自軍に袁紹軍の旗を立てさせて袁軍に見せかけ烏巣を急襲して焼き払う（巻63）などはその一例である。

曹操はこのように部下の献策によく耳を傾け、戦況を有利に展開していくが、この種の作戦参謀を周りに集めているのは曹操に限らない。しかし彼らの献策を活用できるか否かは各諸侯の力量にかかっているのである。官渡の戦いで袁紹は顔良を派遣して白馬にいる劉延を攻撃させようとする。袁紹の参謀の沮授（そじゅ）は、顔良はせっかちで狭量だから一人だけで遣るべきではないと諫めるが、聴き入れない。一方、曹軍では荀攸（じゅんゆう）が、兵を二手に分け、一方では袁紹の動きを牽制し、一方では油断している顔良を襲うよう献言し、曹操はその策を入れて顔良を敗死させている（巻63）。

なおこうした参謀は軍事上の献策をするだけでなく、政治その他の施策全般に渉って意見を具申する場合が少なくない。例えば当時の帝室の勢力は微弱であったが、皇帝を自領内に保護して自軍の権威づけとすることは、かつて沮授その他が袁紹に提案したが取り上げられず（巻61)、却って曹操が荀彧（じゅんいく）の意見に従って天子を根拠地の許昌に迎えている（巻62)。董卓討伐義軍の旗挙げ当時、名もない一軍団の長に過ぎなかった曹操が、少しずつ勢力を拡大して行くのには、曹操個人の勇気や智略のみならず、部下の献策をよく容れたことによる所が大きかったのだが、それは誰にでもできるのではなく、曹操の器量がそれを可能にしたのである。

以上のように司馬光はなぜ他の諸侯を圧倒して大勢力となるに至ったか、その過程を克明にたどっていると言える。しかしこれは無批判な称賛などではない。なぜなら曹操の残虐さを示す一面は細大漏らさず記述しているからである。

例えば曹操の父は陶謙の部下に殺されるが、曹操はその仇討ちのため陶謙を徐州に攻め、「男女数十万人を泗水に坑（あなう）めにして殺し、泗水はそのために流れなかった」（巻60）とあり、袁紹を官渡に破った後にも、その降卒７万余人を阬（あなう）めした（巻63）とある。

董承が主謀者となり、劉備なども謀議に与った曹操に対する反逆事件（巻63）と伏皇后がその父の伏完と語らって曹操を除こうとした事件（巻69）についても、『三国志』武帝紀のような簡略な記事で済ませず、謀議の進行から発覚、処刑に至る過程をまとめて記述している。

曹操の許には優れた謀士が集まり、種々献策してその覇権確立を助けたことは前述の通りだが、後には曹操の気に障って誅殺された者も少なくない。そのうちの一人、孔融について、『三国志』では立伝していないが、『通鑑』では『三国志』崔琰（さいえん）伝の裴松之注によってまとまった記述をしており（巻65)、許攸についても同じ裴松之注によって『三国志』よりもより詳しい経緯を記載している（巻64)。

『通鑑』は『三国志』のように曹操の残虐さを隠蔽したり小さく見せたりする

気はなく、曹操を倫理道徳的には見ないで、なぜかくも強大になったか、その必然性を示すことに努めている。

このことを端的に示す話柄がある。212年、家臣の董昭が曹操の意を迎えて、明公（曹操）はこれ程の功績があるのだから、天子の位に即いたらいかがか、ともちかけた。これに対して荀彧は、曹公はあくまで義兵を興して国家の安寧を計ってきたのだからと反対した。曹操は荀彧の意見を喜ばなかった。曹操はこの後孫権を討伐するが、荀彧を参加させず、後方守備に留めた。荀彧と言えば曹操の筆頭格の謀臣である。この発言のせいで疎外されたと感じた荀彧は毒をあおいで自殺する。ここで『通鑑』は要旨次のように論評している（『通鑑』の所々にこうした論評が挿入される）。

孔子は弟子の子路や冉求（ぜんきゅう）、楚国の令尹（宰相）子文などはみな「仁」とは言えないと否定した上で、独り管仲を仁者だと認めている。（斉の）桓公は公子糾（きゅう）を殺したが、管仲は自分の主君の公子糾と共に死ねなかったばかりか、主君の仇である桓公の宰相となった。そして桓公を覇者たらしめ、乱世を正し、民衆は今に至るまで恩恵を受けている。管仲がいなかったら今の我々はどうなっていたか分からない〔以上はほぼ『論語』憲問篇からの引用。斉の桓公は春秋時代（紀元前770年—同403年）の、諸侯の領土を兼併はしなかったが、号令で彼らを動かした春秋の五覇の一人、管仲は桓公を補佐して、その大を成さしめた〕。

斉の桓公の兄殺しは、犬や豚並みの身もふたもない話だが、管仲はそれを恥ともしないでその宰相となった。桓公でなければ民を救うことができなかったからであろう。後漢末の大乱による民衆の困窮は、曹操のような傑出した才能の持ち主でなければ、世を救うことができなかったのだ。荀彧は曹操を捨てて誰に仕えようとしたのか（巻66）。

曹操は時に「狗彘（くてい）」（犬や豚）並みの鼻もちならない汚点もあったが、群雄を平定して世の中を安定させ歴史を前進させた。司馬光はこの点を評価し、それがなぜ可能となったのかを克明に記述していると言えよう。

呉の三君の場合

司馬光がこうした観点から歴史を評価しているとすれば、三国時代の蜀や呉の統治者に対しても同様な観点が適用されているはずである。曹操に対する以上のような評価基準が他の人物にも用いられていて普遍的なものかどうか、これまで本稿であまり言及しなかった呉の場合について検証してみよう。

呉の初代の当主孫堅は長沙太守（太守は州の下の単位の郡の長官）であったが、数万の兵を率いて袁術に投じ、豫州刺史（刺史は州の長官）に任ぜられた（巻59）。董卓の軍と戦い、洛陽まで進出して董卓の部下の呂布を破り、後漢王室の宗廟を清掃し、太牢〔牛、羊、豕(ぶた)を含んだ供物〕で祭った（巻60）。191年、袁術は孫堅に荊州の劉表を討たせた。劉表は黄祖を派遣して防がせたが、黄祖は敗れて峴山(けんざん)中に逃れた。孫堅は夜間追撃し、黄祖の配下の兵が竹木の間から射た矢にあたって死んだ（巻60、時に孫堅、26歳）。

孫堅には４人の子と１女があったが、長男の孫策が父の跡を継いだ（孫権は次男）。時に17歳で、同じ年の周瑜とは既に親交があり、有無相通じる仲だった。孫策は袁術に亡父の率いていた兵卒を返してくれるよう要求したが、袁術は、君のおじが丹陽太守になっているので、そこで募兵したらどうかと言って応じなかった。孫策は丹陽で募兵したがうまくいかず、再度袁術に頼んで千余人の兵士を返してもらった。袁術は孫策を九江の太守にしてやると約束しながら、それを反故にして別人を任用した。孫策の校尉（宿衛兵を監督する役）となっていた朱治なる者が袁術を見限って江東（長江の東の江蘇・浙江などの地）を切り取るよう勧め、孫策はそれに従って歩兵千余、騎兵数十騎を率いて渡江し、歴陽に至る頃には5、6千の軍勢となった。当時丹陽にいた周瑜は孫策に資財と食糧を援助した。

孫策は向かう所敵なしの進撃を続けるが、初めにその理由を次のように説明している。

軍士は命令をよく聴き、民衆のものを略奪せず、鶏や犬、野菜類に至るまで一切手を出さなかった。民衆は大いに喜び、先を競って牛肉や酒で軍を慰労した。

孫策は容貌体型が美しく、よく笑いよく語り、闊達に人の意見を聴き、よく人を用いた。それで士民は心を尽くさない者はなく、楽しんで彼のために死ぬ気になった。

この評語の後半はそっくり『三国志』呉書の孫策伝にあるが、前半は孫策伝には「軍令は整粛で、民衆はこれに懐いた」とあるだけであり、『通鑑』ではより詳しい説明になっている。

次いで孫策は揚州刺史劉繇を破って曲阿を占領した。この頃には2万余人の兵力となっていたが、呂範を都督の官（軍の綱紀を整える役）に任命した。孫策は会稽郡を取ろうとしたが、太守の王朗は浙江の東岸の固陵によってよく防戦した。しかし孫策は叔父孫静の献策に従って軍を二手に分け、孫策は一軍を率いて背後から襲い、王朗は降伏した。

孫策は狩猟を好んだが、新たに彼の功曹（軍功を記録する係）となった虞翻は次のように諫めた、殿はお忍びで出かけるのがお好きで、殿をお護りする者は警備が大変です。人に君たるものは重々しく行動しないと威厳がありません。少しく留意されますようにと。孫策はその通りだと答えたが、改められなかった。

この一条は後にお忍びで猟に出かけて命を落とすことになる伏線を予め置いたのである。

周瑜と魯粛は、袁術に地方官に任命されたが、二人とも袁術を見限り、長江を渡って孫策の配下になった。また孫策は戦で捕虜にした祖郎や太史慈を許し、自らの幕下に加えた。劉繇が豫章で死に、その率いていた万余の兵が帰趨に迷っていることを知ると、降伏したばかりの太史慈を派遣し、希望者は孫策の隊伍に組み入れると言わせた。孫策の部下たちは、太史慈はこのまま逃亡するのではないかと危惧したが、孫策は太史慈は然諾を重んじる（一度承知したことは必ず実行する）男だとして行かせた。果たして太史慈は役目を果たして帰還する。

孫策はこの後江夏太守周瑜とともに皖城（かんじょう）に拠る劉勲を襲って勝ち、そこの人民を呉郡に移した。劉勲は曹操の許に逃げ込んだ。更に沙羡で黄祖を攻め、劉表は黄祖に５千の援軍を差し向けたが、孫策はともに撃破し、黄祖の妻子及び船６千艘を捕獲、数万人の士卒を敗死もしくは溺死せしめた。孫策は豫章を攻略するため椒丘に駐屯し、虞翻を派遣してそこの太守華歆（かきん）にむだな抵抗をやめるよう説かせた。華歆は受け入れ、豫章を明け渡す。

これより先、孫策は呉郡太守許貢を殺した。許貢の食客が民間に潜み、許貢の仇を討とうとした。孫策は狩猟好きでよく出かけたが、乗馬は精駿で、護衛の騎兵は追いつけなかった。ある時許貢の食客であった３人が待ち伏せていて、矢を放って孫策の頬にあてた。後から来た護衛兵が３人を殺したが、孫策はこれで命を落とす。死ぬ前に弟の孫権を呼び、後継者であることを示す印綬（バッジとそれを吊す紐）を与え、次のように諭す。

> 江東の衆を率いて、対陣中に勝敗を決するには、君は我に及ばない。しかし賢者を登用し、有能な者を任用し、各々にその本分を尽くさせて江東を保つには、我は君に及ばない。

この言はそのまま今後の孫権の行き方の予言となった。

とまれ呉は孫策の働きによって大きく勢力を拡大し、ほぼ会稽、呉郡、豫章、廬江、盧陵の各郡を領有するに至る。孫策がここまで版図を拡大し得た第一の理由は、暗愚な袁術に見切りをつけてその頤使から脱し、同時に精力的に北中国の諸侯を斬り従えていた曹操との競合を避け得たからである。更に部下の進言をよく容れ、孫権への遺言に言うように、戦陣における果敢さがそれを可能にした。

孫策の奮闘によって版図が拡大したとは言え、まだ強固な君臣集団が形成されているとは言えなかった。すでに孫策に仕えていた張昭や周瑜に加えて魯肅や呂蒙、諸葛瑾などが当主となったばかりの呉に投じる。甘寧は初め部下とともに劉表を頼るが、劉表は恃むに足りないと知って呉に入ろうとする。しかし夏口に拠る黄祖に阻まれ、三年そこに留まる。やがて甘寧も呉に投じ、孫権は宿敵であった黄祖を滅ぼす。

208年の赤壁の戦いでは、初め孫権は80万の曹操の大軍に抗すべくもないと弱気になるが、諸葛孔明や魯粛、周瑜などが勝てる方策を練り、孫権もようやく戦う決意をするに至る（巻65）。しかし別の面から見ると、この頃には次第に呉の国力――領土、人材、兵力など――も固まり、劉備、孔明などと協力すれば何とか北方曹操の軍に太刀打ちできる力をつけてきたことを意味する。『通鑑』がこうだと言っているのではないが、『通鑑』の記す呉の成長の跡をたどれば、こう受け取ることができる。

赤壁の戦いの後も呉は順調に版図を広げる。208年に丹陽郡に隣接する歙県などを占領して新都郡とし、2年後には嶺南（湖南省の衡山から東海に至る5つの山系の南の地。広東、広西の地域）を服属させる。212年、建業（今の南京）を根拠地にし、229年に帝号を称するや、ここが都となる。曹操の魏とは小ぜり合いを繰り返しながらも決定的な対決を避け、少しずつ疆域を広げ、国力を充実させる。孫権は父の孫堅や兄の孫策と違って長寿を保ち、252年に71歳で没する。

孫権の場合は、孫策が臨終の際に己と比較しつつ孫権を論評した言葉がほぼその通りに実現しており、『通鑑』の著者司馬光は、曹操の場合と同様に呉の三君についても、呉が大きく成長したその必然性を示していると言えよう。（図９）

X　唐詩二則――敦煌唐詩の校正資料価値――

本稿では敦煌から発見された唐詩が、ほぼ同じ時期に本土で流布していた同一の作品と較べてどんな違いがあるか、また違いが大きい場合はそれが何を意味するかを考えてみたい。本題に入る前に敦煌で発見された、唐詩を含む古文書群について大雑把に説明しておこう。

19世紀末、敦煌莫高窟の一室の壁が壊れて壁の向こう側に隠されていた大量

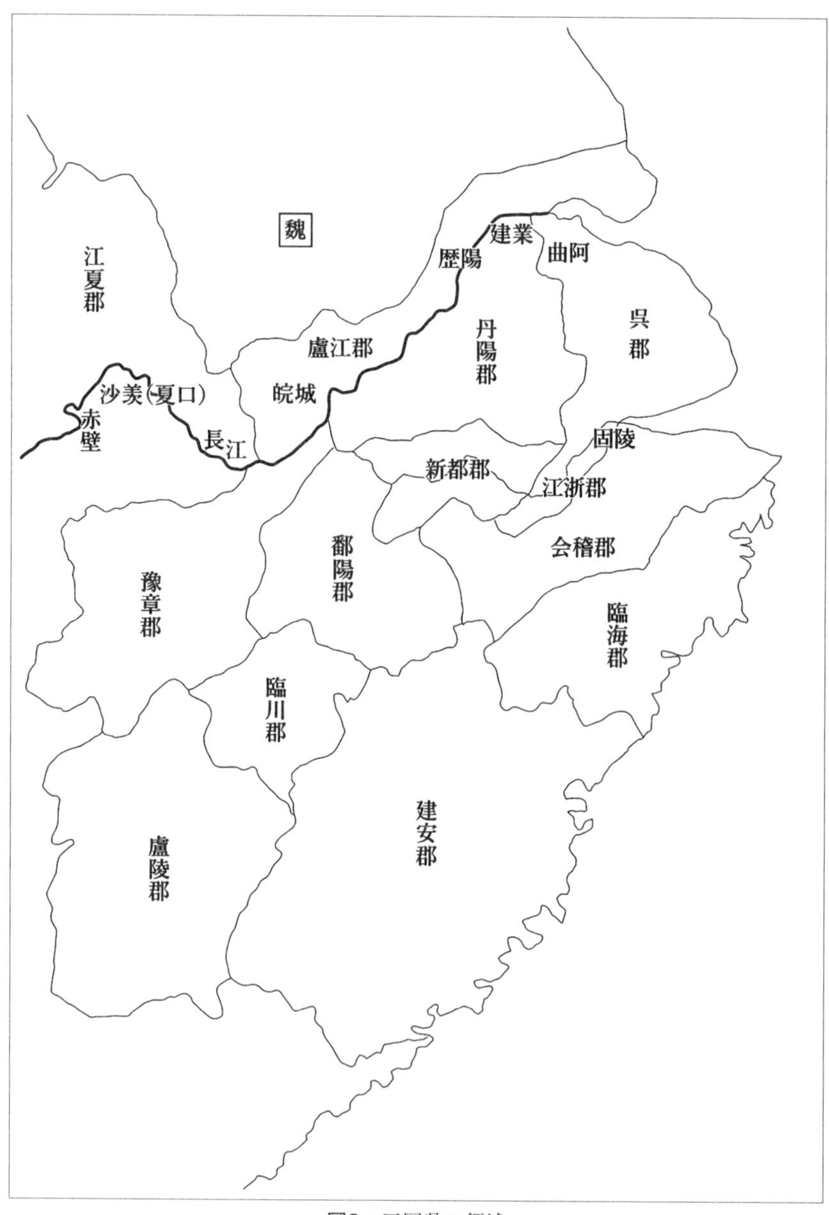
魏
江夏郡
建業
歴陽
曲阿
呉郡
丹陽郡
盧江郡
皖城
沙羡（夏口）
赤壁
長江
固陵
新都郡
江浙郡
会稽郡
豫章郡
鄱陽郡
臨海郡
臨川郡
建安郡
盧陵郡

図9：三国呉の領域

の古文書が発見された。全て写本で、その大部分は漢文で書かれた文書だが、それ以外にチベット語、トルコ語、ウイグル語など中央アジアの諸言語の文書もあった。当時のヨーロッパでは中央アジアの探検意欲が盛んで、文書の発見を聞きつけたイギリスのスタイン、フランスのペリオ、ロシアのオルデンブルクなどが敦煌を訪れ、莫高窟の管理者の王道士から二束三文の値段で古文書を買い取り、それぞれ本国に運び去った。慌てた中華民国政府も探索隊を派遣して残りを北京に持ち帰った。わが国にも一部分が招来されている。敦煌文書はかくして世界中に分散したが、現在ではそれぞれが鮮明に影印（写真に撮り印刷する）されて誰でも閲覧できるようになっている。

漢文で表記された文書の大部分は漢訳仏典だが、他には経書（儒教関係の書）、史書など中国の伝統的な書、本土には見られない俗文学の台本らしきものなども混っている。すでに本土で流伝していたと思われる唐詩も見られるが、敦煌の詩人が作ったものもある。

本土に流伝した唐詩と同じ作品で敦煌に運ばれたものとを比較すると、題や語句などほとんど変わらないもの、かなり違うものなどいろいろあり、違うものは両者を較べて校勘するのに役に立つ。

敦煌の唐詩で、同じ作品で本土に流伝していたものの語句を一部訂正できるものがある。例えば次のようにである。高適（こうせき）の「別崔少府」（崔少府と別れる、「少府」は律詩の前半は敦煌本にはこうある。）

知君少得意　　君、意を得ること少なきを知る。
汶上掩柴扉　　汶（もん）上に柴扉を掩う。
寒食仍留火　　寒食に仍（な）お火を留め、
春風未換衣　　春風に未だ衣を換えず。

（訳）君が少しく意に添わないことがあると聞く。汶水（もんすい）（山東省内を流れる川）の辺の住まいの柴の戸を閉め、寒食（冬至から105日後の３日間煮炊きを禁じる風習）にも火を燃やしたままであり、春風が吹いても春服に換えるのもおっくうだという風である（論語先進篇に「暮春には春服既に成り……」とある）。

第4句の「換衣」は現行本では「授衣」になっていて意味をなさない。敦煌本の「換衣」によって始めて適切に解し得る。

やはり高適の律詩「同陳留崔司戸早春宴蓬池」〔陳留の崔司戸（「司戸」は戸籍係）と早春蓬池（陳留にある池）に宴す〕の敦煌本第1、2句に言う。

同官載酒出郊圻　　同官と酒を載せて郊圻（こうき）に出て、

晴日東風雁北飛　　晴日東風雁北に飛ぶ。

第2句の「東風」は適確だが、現行本では「東馳」となっていてやはり意味不明である。

これらとは反対に、現行本ではすんなり意味が通るのに敦煌本ではそうでない場合もあるから、敦煌本が全てに渉って校正の基準になる善本だというわけではないが、有力な手掛かりであることは間違いない。

以上は敦煌本と現行文の間に見られる語句の違いだが、なかには大きく詩の構成そのものが違うのも見られる。孟浩然（689–740）によく知られた五言律詩がある。現行本によって示すと次のようになる。

臨洞庭上張丞相　　洞庭に臨み張丞相に上（たてまつ）る

八月湖水平　　八月湖水平らかに

涵虚混太清　　虚を涵（ひた）して太清に混ず。

気蒸雲夢沢　　気は蒸す雲夢の沢、

波撼岳陽城　　波は撼（うご）かす岳陽城。

欲済無舟楫　　済（わた）らんとして舟楫無し、

端居恥聖明　　端居して聖明に恥ず。

坐観垂釣者　　坐して釣を垂るる者を観るに、

徒有羨魚情　　徒に魚を羨むの情有り。

詩題にいう「張丞相」とは張九齢を指す。

（訳）八月に洞庭湖の水面は平らかで、虚（空間）をひたして天と（「大清」

は「天」の意）一つになっている。立ち上る蒸気は雲夢（うんぼう）の沢を蒸し、（「雲夢の沢」は洞庭湖の北側にある広大な沼沢地）波は岳陽城（「岳陽城」は洞庭湖の東北隅、長江が洞庭湖に流れ込み、また流れ出る辺にあり、湖に臨んで岳陽楼が立つ）を揺り動かしている。

湖を渡ろうとしても船やかいがない。何もしないまま聖天子の御世にあるのが恥ずかしい。見るともなく魚を釣る者を見ていて、魚を釣り上げたいという気分が湧いている。

前半は洞庭湖の雄大なたたずまい、後半はそれに較べるとやや卑小な仕官を求める気持ちを詠っている。

この詩は後世に編まれたどの詩集にもこの形で伝わっているが、敦煌の唐詩だけは前半の４句だけの絶句の形で発見された。

この詩について台湾の孟永武氏は次のように言う（『敦煌的唐詩』、1987年）。

おそらく最初はただ４句だけを作り、全部が叙景で題目は「洞庭湖作」であった。後でこの詩を張丞相に贈りたくなり、4句を継ぎ足し、その４句で贈呈の意を表し、同時に詩題も「望洞庭湖上張丞相」に改めた。

その改作以前の元の詩が敦煌に伝えられたという説である。

但しこの件については以下のような考えもできると思われる。古来長い古詩はともかく絶句や律詩は紙上に記録される前の一定期間、人の口頭から口頭へ伝承された形跡がある。

また唐詩にはしばしば作者に関する異説が見られる。例えば王維の「過香積寺」には『全唐詩』に「一に王昌齢詩に作る」とあって、この詩の作者は王維ではなく王昌齢だとする説があったことが知られる。同様に杜荀鶴の「春宮怨」は『全唐詩』には「一に周林の詩に作る」、皇甫冉（こうほぜん）の「春思」は『全唐詩』に「一に劉長卿の詩」とあってそれぞれ作者の異説を伝えている。これらも初めから詩と作者とが紙に書かれて伝承していれば、作者の異説などが起こりようもしなかったはずだが、作者を離れて詩だけが口頭で伝えられれば、詩集が編集される際にはこうした作者に関する異説も起こり得たに違いない。

つまり孟浩然の上記の詩は初めから8句の律詩であったが、口頭から口頭へ伝えられる過程で後半が脱落し、格調の高い前半のみがある地点、時期では行われ、それが敦煌へ伝えられた、そういう可能性もある。

この詩と同様なのは他にもある。李白の「千里思」は敦煌本では次のような絶句である。

李陵没胡沙　　李陵は胡沙に没し、
蘇武還漢家　　蘇武は漢家に還る。
相思天上山　　天上山を相思し、
愁見雪如花　　愁いて雪の、花の如くを見る。

（訳）匈奴に降服してその高官となった李陵は胡沙に死亡し、あくまで匈奴に降伏しなかった蘇武は漢の朝廷に帰還した。天上の山々を思い見るにつけ、雪が花のように積もっているのを愁いつつ眺められる。

今本李太白集ではこの詩に次の4句が付随している。

一去隔絶国　　一たび去って国を隔絶し、
思帰但長嗟　　帰るを思いて但だ長く嗟く。
鴻雁向西北　　鴻雁は西北に向かい、
因書報天涯　　書に因って天涯に報ぜん。

（訳）一たび匈奴に降服してより祖国と隔絶し、帰国を思ってただ長い悲嘆に沈む。雁（「鴻雁」は「雁」の意）は西北に向かい、手紙によって天涯にいる同胞に伝えたい。

前半4句は蘇武、後半4句は李陵の立場から詠われている。唐代には九月九日の重陽の日に李陵は蘇武の手紙を受け取ったとする伝説があったが、その伝説でもその手紙は雁の運んだものではなく、胡天の9月は飛雪の季節で雁は跡を払っているという（黄永武『敦煌的唐詩』）。従って第7句目の「鴻雁向西北」の「西北」は何としても解し難く、後人が妄りに加えたものだろうと黄永武氏も言う。

XI　唐詩――望郷二題――

『史記』の「項羽本紀」と「高祖本紀」、『漢書』の「高帝紀」によれば、始皇帝は紀元前221年に天下を統一したが、その死後、秦の圧政に抗して各地に反乱が起こった。その中で項羽と劉邦は初め力を併せて秦を攻め、先に秦の都、咸陽に攻め入った者が王になる約束をする。劉邦が先に咸陽を陥落させるが、兵力に勝る項羽が約束を無視して全土の支配者となる。項羽は、咸陽の町を焼き払い、財宝と婦女を略奪して東に向かい、彭城（江蘇省）に都を置いた。ある人が項羽に、関中（陝西省内の、渭水に沿って開けた地。函谷関など四つの関所に囲まれているのでこう言う）は四方を山河に囲繞されて防禦に適し、地味も肥えているのでここに都を置くのがよいと忠告した。しかし項羽は秦の宮室を破壊し尽くてしまった上、望郷の念止み難く、故郷の下相も近い彭城を都としたのである。しかし彭城は平原の中央にあって敵軍に蹂躙され易い。やがて項羽と劉邦は雌雄を決する戦いを始めるが、彭城は一度劉邦軍に易々と占領されることになる。項羽の望郷心がその都選びを誤らせたのである。

項羽を滅ぼした劉邦は初め洛陽を都にしようとしたが、部下の進言を容れて山河の天険に拠る関中の長安に都を定めた、都選びの点でも劉邦が一枚上だったと言えよう。しかし劉邦は、項羽とは別の形で望郷に悩まされることになった。『漢書』高帝紀及びその注によると、劉邦は漢王朝を創始して漢の高祖となり、その父・太公も長安に移り住んだが、太公は、住み慣れた故郷の豊県（江蘇省）に帰りたがった。困り果てた高祖は、長安の東に新たに豊に似せた町を造営して新豊と名づけ、豊の民をそこに移住させ、太公にもそこに住んでもらったと言う。

他郷に移り住んだ人々が慣れ親しんだ故郷を懐かしがり、新しい居住地に元の地名をつけて「新―」と称するのは、よくある話である。奈良の吉野地方から和歌山の新宮に至る十津川の渓谷沿いに十津川村がある。この村は明治22年(1889) 8月、集中豪雨による大災害に見舞われ、多くの村民が故郷を離れて北海道に渡り、新十津川村（現在は新十津川町）を建設したのなどもその一例である。ニューヨークなどアメリカやオーストラリアの「ニュー何々」という地名にも、同様の由来をもつものがあろう。故郷を懐かしむのは、古今東西を通じて変わらない人間の心情と見える。

唐詩にも望郷の情を歌ったものは少なくない。そしてそれはしばしば笛の音とともによまれる。李白の「春夜洛城に笛を聞く」に言う。

誰家玉笛暗飛声　　　誰（た）が家の玉笛か暗に声を飛ばす
散入春風満洛城　　　散じて春風に入って洛城に満つ
此夜曲中聞折柳　　　この夜曲中折柳を聞く
何人不起故園情　　　何人か故園の情を起こさざらん

詩意；一体どこの家の玉笛がひそかに声を飛ばしているのだろうか。笛の音は散って春風の中に入り、洛陽の町全体に響きわたる。この夜、曲の中にも別れの曲である「折楊柳」があった。一体何人がこれを聞いて故郷を思う情を起こさないだろうか。

北中国は昔から人口の移動が激しく、中でも洛陽や長安のような大都会には、故郷を離れて僑居（長期の旅住まい）する人が少なくなかった。

しかし望郷の情がより痛切なのは、辺境地帯や、それを越えて遠く国外に赴く兵士や官人である。有名な岑参（しんじん）の「胡笳の歌、顔真卿の使して河隴に赴くを送る」に言う。

君不聞胡笳声最悲　　　君聞かずや胡笳の声最も悲しきを
紫髯緑眼胡人吹　　　紫髯緑眼の胡人吹く
吹之一曲猶未了　　　これを吹いて一曲猶（な）お未だ了らざるに
愁殺楼蘭征戍児　　　愁殺す楼蘭征戍の児
………
辺城夜夜多愁夢　　　辺城夜夜愁夢多し
向月胡笳誰喜聞　　　月に向かって胡笳誰か聞くを喜ばん

詩意；きみは胡笳（西方異民族の笛。元は葦の葉で作ったが、後に竹製に変わったという）の声の最も悲しいのを聞いたことはないだろうか。紫のほほひげと青い眼の異民族が吹くのだ。これを吹いて一曲がまだ終わらないうちに、楼蘭（漢代、中央アジアのロブノール湖畔にあった小国）に遠征する若者たちを愁いに沈ませる。………辺境の町で毎夜悲しい夢ばかり見る。月に向かって吹かれる胡笳など、誰が喜んで聞くものか。

前掲２つの詩で見る限り、笛の音が郷愁を引き起こす原因の如くであるが、果たしてそうだろうか。

唐朝は四方に版図を拡大し、属領地を統治するために６つの都護府を設けた。現在の新疆一帯の西域まで支配が及び、安西、北庭の２つの都護府が置かれた。人々は西域に自由に往来できるようになり、その結果、砂漠地帯の特異な風光を詠じた一群の詩人が出現した。王昌齢、王之渙、高適、岑参などであり、辺塞詩人と呼ばれる。中でも岑参は実地の見聞をもとに臨場感に富む詩を作ったことで知られる。岑参は２回西域に足を運んでいる。1回目は天宝８載（749）から同10載（751）まで新疆中部にあった安西都護府に、2回目は天宝13載（754）から至徳２載（757）にかけて、やはり新疆東部にあった北庭都護府に、どちらも都護府の長官たる節度使の幕僚として赴任している。

第１回目の西域行では、慣れない砂漠地帯に旅であるため、旅中の苦渋と、それとうらはらになる望郷の思いを歌った詩が多い。次の「鉄関の西館に宿る」と題する１首は、安西に赴任する途中、少し手前の鉄関（鉄門関）に宿ったことを歌う。馬を走らせて長い長い道のりを進む、馬の落す汗で地面が濡れ、更にそれを馬が踏みつけてぬかるみとなる。雪中、地の果てを行き、灯火のともる天涯に宿る、と。後半の４句に言う。

塞迥心常怯　　塞は迥（はる）かにして心は常に怯え
郷遙夢亦迷　　郷遙かにして夢もまた迷う。
那知故園月　　那（なん）ぞ知らん故園の月の
也到鉄関西　　また鉄関の西に到るとは。

詩意；辺境の塞（安西を指す）は遠く、心はいつもおびえ、故郷も遙か彼方にあって、夢の中で帰る際にも迷いそうだ。意外にも故園を照らすその月が、今や鉄関の西にやってきている、という意味である。正しく「辺城夜夜愁夢多し（前掲「胡笳歌云々」）の情景である。

しかし第２回目の西域行では砂漠の風土にも慣れ、気分の上にも余裕が生まれたと見え、旅途の難儀や望郷の情を歌った詩は少なくなる。それどころか、この時期には西域での生活を楽しむかのように、長篇の古詩の詩型を多用して砂漠地帯の珍奇な風光を時には空想を雑えながら詠じている（２回の西域行での詩風の違いについては、陳鉄民・侯忠義『岑参詩校注』〔1981年、上海〕に指摘がある）。

こう見てくると望郷の思いは他郷にいる人々のその時の心理状態が不安定であればある程痛切になるにのであり、か細く、哀愁を指そう笛の音はそれを引き出すきっかけに過ぎないと思われる。

XII　唐詩によまれた「黄葉」

20年ほど前の秋に仙台で学会があり、終わってから一人で、柳田國男の『遠野物語』で知られる、岩手県の遠野に足を延ばした。カッパの伝承やオシラ様信仰など民話に彩られた東北の山村の晩秋のたたずまいを楽しみながら、ゆったりした気分で、あちこちをまわった。紅葉は既に盛りを過ぎ、木々の葉は茶色に変わって散り始めていた。ある時、向かい合った小高い山の木々の葉が折からの風にあおられてあちらでもこちらでも飛び散る光景を目にし、その時、図らずも初唐の詩人、王勃の「山中」と題する詩を思い出した。

長江悲已滞　　　長江に已に滞れるを悲しみ、
万里念将帰　　　万里将に帰らんするを念う。
況属高風晩　　　況や高風の晩（くれ）に属し、
山山黄葉飛　　　山山黄葉の飛ぶをや。

詩意は以下のようである。長江の辺で思わず長逗留になってしまったことが悲しくて、万里離れた故郷に帰りたく思う。まして風が高い木々をわたる日暮れに、この山、この山で黄葉の飛び散る時分には尚更そうした気分になる。

さて、ここの「黄葉」は、小学唱歌に「赤や黄色の色様々に、水の上にも織る錦」と歌われた「黄色」の葉とはおそらく同じではない。紅葉も赤や黄色が一きわ鮮やかに照り映える盛りを過ぎると、茶色に変色して散り始めるが、その頃の葉を「黄葉」と呼んだものと思われる。唐詩中に「黄葉」はよく現われるが、いずれも落葉と結びついているのがその証拠である。例えば「相思黄葉落、白露点青苔」（相手のことを思っていると黄葉が落ち、白露が青い苔の上に玉となって着く）〔李白「相思」〕、「林疏黄葉墜、野静白鷗来」（林はまばらで黄葉が落ち、野は静かで白い鷗がやってくる）〔杜甫「朝」〕のようである。

唐の詩人たちが紅葉の輝きを愛でなかったというわけではない。例えば、韓愈の「清龍寺に遊び、崔大補に贈る」詩にも「友生招我仏寺行、正値万株紅葉満」（友人が私を誘って仏寺に行くことになったが、折しも万本の木々に紅葉が満ちる頃である）と詠まれており、その点では現代の私たちと変わりはない。

ここで思い合されるのは、漢語の「黄色」は日本語の「きいろ」とはやや違い、赤みがかった黄色を指し、日本語の「茶色」に近くなるということである。「黄土」とか「黄狗」などは、実際にはみな茶色に近い色である。では紅葉の時分、紅色ともに木々を彩る鮮やかな黄色は、漢語では何と称するのだろうか。それは多分「黄金色」（現代漢語では「金黄色」）である。例えば、李白の「崔郎中宗の南陽に遊ぶを憶う」詩に「泛此黄金花、頽然清歌発」（この黄金色の菊花を杯に浮かべ、酔いくずれて清歌を唱い出す）とあるのなどである。唐詩の中で専ら「紅い葉」が歌われ、それと共に紅葉の最盛期を彩る黄色い葉が表現されていないのは、私たちが「紅葉見物」と言う時の「紅葉」には「黄色の葉」』をも含んでいるのと同様に、「紅葉」で両者を代表させたのであろう。いずれにせよ、漢語の「黄葉」と日本語の「黄葉」は違うのである。このように同じ漢字を用いていても日中間では語義の異なる場合が少なからずある。例えば、「霞」は日本では「かすみ」であるが、中国では「朝やけ、夕やけ」の「やけ」（空気の照り映え）のことであり、同じく「城」の字を用いてもに日中間では指すものがまるで違う。安易な同一視は誤解のもととなる。

XIII　漢語・漢字あれこれ――話し言葉と書き言葉――

古い時代には、どの国・地域でも万民の意思疎通の手段として先ず話し言葉が発生し、大分遅れて書き言葉ができた。話し言葉は生活の手段として一日も欠かせない用具だったが、書き言葉は主に為政者が重大事や命令を記録したりするもので、一般民衆とは縁遠い存在だった。

しかし話し言葉と書き言葉は別々の起源を持つものではなく冗長な話し言葉の要点を簡潔にまとめたものが書き言葉である。当時紙はまだなく（中国では後漢の蔡倫が紙を発明したと言われるが、普通の紙が誕生するのは３世紀頃である）、書き言葉つまり文字を書きつける用具としては金属や石、木や竹などに限られていたから、勢い文字は簡潔にならざるを得なかった。初めは話し言葉と書き言葉の距離は大きくはなかったであろうが、書きつける用具が限られている事情もあって両者の距離は次第に開いて行く。

話し言葉（口語、俗語）と書き言葉（文語）では語順（文法）は共通しているが、同じ意味を表す語彙（単語）でも違う文字を用いる場合が少なくない。こうして話し言葉から分離して発展したものが書き言葉専用に用いられる漢文である。今まで取り上げてきた『三国志』や『資治通鑑』はみなこの漢文で書かれている。

しかし物事には微細に表現する方がより真意を伝え得る場合がある。例えば重要人物の発言などはなるべくその口吻まで含めてその語を記録する方が真意を伝達しやすい。また同じ言い方でも皮肉や軽侮を含む場合もある。こういう場合には書き言葉の漢文を措いて口語を用いたり、漢文に口語を交えたりするのが妥当である。かくして漢文一色で表記されている古典の中にも、部分的に口語が使われている文献も現れる。

正史の一、『晋書』の王衍伝の書き出しに言う。

> （王衍）総角嘗造山濤、濤嗟歎良久、既去、目而送之曰、何物老嫗、生寧馨児、然誤天下蒼生者、未必非此人也。

王衍（おうえん）はかつて髪をあげまきに結った少年の時に山濤の所へやってきた、山濤は長い間嘆息していた。去った後、目で送って言う、一体どこぞのお婆がこんな子を生んだのか。しかるに天下の人民を誤った方に導くのは、この人でないことはないのだ。

王衍や山濤の生きた時代、知識人は心を老荘思想に寄せ、政治から距離を置いて自由気ままに暮らす風潮が盛んだった。その代表的人物が所謂竹林の七賢で、山濤もその一人である。王衍も老荘を信奉したが、貴族であるため高官を歴任し、最後は元帥となって晋軍を率いて五胡十六国の一つの後趙（こうちょう）の建国者石勒（せきろく）と戦って敗れ、命を落とす。死ぬ前に、前から老荘浮虚の談に身を置いたりせず、天下を経営することに集中していたら、こうはならなかったのに、と嘆いている。どっちつかずの人生を送り、最後に天下の民衆を誤らせてしまったのだが、前記の山濤の評語は、その一生を予言しているのである。

山濤の評語の中の「何物」は「どんなもの（ひと）」の意の口語だが、驚愕もしくは軽侮の念を含んで使われる。ここは後者の場合だが、次の例は前者である。

何物兵勢太異（『資治通鑑』巻185）一体誰の（率いる）兵が、こんなにいつもと違うのか。

ここは『隋書』独孤盛伝では、「何物兵、兵勢太異也」となっている。隋の第二代皇帝は大運河の開削と高句麗遠征とで民衆の離反を招き、最後には皇帝の身辺を警固する近衛兵まで反旗を翻す。それをいぶかり、乱入を阻止しようとした独孤盛の発したのがこの言で、やはり「どんなもの」の意だが、この場合は驚愕の念を含んでいる。

先の山濤の評語中の「寧馨（にんけい）」も口語で、「このような」の意である。唐詩人の劉禹錫の「贈日本便智蔵」詩にも「為問中華学道者、幾人雄猛得寧馨」（お尋ねします、中国の道を学ぶ者が果たして幾人がこのように勇猛でしょうか）」というふうに用例がある。

以上歴史書に見られる口語の例を取り上げた。漢文も口語も同じ漢字で書かれているので、字面のみからはこれは口語だと判別できない。前後の文の続き具合を考え、その語が口語だと見当をつけたら、他にも用例を探して語義を推定する以外にない。

いずれにせよ同じ会話文でも漢文だと感情を含まない無表情な表記になりがちだが、口語を用いるとその際の口吻をある程度表現できてより生き生きとなることは以上にみた通りである。

以上は史書に見られる口語の例だが、詩文に使われることもある。以下詩中に使われる口語を取り上げる。

唐の詩人杜甫の「兵車行」は全体に口語的雰囲気を漂わす詩である。

兵車行

車轔轔　馬蕭蕭　　　　車轔轔　馬蕭蕭

行人弓箭各在腰　　　　行人の弓箭は各々腰に在り

耶嬢妻子走相送　　　　耶嬢妻子走って相送り、

塵埃不見咸陽橋　　　　塵埃に見えず咸陽橋。

牽衣頓足攔道哭　　　　衣を牽き足を頓し道を攔りて哭し、

哭声直上干雲霄　　　　哭声直ちに上りて雲霄を干す。

道旁過者問行人　　　　道旁過ぐる者行人に問う、

行人但云点行頻　　　　行人但だ云う点行頻りなりと。

或従十五北防河　　　　或いは十五従り北、河を防ぎ、

便至四十西営田　　　　便ち四十に至りて西、田を営む。

去時里正与裹頭　　　　去く時里正与に頭を裹むも、

帰来頭白還戍辺　　　　帰り来たれば頭白く還た辺を戍る。

…………

君不聞漢家山東二百州　　君聞かずや漢家山東の二百州

千邨万落生荊杞　　　　千邨万落荊杞を生ずるを

縦有健婦把鋤犂　　　　縦え健婦の鋤犂を把る有るも、

禾生隴畝無東西　　　　禾は隴畝に生じて東西無し

…………

君不見青海頭　　　　君見ずや青海の頭

古来白骨無人収　　古来白骨人の収むる無く
新鬼煩冤旧鬼哭　　新鬼は煩冤(はんえん)し旧鬼は哭し、
天陰雨湿声啾啾　　天陰り雨湿るれば声啾啾(しゅうしゅう)たると。

「兵車行」の「兵車」とは「戦車」、「行」は「うた」の意。

(訳)車はガラガラ、馬はヒヒーンヒヒーン。
出征兵士の弓と矢は各々腰にある。
父母、妻子は走って見送り、
塵埃が立ち昇るなか咸陽橋（渭水にかかり長安と咸陽をつなぐ橋）も見えない。
衣を引っぱり足をばたばたさせて道を遮って泣き叫び、
泣き声はまっすぐ昇って天にとどかんばかり。
道の傍を通った者が出征兵士に問う、
兵士はただ言う、徴兵がひっきりなしなのですと。
ある者は十五の時から北方の黄河を防衛し、四十になっても北方で屯田の勤めをする。出征の時は村おさが頭をつつんでくれたが、帰ってくれば頭が白くなっているのにまだ辺境を守るのです。
…………
あなたは聞いていませんか、この国の東半分の二百州では、
どの村どの里でも荊や杞(くご)などの雑草ばかりが生えていることを
たとえ健気な婦人が鋤梨(じょり)（くわやすき）を手に取っても
禾(か)（穀類の総称）は畦道（「隴畝」は併せて「耕地」を意味することもあるが、この場合は「隴」も「畝」もあぜ道の意）に生じて歩いて行きようがない（「無東西」については後述。）
…………
あなたは見たことはありませんか、
昔から戦死者の白骨は収める人もなく、新たな戦死者は悩み苦しみ、以前の戦死者は泣き声をあげ、曇ったり雨降ったりする時はシューシューと音を立てるのを。

初めの6句は泣き叫びながら出征兵士に追いすがる父母妻子の悲惨さを叙す。第7句目の「道旁過ぎる者」は即ち作者の杜甫で、以下「行人」が杜甫に当時の徴兵の頻繁さ、期間の長さ、その間の留守宅の荒廃ぶりを述べ、杜甫はそれらを克明に記録する。最後の4句は行人の述懐の続きとも読めるが、杜甫が加えた感想と取れないこともない。

出征や労役その他民衆の置かれた悲惨な状況などは従来の詩人の視野には入らず、杜甫に至って始めて取り上げられたものである。この種の詩の中で、杜甫は民衆の置かれた状況やその話しぶりにふさわしい語を所々に使用する。「兵車行」で見れば書き出しの「耶嬢」は「父母」と同義の口語である。

また行人の述懐の中の「禾は隴畝に生じて東西無し」の「東西無し」も口語である。この語を諸家は「西も東もない」と曖昧に訳すか（禾がいかに乱雑に生えても西も東も分からなくなることはあるまい）「無秩序のことをいうか」と抽象的な意味に取ったりする。これらは全てこの語を文言（漢文）として解釈しているのでこういう解になる。

この語は口語としては「出かける、行く」という意味に使われる。19世紀の末、敦煌の洞窟から発見された所謂敦煌文書の一つ「王昭君変文」に言う、「暁夜不離喪側、部落豈敢東西」（王昭君が亡くなり、単于や酋長たちは昼も夜も死者の側から離れない。部落の者も強いて外出しない」。）同じく「廬山遠公話」に言う、「汝也不要東西。与我点検山中鬼神、与此和尚造寺」（山神が樹神に命じて言う、お前はここを離れるでない。わしに代わって山中の鬼神を取りしきり、この和尚――恵遠を指す――に寺を造ってやるように。）

この「無東西」は口語に解すべきで、意味は

禾は隴と言わず畝と言わず無秩序に生じて出かけようがない。

となる。なお「無東西」だけでもこうした意味になり得るが、「無由東西」もしくは「無以東西」を3字に縮めて一句の字数を揃えたとも考えられる。詩では字数を揃えるため、一語を引き伸ばしたり、短縮したりすることはよくある。

杜甫の「新安の吏」、「石壕の吏」、「新婚の別れ」、「垂老の別れ」「無家の別れ」なども家族と引き離されて労役や戦役に駆り立てられる民衆の苦しみを歌っ

ており、口語も所々に用いられている。

杜甫が開拓したこれら民衆の苦境を歌った詩は次の時代には白居易や王建などの「新楽府（しんがふ）」運動に継承される。彼らも労役や戦争に引き出される民衆の苦しみを、やはり口語を多用しつつ歌った。

杜甫が口語を使用するのは、以上のような民衆を歌った詩の中だけとは限らない。時にその他の詩にも挿入されて詩に様々な味わいを添えることがある。例えば「後出塞」の「その二」に言う。

平沙列万幕、部伍各見招。

この「見招」を鈴木虎雄『杜詩』第2冊、36頁では、「人員の点呼を受ける」と訳す。しかし「見」では受身を表すとして、「招」に「点呼する」といった語義があるとは聞かない。

主に敦煌文書の中の口語語彙を集めて解釈した、蔣礼鴻主編『敦煌文献語言詞典』に「招交」、「教招」、「交招」などの語を収め、「教訓、教導、訓示」と訓じている。そこで「部伍各見招」の「招」は「招交」などの語を縮めて用いた可能性があり、その場合の上句の意は次のようになる。

平沙に数限りないテントが張られ、部隊はそれぞれ隊長から訓示を受ける。

もう一例。「自閬州領妻子、却赴蜀山行」（閬州から妻子を引き連れて、蜀（成都）へ引き返す山旅のうた——閬州は四川省の地名で成都の東北方にあり、蜀はこの場合成都を指す）」の最初の2句に言う。

汩汩避羣盗、悠悠経十年。

さてこの「悠悠」には文語（漢文）系の、①遠くはるかな貌、②落ち着いてゆったりした様子、のような語義がある。しかし口語系の語義もあり、③ゆらゆらと動揺し、定めない様子、④ぶらぶらと暮らす貌という意味もある（『漢語大詞典』による）。この場合どちらであろうか。

755年に安禄山の乱起こり杜甫は59年には家族を携えて甘粛省の秦州、同谷を経て四川の成都に至る。しばらく浣花渓のほとりの草堂で安らいだ生活を送った後、762年剣南節度使で杜甫の庇護者でもあった厳武が中央に召還されるのを送って錦州まで行く。しかし、徐知道の乱が起こって成都に帰れなくなり、梓州、閬州あたりを放浪する。この詩はその頃の広徳２年（764年）の作である。

755年の安禄山の乱より約10年経ち、今また徐知道の乱に悩まされる。こうした不安定な生活ぶりを「悠悠として十年を経たり」と表現しているとすれば「悠悠」の語義としては口語系の③「ゆらゆらと動揺し、定めない様子」と取るのが最も妥当であろう。この句と対をなす「汩汩避羣盗」の「汩汩」は「揺らいで安定しない貌」（『漢語大詞典』）であり、次の「悠悠経十年」とよくマッチする。

以上見たように杜甫は民衆を歌った詩以外にも時々口語を使用している。杜甫が詩作した、詩の分期で言う盛唐（713–765年）やそれ以前の詩人が口語を使うことは極めて稀であり、口語使用は杜甫の詩の一特色と言ってよい。但し杜甫の次の中唐（766–835年）以降は詩作における口語使用も少しずつ増えてくる。

唐代の中頃以降、仏教の世界では禅宗が興起する。その禅宗独特の啓発法として師と弟子との問答、所謂禅問答が知られる。この時期の禅匠の一人、臨済（?–866）とその参問者との問答は『臨済録』に記録されているが、用いられているのは実際のやりとりをそのまま写した口語である。その「上堂」に言う、

上堂云、赤肉団上、有一無位真人。常従汝等諸人面門出入。未証拠者、看看。時有僧出問、如何是無位真人。師下禅牀、把住云、道道。其僧擬議。師托開云、無位真人、是什麼乾屎橛。便帰方丈。

上堂して云う、我々の生身の身体に一人の何の位もない真人がいて、常に諸君の顔面から出入している。まだ証拠を見ていない者は見よ、見よ。時にある僧が出て尋ねた、どんなのが無位の真人ですか。師は禅牀から下り、つかまえていう、道（い）え道え。その僧はもたついた。師はぱっと離していう、無位の真人とは何という乾き糞か（「什麼」は、どんな、何という「乾屎橛」は乾燥した糞の意）。そのまま方丈（一丈四方の禅者の居室）へ帰った。

臨済とほぼ同じ頃、趙州（じょうしゅう）がやはり北方で化を布いていた。趙州は臨済のような峻烈な機鋒はないが、悠揚迫らず相手の力量に応じ、専ら言葉によって応酬

した。その語録から、1、2条拾って見る。

問、大海還納衆流也無。師云、大海道不知。云、因什麼不知。師云終不道我納衆流。

問う、大海はやはり衆流を納れますか。師云、大海は知らないと道(い)う。云う、何によって知らないのですか。師云、最後まで大海は、我は衆流を納れるとは道わないのだ。

有俗士献袈裟。問、披与麼衣服、莫辜負古人也無。師抛下払子云、是古是今。

ある俗人が袈裟を献じた。問う、そのような服を着ると（「与麼」は「そのような」の意）、古人に負くことになりませんか。師は払子(ほっす)（禅僧が身辺で使う法具）を投げ出していった、古でもあり、今でもある。

師弟間のやりとりがほぼ話した通りに記録されている。もしこれを漢文に置き換えると、その場の具象性が切り捨てられ、師家(しけ)の真意がますます分かり難くなろう。

時代が下ると元代の戯曲の台本、明代の『水滸伝』、『西遊記』、『金瓶梅』などの長編小説が口語に近い白話(はくわ)で書かれた。漢文よりも白話の方が物事を微細に表現できるからである。話の筋や人物の表情などを事細かに言い表すことができる。

しかしヨーロッパではルネッサンスの文芸復興運動を契機に、それまで書写言語として用いられてきたラテン語を廃して、イタリア語、英語などの各国語を用いるようになったのとは違い、中国では漢文も依然として使用された。中国では地方によって話し言葉の差が大きく、白話を一国の話しことばに近い言語とは見なせなかったからである。中華民国時代、胡適（1891–1962）などによって言文一致運動が推進された背後には、こうした歴史的事情があった。

XIV　誤字発見の愉しみ

漢文の文献を読んでいると、時々誤字らしきものにお目にかかる。それらは大別すると二種類になる。その一つは同音の別の字を借りて表記した、所謂「あて字」である。例えば、『詩経』「周南・麟之趾」に「麟之趾……麟之定、……麟之角」とある。「趾（あし）」や「角」は身体の部分を言うから「定（音 ding）」もそうであるに違いないが、さて何であるか。このままでは、意味がとり難いが、「頂（あたま、音 ding）の仮借（あて字）だとすると、やはり身体の一部を表したことになって合点がいく（高亨『文字形義学概論』1981年、斉魯書社、の説）。『詩経』は中国最古の民謡集であるが、歌謡の類は本来、音声言語で伝えられ、文字に記録される時にこうした「あて字」が生まれやすいのである。

宋代の都市の盛り場ではそれぞれのレパートリーを得意とする講釈師たちが競って各種の説話を上演したが、それらの台本の一部は次の元代に文字化されて話本となる。この話本なども本来口頭言語であった説話を集成したために、あて字が数多く使用されている。例えば『清平山堂話本』中の「簡貼和尚」より任意に用例を拾えば、「宇文綬焦噪（躁）」（宇文綬は焦った。）「皇甫殿直正在前面校（交）椅上坐地」（皇甫殿直がちょうど前の椅子に座っていると）（かっこ内が正字）などである。文意を正確に把握するためには、この種の当て字の本来の字は何であったかの特定が欠かせない。しかし元来音声言語として生きていたものをあて字を用いて記録しても、それらは半ば音標文字化していると見なすことも可能で、一概に誤字だとは言えないかもしれない。

もう一種類の誤字は、字形の類似に由来する所謂魯魚の誤りである（「烏馬の誤り」とも言う）。今回は主にこれについて述べてみたい。陶淵明の「読山海経」と題する詩の中に「刑天舞干戚、猛志固常在」という句がある。『山海経』海外西経に刑天という神が天帝と争い、首をはねられて常羊の山に葬られたが、乳を目にへそを口に変え、干（盾）と戚（せき、斧）とを手に取って舞い、不屈の根性を誇示したとある。この故事を踏まえた前二句の意味は、「刑天は干と戚とを舞わせて、猛き志はいつまでも持続する」というものである。

ところで二句の前の句は、以前のテキストには「形夭無千歳」とあって意味不明であったものを、宋の曽紘が『山海経』に当たってこのように訂正したのである（清・陶澍『靖節先生』所引）。夭と天、無と舞、歳と戚、いずれも字形が類似するところから生じた誤記である。

以下に私自身が気付いた誤りを3例あげる。

（1）六朝の説話集『捜神紀』巻1にある、西王母の娘・杜蘭香が張伝なる男性を訪れる話に言う。

作詩曰、逍遙雲漢間、呼吸発九嶷、流汝不稽路、弱水何不之

（杜蘭香は）詩を作って言った、天の川のあたりでくつろぎ、あっという間に九嶷（疑に同じ）山（湖南省に実在する山だが、神話的な山としての色彩が強い）から出発する。流沙を行く時はいちいち道を調べたりせず（すべての物を沈めてしまうという）弱水も渡れないことはない。

この第3句の「流汝」は、「流沙」の誤りではないか。弱水は「流沙河」とも呼ばれており（『西遊記』8回など）、流沙の中を流れると考えられていた。そうだとすると、句意は上記のようになる。「流汝」を「流沙」に改めて訳した書もあるが（竹田晃『捜神記』東洋文庫、昭和39年、但しなぜ改めたのか根拠を示していない）、大部分は「流汝」のままにして無理に訳している。

（2）唐代禅籍の『伝法宝記』に禅宗の第五祖・弘忍（ぐにん）の伝記を取り上げ、若い頃「常勤作役、以体下人」であったと述べている。柳田聖山氏はここを「平生つとめて労役に服し、体を低めて他人にゆずった」と訳す（『禅の語録2、初期の禅史Ⅰ』（昭和46年、筑摩書房、387頁）。しかし『歴代法宝記』では、柳田氏も指摘するように（同書388頁）、同じ事柄を述べて「常勤作務、以礼下人」となっている。後者の「礼を以って人に下る」は句意明白である。前者の「体を以って人に下る」は分かり難い。

体と礼とは、旧字体では、字形が類似し（體と禮）、毛筆のくずし書きでは両者は更に接近するので（唐以前の書は大部分写本であった）、前者は礼字の代わりに誤って体字を使ったのではないか。こうした箇所は事情を説明し

た上で、正しい字に読み替えて訳すべきだろう。

（3）日本の歴史書『続日本紀』天平7年（735）4月の条に、長年唐土で過ごした吉備真備が帰国したことを記し、彼が日本に将来して朝廷に献上した品々を列挙している。その中に「鉄如方響」なるものが見えるが、「鉄石方響」の誤りであろう。これは、北宋の都、汴京の賑わいを記した『東京夢華録』（入矢義高・梅原郁訳『東京夢華録』1983年、岩波書店）に下の図を掲げる。

本来はあて字であったが、多くの人が同じあて字を使用している間に市民権を与えられて、いつの間にか相互に通用する字とされる例は少なくない。例えば燕と宴、纔と財と才などで、現在の中国では、このケースを「通仮字」と称

図10：厚さの違う石または金属板をならべた方響
（『三才図絵』器用）

している。同様に字形の類似に由来する誤字も、多くの人が同じ誤字を書いていると、やはり市民権を獲得して（誤字ではない）正字に認定されることもある。例えば「挍」字がそうである。清朝の考証学者・銭大昕は『十駕斎養新録』巻3で次のように言う。後漢にできた『説文解字』には「挍」の字がなかった。漢代の石碑の文では木偏は扌偏に作ることが多かったので、「校」から「挍」が生まれたと。この字は「計挍」（あれこれ考える意。「計較」、「計校」と同義）、「検挍」（取り調べる意。「検較」、「検校」と同義）のように熟して使う。

この他それぞれ「斬」「誤」から発生したと思われる「斫」「悞」など、同様の来歴をもつ字は少なくない。これらは俗字と呼ばれて古い時代には主に口語を表記するのに用いられ、新中国の文字改革の際には簡体字に採用されたものも少なくない。あて字の通用化と言い、魯魚字からの新字誕生と言い、まさに魯迅の『故郷』末尾の「走的人多了、也便成了路（歩く人が多くなれば、それが道となる）」を地で行くものである。

誤字、脱字の類はいつの時代にもなくならないだろう。パソコンなど機械による印字が普及した現代でも、最後に変換するのが人間である以上、事情は変わらない。手書きが廃れつつある現在、誤字から新字が生まれる可能性は少なくなるとしても、あて字の類は依然として生み出されていくことだろう。

私たちはささやかな見識に基づいて古人の誤字を発見し、そこはかとない愉悦にひたるが、一方では新たに誤字を作り出して後世の人々に謎解きを提供する。あれこれ考えると、誤字も一種の文化と言えるかもしれない。

XV　房子と屋子

外国語や外国文学をまなぶ際に頭を悩ませる事柄の一つに、物名の異同の問題がある。指示するものが全く同じで、地方あるいは国による名称が異なるだけなら話は簡単である。

実際には指示するものが同一の種類に属しながらも内実は少しずつ異なる場合が少なくなく、その違いを明確に把握するのには困難がつきまとう。

さて、周知のように中国には多くの方言が分布し、なかには福建語、広東語のように、普通話とは外国語程違うものすらある。各方言の間では発音の差が最も大きいが、語彙そのものが相違するケースもある。例えば、普通話の「自行車」は上海では「脚踏車」、広州では「単車」となる。普通話の「老鼠」は、北京方言では「耗子」になる。これらは指示する物が同じで問題はないが、なかには内実が少し異なる場合がある。まず古典の例を挙げよう。『晏子春秋』に次のような話が見える。春秋時代、斉国（ほぼ現在の山東省に相当）晏嬰（晏子）は楚国（湖南、湖北など長江中流域を占めた）に使した。酒宴の最中、二人の役人が一人の男に縄をかけて王の前に連れてくる。王は、その者は何をしたのかと尋ねた。役人が答える。これは斉国の者ですが盗みをはたらきました、と。王は晏嬰に、斉の人は盗みが得意なのか、と聞く。王と役人は晏嬰を恥ずかしめるため、このような芝居を仕組んだのである。晏嬰はこの時少しも騒がず、次のようにやり返す。

橘（たちばな）は淮水の南に植えられると橘となりますが、淮水の北に植えられると枳（からたち）となります。葉は似ていますが、その実は同じではありません。それは水土の性質が異なるためです。斉国で生長した民は盗みはしませんが、それが楚国に来ると盗人になるのは楚の風土がそうさせるためです。

この話から、橘と枳とは同じ種類の樹木だが、地方によって少し内実を異にし、それにつれて名称も違ってくることが知られる。

漢の揚雄の『方言』は、同じ物でも地方によって呼び名が異なることを記録した方言辞典の草分け的な書である。例えば、次のように言う。

○水中に居ることのできるものを洲という。三輔（ほぼ現在の陝西省に相当）は、これを淤（お）と謂い、蜀漢（同じく四川省に相当）は、これを嬖（へい）とい謂う。

これは指示する物が同じなので問題はない。

○蟬；楚は、これを蜩（ちょう）と謂い、宋衛の間（河南省東部から河南北部、河北省南部にかけての地方）では、これを螗蜩（とうちょう）と謂い、陳鄭の間（河南省東部から西部にかけての地方）では、これを蜋蜩（りょうちょう）と謂う。

しかし言うまでもなく、蟬は種類によって形状や鳴き声、鳴き始める時期などが違う。ここではそれらの差違を無視して、同じ蟬の種類に属するものの、地方による名称の相違を列挙している。この書でも時に形状の違いに言及することがある。例えば、「舟；関（函谷関）より西は、これを船と謂う。……南楚の江湘（長江と湘江）では、凡そ船の大きい者は、舸（か）と謂い、小舸は、これを艖（さ）と謂う」とある。こうした例は極めて稀である。当時交通が不便で一般の人が各地に旅行して方言を調査したりすることは不可能で、揚雄も仕官のため地方から上京する知識人や、首都警備のために上京する衛卒に聞きただしながら、27年間の歳月をかけてまとめたと言う。

事情は現代漢語でも変わらない。例えば「房子」と「屋子」は、ともに家屋を意味するが、形状は少しく異なる。ビルの林立する現在の中国の都市では、建物に差があるとは言えないが、一昔前までは北中国は平屋建ての家屋が多く、南は二階建てが多かった、この点については、宮崎市定「水滸伝と江南民屋」（宮崎市定全集12、1992年、岩波書店）に間取り図を示しての評論がある。宮崎氏は次のように論じている。水滸伝は北方中国を英雄たちの活躍の舞台としているが、そこに見られる家屋は、意外にも南方の二階家の構造を反映している。それゆえ水滸伝は小説としてまとめられたのは南方に於いてではないかと。私見を補充すると、山東を舞台とする『金瓶梅』に描かれる家屋は、挿絵で見る限りほとんど平屋建てであり、北方で成書された可能性の強い『紅楼夢』の大観園も大部分平屋建てである。そして宮崎氏は明記していないが、北方の平屋建ては本来「房子」と呼ばれ、南方の二階建ては「屋子」と呼ばれたのではなかろうか。

同じく路地を意味する北方の「胡同」と南方の「巷子」（上海では「弄堂」）も、同一物に対する単なる異称ではない。胡同は、北方の四合院建築が連続してうまく配置されるよう、且つそこでの通路を確保するのに便利なように作られたものだと言う（翁立『北京的胡同』、2003年、北京）。

以上では、中国の方言における物名の異同を取り上げたが、同じ問題は中国と、漢字漢語をとりいれた周辺の国々との間にも存在する。江戸時代の新井白石の『東雅』は、日本語の物名の本義をその語源にまでさかのぼって明らかにしようとしたものである。その動植物の名称を取り上げた部分では、日中間で同一の漢字を用いながら、指示するものが違う場合があることに言及している。例えば、我が国の「つばき」は、中国では「山茶」と呼び、「椿」は全く別のものを指す。また「もず」は、中国では「鵙」の字を当て、「百舌」は別種の鳥を指すといった類である。白石は日中間の物名の異同を、明末の乱を逃れて日本に移住した朱舜水や、江戸の将軍が交代するごとに派遣されてきた朝鮮通信使などに問いただしている。

私も十年程前から植物に興味をもち、懸命に名を覚えては忘れ、覚えては忘れるをくり返している。中国に行った時には、日中間の植物の異同にも注意している。少しは進歩しているのか、後退しているのか心もとないが、肩肘張らないで楽しめばよかろうと自らに言い聞かせている。揚雄や白石は、現地に行って物名の異同を確認する、いわばフィールドワークをやれないもどかしさを感じたに違いないが、現代の私たちは、その気になれば実地で確かめることもできる。それだけでも恵まれていると思うべきであろう。

第二部　敦煌歌辞訳注

凡　例

一　原文の字体は、写本のまま（多くは旧体字）とし、（　）内に校訂した字を示した。

二　前項以外の字体は、常用漢字を用い、常用漢字にない文字については旧字体によった。

三　引用文献の表示には、初出のみ著者名、書名、出版事項を記したが、二回目以降は略号によって示した。

Ⅰ　孟姜女六首

【擣練子】孟姜女（一）

雲疑蓋。月疑生。蒙々大綿疑三秈（耕）。面（綿）上褐綾紅粉散、號咷大哭乎（呼）三星。[0155]

《訳文》

これから仕立てる冬衣につかう布片には模様があるが、それは雲が蓋っている光景であろうか。（その中の紅い部分は）月が出ているのであろうか。中に入れるモコモコの大綿に取り組んでいるが、もう夜中の三更ごろだろうか。綿を包むのは褐衣と綾絹だが、紅い綾絹は何度も裁ち直したため分散している。それによって夫と引き裂かれた悲しみを触発されて号哭し、（嫁入りのとき夜空に輝いていた）三星に呼びかける。

《校注》

○この歌以下六首は、写本としてはP.3718（ペリオ）の一種しかなく、しかも字跡は極めて不分明である。中程の［0157］、［0158］が比較的見当をつけやすい以外は、ほとんど「読む可からず」と言ってよい。すでに数人の先学が解釈を試みているが、それらを踏まえながら筆者なりの臆説を述べることにする。

この歌の前半を任半塘『敦煌歌辞総編』(上海古籍出版社、1987年、以下『総編』と略称)では、「雲疑蓋。月已生。朦朧不眠已三更」と活字化している。写本には三つの「疑」の字が並んでいるが、『総編』では、最初の「疑」だけこのままとし、後の二つを同音の「已」字に改めている。

これは甚だ賛成しがたい説で、どちらかに統一すべきである。「蒙々」を「朦朧」に置き換えるのも納得できない。筆者はこれ及び次の歌は全て孟姜女が夫の元に持参すべき冬衣を裁つ様子を歌うと見なし、三つの「疑」字をそのままにして上記の訳文のように解釈し、「蒙蒙」もこのままでも意味が通じるので写本通りとした。

○三�媶　写本にはこうあるが、秮は「耕」の俗字である(黄征『敦煌俗字典』(上海教育出版社、2005年、以下『俗字典』と略称)129頁)。『総編』では「耕」は「更」の通仮字と見て「三秮」は結局、時間の「三更」であるとしている。前を「蒙々大綿」と取ると「三更」とは続き具合が悪いが、しばらく「三更」に従っておく。

○面　同音の「綿」の代用と見る。

○第四句を理解するには、杜甫の「北征」詩の次の描写が参考になる。杜甫が鄜(ふ)州(陝西省北部)に疎開していた家族の元に駆けつけると、妻子は栄養失調の)青白い顔をし、「百結(何度も縫い直した)」のぼろ衣を着けている。「海図拆波濤、旧繡移曲折、天呉及紫鳳、顚倒在短褐(縫い直した図柄は波濤が引き裂かれ、刺繡の箇所は元の位置から移って折れ曲がっている。天呉〈『山海経』海外東経などに見える、八首の人面、八足八尾の水神。波濤に描かれたもの〉及び紫鳳〈神話上の霊鳥で、旧繡に描かれたもの〉が粗末な着物にひっくり返っている)」。この歌でも綾絹の紅の模様が縫い直しのために分散するのであろう。

○三星　『詩経』唐風・綢繆(ちゅうびょう)に「綢繆束薪、三星在天(ひっくくって薪を束ねれば、三星が天にある)」とあり、『詩経』の最古の注釈である毛伝には、「三星は参(オリオン座の三つ星)なり。天に在りとは始めて東方に見ゆるを謂う。

……三星天に在り、以って嫁娶す可し」とある。三星が東の空に現われる頃が婚姻の式を挙げるのに適した時節だというのである。

《脚韻》；生、秠（耕）、星

「生」は『広韻』下平庚韻、「耕」は下平耕韻で、庚、耕韻は同用。「星」は下平青韻。庚、耕韻と青韻は離れるが、ともに梗摂に属す。

【擣練子】孟姜女（二）

對白綿。貳丈長。財（裁）衣□尺上良（量）。也（夜）來蒙（夢）見秋交水（末）。自怕賓身上□□。[0156]

《訳文》

白い木綿の二丈の長さに向き合う。衣の長さを決めるために、ものさしで計る。昨夜来、秋末の時候が到来した夢を見た。旅人の身では……だろうと恐ろしくなる（心配する）。

《校注》

○財　饒宗頤『敦煌曲』(*Airs de Touen-houang (Touen-houang k'iu)*, trans. Pual Demieville (Centre national de la recherche scentifique, 1971)〈饒宗頤氏が漢文で著した『敦煌曲』を、ポール・ドミエヴィル氏が仏訳し、両者を合訂して1971年にフランス国立科学研究センターから出版したもの〉、以下『敦煌曲』と表記）（同書の242、243頁にこの作品を取り上げる）、『総編』とも「裁」の通仮と見る。

○長□　□の箇所不明。『総編』は上文によって「短」に臆改したと言う。しばらくこれに従う。

○良　『敦煌曲』、『総編』とも「量」の通仮と見る。

○也　『総編』は「夜」の通仮と取る。これに従う。

○蒙　写本では「蒙」のように見えるが、蔣礼鴻氏は「敦煌詞初校」（『総編』所引1955年書札）で「蒙」は「夢」の通仮であると考証し、『総編』もこれに従っている。

○秋交水　「水」は、『総編』では「末」の形誤と見る方が意味を取やすいとする。これに従う。「交」とは、ある時節、時刻になったり、ある時点に達することを表す。現代語でも同様に用いられる。「立秋交」(立秋になる)、「交六十歳」(六十歳になる)。従ってここは「秋になってその末に」または「秋が末になって」の意である。

○賓　『総編』ではこの字を「君」に改め、根拠薄弱と思ったのか、「尚俟討」としている。ここは「賓」のままでよく、「賓旅」、「賓遊」などの意ではないか。

《脚韻》；長、量

二字とも『広韻』下平陽韻。陽韻は羅常培『唐五代西北方音』(国立中央研究院歴史語言研究所単刊甲種之十二、1933年、以下、羅書と略称）では、o、oṅ摂。

【擣練子】孟姜女（三）

孟薑（姜）女。陳（秦）去（杞）梁。生々□□（懊惱）小臣（秦）王。神（秦）王敢質（礩）三邊滯。千香（鄉）万（萬）里竹（築）長城。[0157]

《訳文》

孟姜女、秦の杞梁の妻。世々代々、若い秦王を怨み怒る。秦王は敢て国境の三辺を塞(ふさ)ごうとして、はるか遠方の各地から役夫を動員して万里に長城を築く。

《校注》

○薑　『敦煌曲』では「姜」の通仮とする。諸氏これに従う。

○陳　『敦煌曲』では「秦」に読む。潘重規氏も、P.3113「古賢集」(黄永武主編『敦煌宝蔵』新文豊出版社、1981−86年〈以下『宝蔵』と略称〉126冊330頁）に「孔丘雖然有聖德、終帰不免於秦（孔丘には聖徳があったが、結局秦〈陳〉で災難に遭うのを免れなかった〈孔子一行が陳、蔡の間に包囲されたことを指す〉)」とあるのを根拠に敦煌写本では「陳」、「秦」は通用するとして「秦」に読み替える（潘重規氏の意見は、同氏の波多野太郎氏あて書信に見られる。波多野太郎「敦煌曲子詞孟姜女に対する潘重規教授の見解」、日本道教学会編『東方宗教』55号所収。また潘重規『敦煌詞話』〈石門図書公司、1981年〉に「敦煌写本曲子孟姜女的震盪」と題して収める）(ここに見られる潘重規氏の説を以下、潘説と略称)。また『総編』も

『竜例』に「陳」、「秦」が同じ上平真韻で、「秦」は従母、「陳」は澄母であり、羅書に従で澄を注した例があるとするのによって、やはり「秦」と読む。

なお『総編』の「凡例」によれば、『竜例』とは、竜晦「唐五代西北方音挙例」であると言う（10頁）。しかし竜晦氏がこの名の書を出版した事実はなく、察する『総編』の「敦煌歌辞研究年表」1971年の条（12頁）に挙げてある竜晦氏の『敦煌歌辞与唐五代西北方音補証』をさすのではないか。この書（もしくは論文が載った雑誌）が日本に将来された形跡はなく、筆者未見である。

○去　『敦煌曲』では「去」を「杞」と読む。『総編』も『竜例』に「杞」と「去」、「気」、「起」は類似音のためよく代替されるとあるによって意見を同じくする。なお『開蒙要訓』に「綺」（「杞」と同じ上声紙韻）と「去」の互注例があり（羅書102頁）、この説の傍証となる。

○生々　『総編』ではこの語は口語で辞書に著録されていないとし、「声声」に置き換えるが、「生生」は羅竹風主編『漢語大詞典』（上海辞書出版社、1986-1994年、以下、『大詞典』と略称）第7巻に見え、「世世代代」とある。写本のままとする。

○生々□□　空欄にした難読字、『敦煌曲』では「□（搠）脳」と取り、方言の「搠脳」で、「墜肝脳」（人の肝や脳を失わせる）の意味だとする。『総編』は「懊悩」と取る。「生々」との続き具合がよいのは「懊悩」で、しばらくこれに従う。

○小臣王　『敦煌曲』では、唐教坊曲に「小秦王」曲があったのによって「小秦王」と読む。『竜例』は、P.3821の「臨河洗耳不許秦（許由は堯に九州の長にしたいと誘われるが、汚れたことを聞いたと言って潁水で耳を洗い、受け入れなかった）」の「秦」は「臣」であるとするが（『総編』[0839]に見える）、『総編』もこれによってここの「臣」を「秦」に読み替える。

○神　潘説では「神」、「臣」二字は唐代、同音であるとして、（更に「臣」と同音である）「秦」に読み替える。『竜例』も「神」、「臣」、「秦」が同音であることを論じ（『総編』571頁）、これによった『総編』も「神」を「秦」とする。

○敢質　潘説ではこの二字は「敢徳」であるとし、P.3113「法体十二時」に「不徳随風」とあり、その「徳」の字は傍らに「得」と注する（『総編』[0991] に見える）などによって、これは結局敦煌写本に習用される「感得」であるとする。しかし「感得」は「心を動かされて……する」の意であり、「（秦王が感動して）三辺滞云々」というのは意味をなさない。

『総編』はこの二字を「敢質」と取っており、「質」は「礩」で、「礩滞」は「塞ぐ」意（『大詞典』、第7巻）、「礩三辺滞」は「東、西、北の辺境を防備する」意であるから、ここは『総編』の説が通りやすい。但しこの二字と写本の次の行の二字は字跡が極めて類似しており、『総編』はこちらは「感得」であるとする。潘説ではどちらも「感得」であるとして一貫しているのに、『総編』は一貫性を欠くわけで、どちらの説も一長一短である。ここは『総編』に従っておく。

なお饒宗頤氏は後に公けにした「敦煌曲訂補」（同氏『敦煌曲続論』〈新文豊出版公司、1996年〉所収）で、この二字は「敢淹」であるが、「敢」は敦煌写本では「感」、「咸」に通じ、ここでは「喊」であり、「淹」は「俺」であるとする。今でも福建広東では人に命令するのを「喊」と言い、そこでこの句は「秦王は我々に遠く各地からやってきて三辺に滞在して長城を築くように命令する」意味だと言う。しかし、饒宗頤氏は写本の次の行の二字は「感俺」だとしており、やはり一貫性を欠く。

○香　『総編』では「番」の形誤としたが、潘説では「香」は「郷」の借字で「千郷万里」というのは、「全国各地からみな長城を築きに来て、苦役に遭うことを言う」とする。この説に従う。「千郷万里」については、例えば玄沙師備禅師（835-908）の語録である『玄沙広録』（中）に「問僧、你是何処人。云、西川人。師云、千郷万里来、何不学禅（僧に問う、きみはどこの人かね。僧、四川の者です。師、はるばるたくさんの地を経巡ってきて、どうして禅を学ばないのかね）とある。また『景徳伝灯録』巻十九、雲門文偃禅師（864-949）の条に、「諸人信根浅薄……担鉢嚢千郷万里来受屈（きみたちは仏法を信ずる念も薄く……鉢の嚢〈托鉢用の鉢を入れる袋、行脚の時携帯する〉を担いではるばる多くの地を経巡り、辛い思いをする）」とあり、用例は少なくない。

《脚韻》；梁、王、城

「梁」、「王」は『広韻』下平陽韻、陽韻については前歌脚韻参照。「城」は下平清韻。陽韻は宕摂、清韻は梗摂と両韻は離れる。「城」は失韻と見る外ない。『総編』では最後の句の「長城」を無理に「城長」にして韻を揃えようとするが(長も陽韻)、写本では明らかに「長城」である。

【擣練子】孟姜女（四）

長城下。哭成憂。敢德（感得）長成（城）一朵（垛）摧。里（裏）半（畔）□楼（髑髏）千万（萬）个（個）。十方□（骸）骨不空回。

《訳文》

長城の下では哭声しきりにして憂いに閉ざされる。それに感じて長城の一角が崩れ、中から髑髏千万個が現われる。十方の髑髏は身動きするすきまもない。

《校注》

○哭成憂　潘説では、敦煌写本では「成」と「城」は互用されるとして「成」を「城」に読むべきだとするが、このままで意味が通じる。『総編』は「憂」を「哀」に改めるが、根拠薄弱である。

○里半　『総編』は「半」を「畔」に読む。これに従う。「里（裏）」は「なか」、「畔」は「傍ら」の意。

○□楼　『総編』では上字は「濁」のようだとして、更にそれを「髑」と見なし、結局この二字は「髑髏」であるとする。これは次句の難読字を「骸骨」と読むのと合せて「孟姜女変文」の意を汲んだものだと言う(次注参照)。これに従う。

○□骨　『敦煌曲』ではここを「骴骨」と取る(「敦煌曲訂補」では「収骨」とする)。潘説では「朽骨」と読む。『総編』では、「孟姜女変文」に「髑髏無数、死人非一。骸骨縦横、憑何取実（骸骨は無数で、死人は一人だけでなく、骸骨が四方に散らばっていて、一体何を拠り所に夫の骨を見分けられよう）」(王重民・王慶叔・向達他編『敦煌変文集』〈人民文学出版社、1957年、33頁、以下『変文集』と略称〉）とあり、「変文」のこの直後の記述と、次の［0159］の歌の「血をそそいで夫の骨を選り分ける」場面とが一致するところから、この字を「骸骨」とする。

○不空回　『総編』は「不教廻」に改めるが、「空」を「教」に改める根拠はない。「不空」は見慣れない語だが、しばらく「……する余地もない」の意に解しておく。

《脚韻》；憂、摧、回

「憂」は『広韻』下平尤韻。「摧」「回」は上平灰韻。両韻は遠く離れており、「憂」は失韻であろう。『総編』では「憂」ではなく、「哀」（上平咍韻）とする。しかし写本では明らかに「憂」である。

【擣練子】孟姜女（五）

刃□（掩）亮。兩拳拳。十个（個）□□□□□（指頭血沾根）。青□（竹）干投上玄被子。從今与（與）後振彩繙（幡）。［0159］

《訳文》

小刀が一瞬きらめいて二つの拳を握りしめる。十指の頭を傷つけると血が指根を濡らす。青竹の上に（持参した）冬衣を結びつけ、これ以後、この飾り付けの幡を振って夫の魂を招き寄せよう。

《校注》

○刃□亮　『敦煌曲』では、初句を「刃掩亮」と取るが「掩」は「奄」と同じで「にわかに、急に」の意である（項楚『敦煌変文選注』〈増訂本〉〈中華書局、2006年、以下『変文選注』と略称〉132頁）。ここの□は「掩」の可能性がある。『総編』は不明とする。

○十个云云　「孟姜女変文」によると、孟姜女の哭声に応じて長城の一角が崩れ、そこから無数の髑髏が現われたが、どれが夫のか判別できない。そこで彼女は指を咬んで血を出し、髑髏がその血を吸いこむかどうかで判別しようとしたとある。当時の民間には、血を骸骨にたらすと、親族のものであればそれがしみいり、そうでなければしみこまないと言う伝説があった（『変文選注』132頁)。写本のこの句はほとんど読めないが、『総編』では「孟姜女変文」の文意を取ってこう読んだ。しばらくこれに従う。

○青□干　『敦煌曲』、『総編』ともに「青竹干」と読む。これに従う。

○玄被子　『総編』の注によれば(『総編』は「玄背子」を本文としている)、寒衣の一種、袖なしなので労働するのに便利であるという。

○与　『総編』では「与」の代わりに「以」字を用いているが、写本では明らかに「与」となっている。但し、「与(與)」は「以」に通じる。例えば敦煌変文「八相変」に「其王哀愍、与身布施餧五夜叉(釈迦如来は過去に慈力王であった時、身を以って五夜叉に供して食べさせた)」とあり、この「与」は「以」に通じる(黄征張・涌泉『敦煌変文校注』〈中華書局、1997年〉515頁)。

○写本ではこの首の最後の字は「繙」であるらしく思われるが、「繙」は「幡」の意であろう。『総編』では筆者が「振彩繙」と取った所を「信和藩」としている。字跡からもこう取るのは無理な上に、ここに「和藩」(和蕃に同じ。異民族と和親する)を持ち出すのは唐突な感を免れない。筆者の考えでは第四、五句は招魂の作法を言うものである。旧中国の招魂の風習に関しては、デ・ホロート著、清水金次郎・荻野目博通訳『中国宗教制度』第一巻(京都大雅堂、昭和21年)に、次のような例を挙げる。「厦門で気絶せる人のことを『魂が肉体と結合していない』――神不附体――と言っている。(嬰児が痙攣に襲われて意識を回復しない時)彼女は急いで屋根へ上り、その嬰児の持ち物である衣服をとりつけた竹竿を振り回しながら、『私の子の何々ちゃん、お帰り、家へお帰り』と引き続き何度も呼ぶのである。また大人が生気を亡くし、感情や意識を喪失した場合でも、同様な試みをすると言う」(同書218、219頁)。孟姜女が青竹に玄被子を結びつけて掲げ、それを振り回すのは、これと同一の所作ではないか。更に想像を逞しくすれば、次の歌が夫の杞梁の発言の形を取るのは、招魂によって夫の魂が返ってきた結果ではなかろうか。

《脚韻》;拳、根、繙

「拳」は『広韻』下平仙韻。「根」は上平痕韻、「繙」は上平元韻。元韻は同用。三韻とも山摂に属す。

【擣練子】孟姜女（六）

娘子好。體一言。離別耶娘數拾年。早万（晩）到家勒（勤）餑饊。月盡日校（交）管黃至（紙）前（錢）。少長無□□□□。月盡日校（交）管黃至（紙）前（錢）。[0160]

《訳文》

（髑髏と化した夫が妻に呼びかける）。妻よ。ようこそ。一言聴いてほしい。私は父母と別れて数十年、君は早く家郷に帰って餑饊作りに励み、私に供えておくれ。月の終わりに黄金の紙銭を焼いておくれ。

年長の者も年少の者も……月の終わりに黄金の紙銭を焼いておくれ。

《校注》

○数十年　写本では「数拾年」となっているが、『総編』では長過ぎるとて「十数年」に改めた上、これでも長いので、「已数年」とすればちょうどよいという。しかし写本のままでも意味は通じる。

○早万　『竜例』に「万（萬）」と「晩」は同じ明母で「萬」は（去声）願韻、「晩」は（上声）阮韻で、声調は違うが、韻は近いとある。『総編』はこの説によって「晩」に読み替える。これに従う。

○勒　『敦煌曲』ではこの字に取る。『総編』では「勒」と「勤」とは字形が類似するので誤りやすいとして実際には「勤」字であるとする。「勤」の方が後の「餑饊」とスムーズにつながるので、この説に従う。

○餑饊　「餑」は口語では「餑餑」と言い、麦粉やとうもろこしの粉をこね、丸めてゆでたもの。「饊」は口語では「饊子」と呼び、もち米を搗き、こねてぐるぐる巻きにし、油でいためたものである。

○校管　『敦煌曲』では「枚管」と取る。『総編』によれば、前字は「校」もしくは「枚」のように見えるが、これは余分に偏を加えた例である（『総編』の[0010]に「交」→「佼」、「義」→「儀」などの例を挙げる）として、この二字は結局「交管」であると言う。この説に従う。「交管」の用例は見当たらないが、「管交」、「管教」（きっと……させる）などと同義であろう。

○黄至前　「至」は「紙」。「前」は「銭」の同音通仮であろう。『総編』に、歴代の紙銭を燃やす習俗を記し、唐代民間については『太平広記』の記事を幾つか引用するが、それらの話から、燃やすのは月の最後の日か、歳暮であることが分かる。

《脚韻》；言、年、前（銭）、前（銭）

「言」は『広韻』上平元韻、「年」は下平先韻、「前」は下平仙韻、（「銭」は下平仙韻）、先、仙は同用。前歌の場合と同様、三韻とも山摂。

Ⅱ　開海棠二首

【虞美人】「開海棠」（一）

東風吹綻海棠開。香榭（麝）滿樓臺（臺）。香和紅艶（豔）一堆堆。又被美人和枝折。墜金釵。[0175]

「開海棠」（二）

金釵釵上掇芳菲。海棠花一枝。剛被蝴蝾（蝶）遶人飛。拂下深深紅蘂落。污奴衣。[0176]

《訳文》

（一）東風は海棠吹き吹きつけて花を綻ばせる。麝香のような芳香が高殿に満ち溢れる。香りと（花の）紅の艶やかさがどの花の群れにも調和して一つになり、そのうえ美人に枝ごと手折られ、金釵の上に落ちる。

（二）金釵の上に芳しさが連なる。海棠の花が一枝。蝶が人を巡って飛ぶものだから、それを振り払おうとして真紅の花を落としてしまい、私の衣服を花の色で汚してしまった。

《校注》

○この歌の写本はP.3994の一種のみだが（『宝蔵』）、『法蔵文献』以外に王重民編『敦煌曲子詞集』（商務印書館、1950年、以下『曲子詞集』と略称）巻頭にも写真版が掲載されており、字跡はいずれも比較的分明である。

○奥美人　写本にはこうある。「奥」は「魚」の俗字（黄征『敦煌俗字典』〈上海教育出版社、2005年、以下『俗字典』と略称〉513頁）。「魚」と「虞」は同音で、ここでは「虞」の代わりに用いた。「虞美人」は曲牌の名。『楽府詩集』巻五八に「力抜山操」(「操」は「琴曲」の意)と題して有名な「力抜山兮気蓋世云云」の歌を載せ、項籍作とするが、その解題に「近世又虞美人曲有り、亦此れに出づ」とある。唐・崔令欽の『教坊記』に「虞美人」の曲牌が見える。この曲ができたばかりの頃は、項羽の愛姫虞美人の悲劇をテーマにした可能性があるが(『総編』では晩唐五代に三首詠われたとするが、具体的な資料は示していない)、宋詞中の詞牌としての「虞美人」はいずれも虞美人とは無関係なことをテーマとする。

○『曲子詞集』、『敦煌曲』(255頁)はこの二首を合わせて双調の一種とするが、任二北『敦煌曲校録』(上海聯合出版社、1955年、以下『校録』と略称)、『総編』では前首と後首とでは押韻が異なるところから二首とし(双調の多くは一韻到底)、しかし意味の上からは繋がりがあるので聯章としている。

○綻　日本語の「ほころぶ」に相当し、開花の始めを言う。それゆえ『総編』は句末の「開」とは意味が重複しないとする。

○榭　『曲子詞集』、『敦煌曲』はこのままだが、「榭」は「うてな」で、このままでは意味を成さない。『校録』、『総編』では「麝」の通仮とする。これに従う。「麝」は麝香鹿のことで、その腹部から取れる香料が「麝香」であるが、ここの「香麝」は「麝香のような香気」の意。他の歌でも「蘭麝香」(「竹枝子」、『総編』146頁)、「蘭麝」(「菩薩蛮」、同432頁)のように使われている。

○臺　「臺」の俗字(『俗字典』395頁)。

○堆　ひとまとまりのものを数える量詞として用いられる。ここでは花を数える。

○和枝折　「和」は「連なる」意(張相『詩詞曲語辞匯釈』〈中華書局、1954年第3版、以下『語辞匯釈』と略称〉)128頁。

○墜　『曲子詞集』、『敦煌曲』、『校録』はこのままとする。蔣礼鴻「敦煌曲子詞集校議」(同氏『敦煌変文字義通釈』〈上海古籍出版社、1981年〉所収)では「墜金釵(金のかんざしに落ちる)」のままでは意味の上から上句とつながらないとして同音「綴」に読み替える。こうすると後の句の「金釵釵上に芳菲綴(つら)なる」

と同じ意味になって都合がよいとする。『総編』はこの蔣礼鴻説に拠って「墜」を「綴」に読み替え、「(手折られた花が) 金釵に綴なる」意に取る。しかしここは「金釵に墜つ」で十分意味が通じるし、後の句と強いて同義とすることもないと思われる。

○金釵釵上　「釵」字が重複するが、写本には明らかにこうある。『曲子詞集』、『敦煌曲』、『校録』ともこのままとするが、『総編』では「金釵頭上」に改める。しかし自身も認めるように臆改に過ぎない。

○剛被　この「剛」は「偏(ひとえ)に」の意。『語辞匯釈』(161頁) に白居易の「惜花師」(『全唐詩』巻四六二) の「可憐夭艶正当時、剛被狂風一夜吹」(かわいそうに若々しくちょうど咲き時に花開いたのに、あろうことか狂風に一夜にして吹き飛ばされるとは)」の例を挙げ、この「剛」は「偏」、「硬」の意だと言う。

○蜨　「蝶」の俗字 (『俗字典』87頁)。

○蘂　「蕊」と同じで、花のこと。

《脚韻》; 開、臺、堆、釵／菲、枝、飛、衣

「開」、「臺」、「堆」は『広韻』上平咍韻、「釵」は上平佳韻、両韻はともに蟹摂。「菲」、「飛」、「衣」は上平微韻、「枝」は上平支韻、両韻は止摂に属する。

Ⅲ　傷寒三首

【定風波】「傷寒」(一)

陰 (陰) 毒傷寒脉又微。四支 (肢) 厥冷猒 (厭) 難依 (醫)。更遇盲依 (醫) 與宣瀉。休也。頭面大汗永 (脉) 分離。

時當五六日。頭如針刺汗微微。吐逆黏滑全沈細。胴 (胃) 脉匱。思 (斯) 須兒女獨孤淒。[0177]

《訳文》

陰毒傷寒に罹ると脈拍は微かになる。四肢は冷たく、元気がなくなり、治し難い。そのうえ藪医者が解熱剤など処方するものだから、万事休す。頭から大汗が出て脈が間遠になってしまった。

発熱して五、六日、頭は針で刺すように痛み、汗は少々。嘔吐して吐いたものが粘りつき、脈は沈み込んで、か細い。胃脈が崩れ落ちた。直ぐに息子や娘は親に死なれて孤児となる。

《校注》

○この歌辞はP.3093の背面に書かれていたものである。この写本の正面には「仏説観弥勒菩薩上生兜率天経講経文」が書かれていて、その墨蹟が紙背に透っている。その背面に薬方書が書かれ、その末尾に「定風波」と題してこの歌が載っている。正面の墨蹟が透過しているので、歌辞の字跡は極めて不分明で、難読である。

○定風波　唐代に生まれた曲牌で、『教坊記』に見える。敦煌歌辞には、ここに取り上げる三首以外にP.3821に収める二首の「定風波」があり、句格はここのと同じで、『総編』の〔0201〕、〔0202〕に載せる。こちらの二首の「定風波」は、『総編』が「儒士定風波」と題するように、戦乱を治める儒生の活躍を歌うのが本来のものだったが、当時の製薬業者が民間で薬の効能を宣伝するために、この曲牌を利用してこれら三首の歌を作ったと言う（同書617頁）。「定風波」は宋詞の詞牌としても用いられるが、句格も内容も二種類の敦煌歌辞「定風波」と同じでない。

○陰　「陰」の俗字（『俗字典』500頁）。

○傷寒　写本には「寒」字がないが、諸氏ともに「寒」を補って「傷寒」とする。

○陰毒傷寒　『大詞典』第11巻、「陰毒」の項に引く清・呉謙等『医宗金鑑・傷寒心法要決』「陰毒」に「陰毒寒極色青黒（陰毒は極端な寒さが原因で皮膚の色は青黒くなる）」とあり、注に次のように言う。「陰毒、謂陰寒至極之証也。血脈受陰毒邪、故面色青黒也。陰毒内攻于裡、故咽痛腹中絞痛也。陰毒外攻于表、故厥冷通身、重強疼痛如被杖也（陰毒は寒さが極限に達する症状である。血管が陰毒に害われ、それで顔色が青黒くなる。陰毒が体内を犯すと喉が痛み、腹の中が絞られるように痛い。陰毒が体表を犯すと全身が冷たくなり、身体が重くこわばり、痛さはまるで杖打ちされるようである）」。なお『医宗金鑑』は中医学の古典を数冊取り上げ、その書の治療法を覚えやすいように7字句の韻文にまとめ、更に注を付したものである。『傷寒論』は漢の張機が撰述し、一旦散逸したが、晋の王叔和が収集・編纂した。「傷寒」は中医学で、狭義には「かぜ」を指し、広義には発熱する病を指して言う。

○厥冷　前掲の『傷寒心法要決』「陰毒」に「厥冷通身」とあるように、身体が冷えることを言う。

○猒　「厭」の俗字（『俗字典』479頁)。『曲子詞集』、『敦煌曲』（270頁）ともこの字に読む。『校録』は「懨」、『総編』は「最」とする。前二者に従う。「厭」は「厭厭」とも「懨懨」とも書き、元気のない様子を言う。

○宣瀉　「宣泄」、「宣洩」と同義で、「たまったものを排出する」意。前掲の『傷寒心法要決』「陰毒」に、陰毒傷寒の場合は「温補先（身体を温めるのが先決である)」とあるが、「盲医」は却って解熱剤を与えたことを言うのではなかろうか。

○永分離　語義未詳。一応「永」を「脉（脈)」にとって憶解を示した。

○頭如針刺　前掲『傷寒心法要決』「陰毒」に「重強疼痛如被杖」とあるのに相当する。

○吐逆……沈細　晋・王叔和の『脈経』巻八、「平陽毒陰毒百合狐惑脈第三」に「陰毒為病……嘔逆……四肢厥冷、其脈沈細」とある。

○腡　「胃」の俗字（『俗字典』425頁)。「胃脉」は胃を通る経（動脈）と絡（静脈)。

○塻　『総編』ではこの字を「潰」と取るが、写本では明らかに「塻」である。『広韻』上平灰韻に「塻」は「隤」に同じとあり、そこで更に「隤」は「下墜也」と訓じられるように、「崩れ落ちる」意。

○思　『校録』、『曲子詞集』（修訂版）で、同音の「斯」に読み替える。『総編』も同じ。

《脚韻》；微、医、瀉、也、離／微、細、塻、凄

「微」は『広韻』上平微韻。「医」は上平之韻、「離」は上平支韻で、之、支韻は同用。微、之、支韻はともに止摂。この一組で通押。「瀉」、「也」は上声馬韻。この一組で通押。後半の「微」は上平微韻、「凄」は上平声斉韻、微韻は止

摂だが、斉韻は止摂と通用する場合がある（邵榮芬「敦煌俗文學中的別字異文和唐五代西北方言」・『中国語文』1963年第３期、205頁）。この一組で通押。「細」は去声霽韻、「墤」は去声隊韻、この二韻はそれぞれ上平斉韻、上平灰韻に相当し、ともに蟹摂に属す。この一組で通押。

【定風波】「傷寒」（二）

頬食傷寒脈沈遲。時々寒熱破微微。只爲藏（臟）中有結物。

虛汗出。公（心）脾連腨（胃）睡不得。

時當八九日。上氣喘粗人不識。鼻頡（顫）舌擢容□黑。明醫識。墮（朵）積千金依（醫）不得。［178］

《訳文》

暴食による傷寒は脈が沈んで遅く、時々寒気がしたり熱が出たりして……が微かである。ただ内臓の中に陽結や陰結があるために、（陰陽の戦いによる）虚汗が出る。心臓と脾臓が胃にくっついて眠れやしない。

発病して八、九日、せきこんであらく喘いでも人は原因がわからない。鼻はふるえ、舌はざらつき、顔色は黒い。名医なら治療法を知っていようが、たとえ千金を積んだところで治してもらえそうもない。

《校注》

○頬食　『曲子詞集』、『敦煌曲』は写本の通り「頬」とするが、『校録』、『総編』は「夾」と取る。ここは写本のままでよく、『大詞典』第12巻に「頬食」があり、「暴食して病を致すを謂う」と訓じ、敦煌歌辞のこの例を挙げる。

○脈沈遅　前掲『傷寒論』巻一、「辨脈法第一」に言う、「其脈浮而数、能食、不大便者、此為実、名曰陽結也。……其脈沈而遅、不能食、身体重、大便反鞕、名曰陰結也（その脈が浮き出て脈拍が速く、食欲があり、大便が出ないのは、これは実（詰まっている）のである。陽結と名づける。……その脈が沈んで遅く、食欲がなく、体が重く、大便が固いのは、陰結と名づける）」。

○破　語義未詳。『校録』、『総編』は「汗」とするが、写本では明らかに「破」である。

○結物　『傷寒論』の前掲引用文中の「陽結」、「陰結」を指すと思われる。『傷寒論』には多くの注があるが、金・成無已の『註解傷寒論』に、これらの語を注して言う、「結者気偏結固、陰陽之気不得而雜之。陰中有陽、陽中有陰、陰陽相雜以為和、不相雜以為結（結とは気が偏って固まり、陰陽の気が混じり合えないことである。通常は陰中に陽有り。陽中に陰が有って、陰陽が混じり合って調和しているが、混じり合わないと結となる）」。

○虚汗　『傷寒論』巻一、「辨脈法第一」に言う。「脈浮而緊、按之反芤、此為本虚、是以発戦、以脈浮故、当汗出而解也（脈が浮き出て張っている、これをおさえると却って芤（中医学用語で、血管が中空で葱のようになっていること）である。これが「本虚」であり、だから戦い（『註解傷寒論』の注によると、「陰陽の戦い」）に当たって汗が出るのである。その人が「本虚」であり、それで戦いとなって、脈が浮くために、汗が出るために、汗が出ると病が治るのである）」。これによると、「虚汗」とは、脈が「本虚」の状態にある時に体内の陰陽が争って出る汗という意味である。

○公　『校録』、『曲子詞集』（修訂版）で形似の「心」に読み替える。『総編』も同じ。

○上気　せきこむこと。

○頡　『曲子詞集』、『敦煌曲』（271頁）はこのままとする。『校録』、『総編』は「顫」とする。後者に従う。

○摧　『曲子詞集』は「□」、『敦煌曲』は「摧」に作る。「摧」は「（機能が）衰える」意。「摧」の「山」は「くさかんむり」のようにも書かれる。（『俗字典』70頁参照）。『校録』、『総編』は「焦」字に読み替えるが、根拠はない。

○容□黒　写本では「容黒」となっていて、句格から言っても「容」の後に一字を脱していることは確かだが、『曲子詞集』、『敦煌曲』では、□としている。『校録』、『総編』では「顔」字を補い、「容顔」としている。後者に従う。

○墮　『曲子詞集』、『敦煌曲』ではこのままだが、これでは意味をなさない。『校録』、『総編』は同音の「垛」に読み替える。「垛」は「堆積」の意。これに従う。

《脚韻》；遲、微、物、出、得／識、黒、識、得

「遲」は『広韻』上平脂韻、「微」は上平微韻、両韻は止摂に属す。これで通押。「物」は入声物韻、「出」は入声術韻。両韻はそれぞれ上平文韻、上平諄韻に相当し、ともにく臻摂に属す。これで通押。「得」は入声25徳韻で、入声８物韻、入声６術韻とは遠く離れており、失韻とすべきだろう。後半の「識」は入声職韻、「黒」、「得」は入声徳韻で、両者は同用。

【定風波】「傷寒」（三）

風濕傷寒脉緊沈。遍身虛汗似湯淋。此是三傷誰識別。情□（切）有風有氣（寒）有食結。

時當五六日言語惺惺精身（神）出。勾當如同强健日。名醫識。喘麁如睡遭沈溺。［0176］

《訳文》

風湿の傷寒は、脈が沈みこんで、はやい。身体全体に（陰陽の戦いの結果の）虚汗が出て、まるで湯を浴びたようになる。これらが三種類の傷寒だが、一体誰が正しく識別し得ようか。しかし病状は痛切で、風による症状（リウマチなど）、寒さによる症状（陰毒傷寒など）、食結（頬食傷寒など）がある。

五、六日して言葉づかいもはっきりして元気が出てきた。やることも健康な時と同じになった。息づかいも粗く喘いでまるで眠ったかのように意識が混濁していたのを、名医はそれが何の病であるか識別して（正しい治療を施して）いたのだ。

《校注》

○風湿傷寒　所謂リウマチである。寒気厳しく、湿度の高い地方に発生しやすく、女性の患者が多い。関節の痛み、発熱、身体の屈伸し難さなどを伴う慢性病である。

○三傷　『総編』では次のように解釈する。歌辞中に「有風、有気、有食結」とあり、これが「三傷」である。「気」は陰毒、「食」は夾（頬）食、「風」は風湿に属し、ここで三者を総括したのだと。しかし更にこれとは異なる「范校」

の次のような説を引用する。『黄帝内経素問』「痺病」(「痺論」の誤り) に「風、湿、寒三気雑至、合為痺。……其多汗而濡者、此其逢湿甚也。陽気少、陰気盛、両気相感、故汗出而濡也 (風、湿、寒の三気が混じって侵入すると、合わさって痺 (リウマチ) となる。……汗が多く出て身体が濡れるのは、ひどい湿気に出会ったということである。陽気が少なく、陰気が盛んで、両気が感じ合い、それで汗が出て濡れるのである)」とある。この歌の「有風有気有食結」の「気」は「寒」の誤りであろう。また「食」は「湿」に作るべきで、音が近いので誤ったのである。確かに「有風有気有食結」の中で、「風」や「食 (あるいは湿)」は発病させる根元であるのに、「気」はむしろ体内にあって、それらを防禦するものであり、その点で異質である。「気」と「寒」とは音、字形とも類似していないが、ここは「寒」である方が意味をとりやすい。しばらくこの説に従うことにする。但し「食」を「湿」に置き換えるのは強引で、これには従わなかった。なお范氏とは誰を指し、その「校」とはどんな校正なのか未詳である。

○情切　「切」字、写本では「劝」のように見え、『曲子詞集』では「勸」、『敦煌曲』では「劝」、『校録』では「怯」、『総編』では「切」とする。しばらく『総編』に従う。

○食結　おそらく「宿食」のことで、体内に摂取された食物が消化されないで固まってしまう症状ではなかろうか。

○精身　諸氏、「身」字を「神」字に改める。

○名医　写本には「名医」とあり、『曲子詞集』、『敦煌曲』、『校録』はそれに従うが、『総編』だけは「明医」とする。写本の通りとする。

《脚韻》；沈、淋、別、切、結／出、日、識、溺

「沈」、「淋」は『広韻』下平浸韻、これで押韻。「別」は入声薛韻、「切」、「結」は入声屑韻、両韻は同用、これで押韻。後半の「出」は入声術韻、「日」は入声質韻、この両韻は同用、これで押韻。「識」は入声職韻、「溺」は入声錫韻。前者は下平蒸韻に相当し曽摂、後者は下平青韻に相当し梗摂に属する。羅書には梗摂の陌韻、麦韻、昔韻、錫韻と曽摂の職韻、徳韻の互注例を挙げる (118

頁)。竜晦「唐五代西北方言与敦煌文献研究」(『西南師範学院学報』1983年第4期)でも敦煌歌辞や変文では曽摂の蒸韻、登韻は梗摂の諸韻と通押するとする(128、129頁)。この一組で押韻。張金泉「敦煌曲子詞用韻考」(『音韻学研究』第2輯、1986年)ではこの歌の「出」(入声6術韻)、「溺」(入声23錫韻)は通押するとするが(130頁)、たとえこの論文の言うように当時の入声は韻尾が消失しつつあったとしても、両者の主母音は大きく違っており、通押しているとは言えないであろう。

Ⅳ　宮辞八首

【水鼓子】「宮辭」(一)

中書奉敕當時行、盡集朝官入大明。遠國戎夷修下禮、聖朝天子得蕃情。[0230]

《訳文》

中書省では詔敕を奉じて直ちに朝献の儀式の手筈を整え、尽く朝官を招集して大明宮に入らせる。遠国の戎夷は恭謙の礼を施し、聖朝の天子は蛮国の事情に通じられる。

《校注》

○中書　中書省もしくはその長官たる中書令の略称。詔敕の起案、発令を担当した。

○当時　この場合の「当」は去声に読み、「即刻」、「即時」の意。

○大明　長安宮城の東北にあった大明宮のことで、太宗の時に計画し、高宗の時に完成した。以後代々の皇帝がここに住み、中書省もここに置かれた。

○遠国戎夷云々　唐朝に朝貢する諸国の使節は、大明宮で皇帝に謁見するのが常だった。例えば第十次遣唐使の副使・大伴古麻呂は帰国後、次のように奏上した。「古麻呂奏曰、大唐天宝十二載、歳在癸巳、正月朔癸卯、百官諸蕃朝賀。天子於蓬萊宮含元殿受朝云云(古麻呂奏して曰う、大唐天宝十二載(753)、歳は癸巳、正月元日癸卯の日、百官諸蕃が朝賀した。天子(玄宗)は蓬萊宮

（大明宮の別名）含元殿で朝賀を受けた云々）」（『続日本紀』巻19）。

○下礼　これは『大詞典』第１巻に言うように「施礼」の意だが、「修」の目的語となっているので、この意味には取り難い。『総編』は「待考」とする。項楚『敦煌歌辞総編匡補』（新文豊出版公司、1995年）は、「下」は「卑下之義」で、遠国の戎夷が臣下の礼を執ることだとする（57頁）。この意味の用例は他にないが、訳者も望文して同様の意に取る。

《脚韻》；行、明、情

「行」、「明」、は『広韻』下平庚韻、「情」は下平清韻、両韻は同用。

【水鼓子】「宮辭」（二）

內宴功臣有舊儀、會寧陳設是恩私。伶人奏語龍墀上、如說三皇五帝時。［0231］

《訳文》

宮中の宴に与る功臣は古くからのしきたりに従う。会寧殿での宴会は皇帝陛下の恩寵である。楽官がきざはしの上で演奏しつつ語る話は、三皇五帝の時に比すべき盛世をことほぐかのようだ。

《校注》

○会寧陳設　『総編』は『新唐書』地理志（一）に「関内道会州会寧郡、上、土貢は駝毛褐（駱駝の毛で作った上衣）、野馬革（野生馬の皮）、覆鞍氈（鞍をカバーする絨毯）、鹿舌、鹿尾なり」とあるのを挙げ、「会寧の陳設」とはこれらの珍品を並べることだとする。しかし『匡補』は、『旧唐書』巻175、荘恪太子伝に「（開成）四年、会寧殿の宴に因り云々」とあるのに拠り、「会寧」は宮殿の名で宴楽の所である、また宮詞に見える「設」は「宴会の義」であるとする（57頁）。『匡補』の説に従う。なお董艶秋『敦煌宮詞研究』（遼寧大学出版社、2007年、以下『宮詞研究』と略称）によると、会寧殿は興慶宮と大明殿の２箇所にあるが、興慶宮は太上皇と皇太后の隠居所であったから、ここの会寧殿は大明宮のものであろうとする（54、55頁）。

○恩私　恩恵、恩徳の意（『敦煌詞典』91頁）

○伶人　楽官のこと。

○龍墀　宮殿内の朱塗りの階（きざはし）。

《脚韻》；儀、私、時

「儀」は『広韻』上平支韻、「私」は上平脂韻、「時」は上平之韻、以上の三韻は同用。

【水鼓子】「宮辭」（三）

君王閑靜欲聽歌、西面銀臺□果事多、恩澤不曾遺草木、朝來三度進喜和。

《訳文》

君王はゆったりと静かに歌を聴かれようとする。西側にある銀台（翰林院）では、そのための準備に忙しい。恩沢は草木も遺すことなく行き渡り、この盛世に朝から三度に亙って「喜和」の曲を進め参らせる。

《校注》

○銀臺　翰林院の別称。唐代、翰林院は銀台門の近くにあったので銀台とも言った。翰林院は天子の、諸事に関するご下問に答える諸人士が控える役所。『新唐書』百官志（一）に言う、「乘輿所在、必有文詞、経学之士、下至卜、医、伎術之流、皆直於別院、以備宴見（天子の居ます所には必ず文学、経学の士、下っては卜占、医術、技芸の流まで居る。みな別院に宿直し、お召しに備えた）」。

○□果　この字は不明瞭で、『敦煌曲』は課とする。『総編』は「課」とする。「課」だとすれば、「課事」とは官吏の仕事ぶりを審査する意。しかしこの意味では前後の句意と連続しない。ここはひとまず「君王の聴きたい演奏の準備に忙しい」程の意にとっておく。

○喜和　他に用例をみないが、『総編』の言うように曲名であろう。『総編』は「喜」は上声で、第三句六字目の「草」（上声）に対して「失黏」であるとして、「熹」（平声）に改めている。

《脚韻》；歌、多、和

「歌」、「多」は『広韻』下平歌韻、「和」は下平戈韻。両韻は同用。

【水鼓子】「宮辭」(四)

孔雀知恩無意飛、開籠任性在宮闈。裁人亦見輕羅錦、欲取金毛繡舞衣。[0233]

《訳文》

孔雀は恩を知って飛び去ろうという気を起こさない。籠を開けてやっても気ままに後宮内に留まっている。裁人は孔雀の軽盈な錦織を目にして、その金毛を取って舞衣に刺繡したいと思う。

《校注》

○宮闈　「宮幃」に同じで、后妃など女性の居住する後宮のこと。『総編』では「幃」と取るが、写本では「闈」である。

○裁人　宮人の着る衣装を裁製する職人。[0235] 参照。

《脚韻》;飛、闈、衣

「飛」、「闈」、「衣」とも『広韻』上平微韻。

【水鼓子】「宮辭」(五)

寒更絲竹轉泠泠、月過猶殘色在庭。坐上司天封狀入、南方初見老人星。[0235]

《訳文》

寒夜の演奏はますますリンリンと清やかだ。月が落ちても残光がまだ庭に残っている。ご座所に司天官が封をした書類を持って入り、「南方に初めて老人星が現われました」と奏上する。

《校注》

○寒更　本来は寒夜の寒い時間帯を言うが、通じて寒夜の意にも用いる(『大詞典』第3巻)。「妙方蓮華経講経文」に「寒更漏永、睡綢繆、魂夢将心、処処遊(寒夜に時は長く眠り乱れて様々な夢を見る。夢魂は心を引き連れて所々に遊ぶ)」(『変文集』510頁)とあるのが一例である。

○司天　天文を観察して吉凶を予測する官。

○老人星　竜骨座の一等星カノープスの中国名。長寿の象徴とされる。

《脚韻》；泠、庭、星

「泠」、「庭」、「星」とも『広韻』下平青韻。

【水鼓子】「宮辭」（六）

掖庭能織御衣人、福（幅）尺襟襴盡可身、鬪染□□顔色好、水波紋裡隱龍鱗。［0235］

《訳文》

後宮にはお召しの衣服を織る職人が居り、衣服の寸法や襟、襴はみな体にぴったりである。染め方を競い合い……色彩が鮮やかになり、水波紋の中に龍鱗を隠す図柄となる。

《校注》

○掖庭　『宮詞研究』によると「掖庭局」のことで、『新唐書』巻47、百官志（二）に見える。女性の犯罪人で、機織り・裁縫の巧みな者がここに配置され、宮中のお召し物などを製作したと言う（79、80頁）。

○福尺　『総編』は「福」は「幅」の訛誤かもしれないとする。ここは「襟・襴」などの寸法を取ることを言うのだから、「幅」の方がよいと思われる。

○襴　「深衣」は、上下一組になった服だが、その下の付け足す部分を「襴」と言った。詳しくは梁音「二十四孝の孝――老萊子孝行説話の場合」（『日本中国学会報』54）注18参照。

○鬪染　前掲、『宮詞研究』では掖庭局の職人が染色の技芸を競い合うことだとしている（82、83頁）。この説に従う。

《脚韻》；人、身、鱗

「人」、「身」、「鱗」は『広韻』上平真韻。

【水鼓子】「宮辭」（七）

秋月君王多獵去、飛龍□□□□歸。承　恩好馬香湯洗、猶恐輕陳（塵）□御衣。[0236]

《訳文》

秋には君王はよく猟に出かけられる。飛竜の駿馬……帰られる。君王恩顧の好馬は香湯で洗われるが、それでも軽塵を揚げて御衣を汚しはしないかと恐れる。

《校注》

○飛龍　駿馬に対する美称。また『易』の卦に「九五、飛竜在天、利見大人（九五、飛竜は天子の位にあり、その大人に会うのに有利である）」とあるように、「飛竜」は天子をも意味する。ここでは以上の両方の意を含む。

○承　恩　君王への敬意を示すため、「恩」の前に空格がある。

○香湯　香料を入れた湯。元稹の「台中鞫獄憶開元観旧事」詩（『元氏長慶集』巻5）に「香湯洗驄馬、翠篾籠白鷴」（香湯で驄馬〈青白の混じった毛の馬〉を洗い、翠色の竹片の籠に白鷴〈銀鶏のこと。上体及び両翼が白色をしている〉を入れている）」とある（『大詞典』第12巻所引）。

○陳　『敦煌曲』（315頁）、『総編』とも「塵」の通仮とする。

《脚韻》；去、帰、衣

「去」は『広韻』去声御韻で、上平魚韻に相当。「帰」、「衣」は上平微韻で止摂に属す。この時期、魚韻の多くの字が止摂と通押しており、（羅書101、102頁、邵論文204、205頁）、ここでも3字は通押していると見てよい。

【水鼓子】「宮辭」（八）

中使先□□□□、春明樓上馬啼（蹄）聲。宮人各々縣（懸）弓箭、欲向　君前闘□□。[0237]

《訳文》

中使は先に……、春明楼のあたりで馬蹄の音が響く。宮人は各々身に弓箭を帯び、君前で□□を闘わそうとする。

《校注》

○春明楼　『総編』には『唐六典』に「京城東面の三門、中を春明と曰う」とあるのを挙げる。『旧唐書』巻200（下）、『新唐書』225（下）の黄巣伝に、黄巣は長安を陥落させて春明門より入った、とある。その門楼が春明楼である。

○楼上　写本にはこうあり、『敦煌曲』もこのままでが、『総編』は、「楼の上」では、馬蹄の音は上まで聞こえてきもしようが中使、宮人と馬とは楼に上がるのは難しいとして、ここは「楼の下」に直している。しかし「——上」には「——のあたり」の意があり、「楼上」は「楼のあたり」の意ともなる。「楼上」のままで差し支えない。

○啼　『敦煌曲』は「蹄」にとり、『総編』もそれに従っている。

○縣　『敦煌曲』は「懸」に取り、『総編』もそれに従っている。

○向　「在」と同じ、場所を表す。

○君前　「君」の前に敬意を示す空格がある。

《脚韻》；□、聲、□

「聲」は『広韻』下平清韻。

【水鼓子】「宮辭」（九）

春天日色正光輝、欲得新鷹近眼飛。珠殿少風鹿（塵）□□□□□上繡簾衣。

《訳文》

春の日の色は光り輝いている。（狩に使う）新鷹を手に入れて眼前に飛ぶのを見たいものだ。珠簾を掛けた宮殿にはわずかな風があって塵が……、ぬいとりをしたすだれを……。

《校注》

○鹿（塵）　写本では「鹿」の下部の字が消えているが、『敦煌曲』では「鹿」の下部に「土」を記入し、その土を○で囲っている。『総編』でもこの字を「塵」と見なし、且つ「塵」の後の空格は「不起」、第四句「上」の前の空格の、少なくとも1字は「捲」であるべきだとする。

○簾衣　すだれの意。

《脚韻》；輝、飛、衣

「輝」、「飛」、「衣」とも『広韻』上平微韻。

第三部　敦煌文献の環境

I　敦煌変文の説唱者と聴衆

一　敦煌変文各作品の地理的背景

敦煌変文は敦煌から発見されたが、それらの作品が全て敦煌やその周辺で講唱されたとは限らない。現にP.2292の「維摩詰経講経文」は、四川西部で書写された旨、巻末に記録されており、これは恐らく四川で講唱されたであろう。しかしこのように書写もしくは講唱された地点を知り得るのは、二三の作品に限られている。

もっとも敦煌ないしその周辺で講唱された作品が多いであろうことは、作品中に現れる地名よりして推測可能である。例えばS.6551の「仏説阿弥陀経講経文」の巻頭に「聖天可汗大迴鶻国」とあるところから、向達は『敦煌変文集』[(1)]477頁で、この作品は九世紀以後、ウイグル族に占領された于闐国で書写されたと記す。「張義潮変文」、「張淮深変文」は、敦煌地方の二人の英雄の武功を主題としている。安史の乱後、この地方一帯は吐蕃に占領されていたが、大中年間(847-860)、張義潮は沙州十一州を奪回し、唐朝より帰義軍節度使に任命された。その後も侵入する吐蕃やウイグルを各地に破る。

下って乾符年間(874-879)、張義潮の甥・張淮深は、劫掠するウイグル兵千余名を捕え、朝廷の指示を仰ぐ。その釈放後もウイグルの跳梁止まず、張淮深は諸将とともに征討する。二作品は以上のような内容であり、この地方で講唱されたであろう。更に、その内容がこの地方一帯を舞台にした歴史故事や説話

(1)　王重民、向達等編『敦煌変文集』上・下（北京、1957年）のこと。以下テキストとしてはこの書を用い、この書以後に出版された種々の対校本を必要に応じて参照した。

ではないのに、この地方の地名に引きつけて演じる作品がある。「王昭君変文」に「酒泉路遠く竜勒（敦煌の南にある山）を穿ち、石堡（唐時、青海省東部にあった要塞）の雲山、雁門に接す」とあり、王昭君が酒泉附近を通ったかのように言う。

この種の、引きつけられた地名を有する作品は、敦煌地方に限定せず、甘粛、陝西一帯に範囲を拡げれば一層増える。例えば「漢将王陵変」では、楚漢の戦いが彭原（甘粛）でも行われたとあり、楚将鍾離末は、漢将王陵を捕えるため、王陵の母を楚営に拉致して王陵を招かせようと考え、綏州（陝西省）茶城村に向かったと言う。しかし『史記』王陵伝によれば、王陵の郷里は江蘇省の沛県である。

本来は、長江流域を舞台としているのに、わざわざそれを長江以北の地に移す作品もある。『史記』伍子胥伝によれば、伍子胥は追手を逃がれて呉に向かう途中、昭関（安徽省）を経て江上に出、漁父に対岸に渡してもらう。その後で病気になり、乞食しつつ呉に至る。『呉越春秋』巻三では、この箇所を次のように作り直している。

伍子胥は漁父に渡してもらった後、溧陽で乞食する。瀨水（溧陽附近を流れる川）のほとりで綿花を打つ女子に出会い、一餐を恵まれる。子胥は追手に気づかれないよう、よく食事の後始末をしてほしいと頼む。女子は子胥の懸念を消すため、瀨水に投身して自尽する。

「伍子胥変文」にも、伍子胥が呉に逃れる途中で女子と出会う場面はある（細部の違いは見られる）しかし、その場所は「穎水」であり、女子は「南陽県」に住んでいたことになっている。『呉越春秋』では長江流域に設定した話を「伍子胥変文」では河南に移動させているのである。

また『史記』伍子胥伝によれば、伍子胥が復仇の志を遂げた際の、呉の伐楚戦は「楚と漢水を夾んで陳す。……是に於いて呉、勝ちに乗じて前み、五戦して遂に郢に至る」とあるから、漢水下流以南の地が主戦場となった如くである。しかし「伍子胥変文」では、伍子胥率いる伐楚軍の先鋒は、一時「黄河の東北岸に至り」、また呉と楚とは、河南の黄池でも戦ったことになっている。

更に『隋書』韓擒虎伝では、隋が南朝の陳を滅ぼした際の、韓擒虎の伐陳戦における活躍を記すが、擒虎が設営もしくは攻抜したことを言う際の地名は当然ながら金陵附近のが多い。しかし「韓擒虎話本」が擒虎の伐陳戦を録する時には、擒虎は行営馬歩使として総司令の楊素、副司令の賀若弼とともに三十余万の軍を率いて先ず鄭州に至り、次いで擒虎単独で三万五千の馬歩軍を率いて中牟（河南省）に駐屯したと言う。本来は長江流域での戦闘であったものを、「韓擒虎話本」では、より北方の河南に迂回させて描いているのである。

同様に、本来は長江流域であった活動地点を河南に移動させて描くものに、「𪋿山遠公話」がある、あらすじはつぎのようである。

雁門に住む慧遠は少時より出家するが、学道の足らざるを痛感し、名山を尋ねて修行せんと志す。涅槃経を携え、師の教示に従って江左の廬山に至る。遠公はそこで涅槃経の疏抄を作り、大衆に説法する。強盗の白荘が廬山を襲い、遠公は捕えられてその奴僕となる。

道安和尚は、遠公の弟子を介して遠公の涅槃経疏抄を入手し、東都福光寺で開講して多くの聴衆を集める。遠公は数年後、洛陽の人畜市場で売りに出され、崔相公が買い取る。相公は道安の讃仰者であり、ある時、自宅で、道安から学んだ教理を披露する。遠公は、その説が理を尽くしていないと申し立て、かくして大衆の面前で道安と仏法を闘わせる運びとなり、道安を論破する。遠公は高座に昇って講経し、道安も聴講する。遠公は長安の朝廷に召されて大内で供養するが、数年後廬山に帰り、やがて示寂する。

慧遠、道安の伝は、梁・慧皎『高僧伝』（大正大蔵経第五〇巻）その他に見える。『高僧伝』によると、慧遠は雁門に生まれ、少時許昌、洛陽に遊学する。二一歳の時、太行恒山に上り、道安の弟子となった。後に道安が戦乱を避けて襄陽に赴くのに随い、その後、道安と別れ、弟子数十人とともに荊州に行き、上明寺に住した。更にそこから広東の羅浮山に行こうとして潯陽に至り、廬山の清静なたたずまいに引かれて、そこの竜泉精舎に身を寄せた。以後、三十数年間廬山を出ることなく、八三歳の生涯を終えた。

これによると慧遠が活躍した地点はあくまで廬山であり、洛陽は少時に遊学したことがある程度で関わりは薄く、長安には足跡を印していない。そこで「爐山遠公話」は、慧遠の活動の主な舞台を、長江流域の廬山から北方の洛陽、長安、とりわけ洛陽に置き換えたと言えよう。

「董永変文」の場合にも地理的背景の移動が見られる。この作品は以下のような話である。董永は一五歳の時父母に死なれ、貧しかったため身売りして葬儀を済ませる。買主の所に行く途中、天女が現われ、董永の妻となって錦を織る。かくして借金を返済した後、天女は二人の間にできた子どもを残して天上に去る。子どもは七歳の時、母が湯浴する池に行って飛び去れないように天衣を隠し、母と再会する。この董永の話は干宝『捜神記』巻一、句道興（敦煌本）『捜神記』、敦煌本『孝子伝』にも見られる。

（但し、いずれも二人の間に子どもが生まれたとはいわない）。これらの説話では、董永は「千乗の人」となっている。千乗は山東省北部の、渤海湾に面した地方である。「董永変文」では、董永の居住地を河南に変えている。董永が初めて天女に出会った時、董永は次のように自己紹介する。

家縁本住朖山下。

家はもともと朖山の麓にあります。

朖山は即ち朗山である[2]。朗山は河南省にある山である。この作品も主人公の活動地点を山東北部から河南に移動させたのである。なお『清平山堂話本』の「董永遇仙伝」では、董永は「淮安潤州府丹陽県董槐村」の人となっている。

以上に列挙した諸作品以外には、特に主人公の活動地点を移動させたものはない。しかしその場合でも大部分の作品は中国の北方を舞台にしている。「孟姜女変文」、「捉季布変文」、「李陵変文」、「舜孝子変文」、「韓朋賦」、「秋胡変文」、「前漢劉家太子伝」、「唐太宗入冥記」、「葉浄能詩」等全てそうである。変文は中国の北方を地理的背景にしていることは疑いない。

---

(2) 項楚『敦煌変文選注』（成都、1989年）による。なお「家縁」は家郷の意である。（蔣礼鴻主編『敦煌文献語言詞典』杭州、1994年）

二　敦煌本捜神記、孝子伝の場合

以上に見てきた、敦煌変文の北方性といった性格を、ここでは少し違った角度から検証してみたい。句道興の撰述とされる敦煌本『捜神記』一巻には、35の説話が収録されている（但し巻末の2話は、残欠のため完結していない）。今、これらの説話には、どこを話の舞台にしているものが多いかを知るために、各話について個別に調査してみよう。各話には、初めに、例えば「張嵩は隴西の人なり」（第二話）のように、主人公の名と籍貫が述べられるのが通例である。しかし以下に展開する話は、その籍貫で生起する場合もあるが、それとは無関係な別の地で発生する場合もある。また主人公の籍貫、更には主人公の名すら示されず、説話がどこを舞台にしているのか不明なケースもある。そこで以下各話の主人公名と、その話の舞台となった地名（もしその地が主人公の籍貫であれば籍貫名）を表示し、その地が、中国及びその周辺を次の五地区に分けた場合のどれに相当するかを区分することにする。五地区の分類法は以下の通りである。

A＝華北（河北、河南、山東、山西）及びそれ以北、以東の地域。

B＝西北地区（陝西、甘粛、青海）及びそれ以西の地域。

C＝西南地区（四川、貴州、雲南）及びその以西の地域。

D＝長江流域（湖北、湖南、安徽、江西、江蘇、浙江）。

E＝華南（福建、広東、広西）及びそれ以南の地。

これは必ずしも厳密な分類ではない。これらの地域以外にも、例えば華東地区を措定することもあり、その場合には山東は華東地区に入る。筆者のこの分類法は、拙稿の論旨に沿った便宜的なものに過ぎない。

さて敦煌本『捜神記』各話の主人公、話の発生した地点、五地区のうちのどれに属するかを示せば次のようになる（**表1**、話の地点の不明なものは除いてある）。

14、19の話には、主人公が二人いる。19のは地点も二箇所に分かれているが、どちらもA地区に属するので、A一箇所とカウントした。一見してA・B地区の話が多いことが知られる。全25話中、A＋B地区の話が20話（80%）で、他のはD地区が5話（20%）見られるだけである。説話は、一般的傾向として北方に多

表1　敦煌本『捜神記』

	主人公	地　点	地　区
2	張嵩	隴西	B
3	焦華	長安	B
7	斉景公	（春秋）斉国	A
8	劉安	河間	
9	辛道度	雍州	B
10	侯霍	白馬（河南）	A
12	王景伯	会稽	D
13	趙子元	韓林（河南）	A
14	梁元皓	泰州（甘粛）	B
	段子京	泰州（甘粛）	B
15	段孝真	京兆	B
16	王道憑	九峻（陝西）	B
17	劉寄	馮翊（陝西）	B
19	劉義狄	中山	A
	劉玄石	青州	
20	李純	襄陽	D
21	李信	陳留	A
22	王子珍	定州（河北）	A
24	孫元覚	陳留	A
25	郭巨	河内（河南）	A
26	丁蘭	河内（河南）	A
27	董永	千乗	A
28	鄭袖	（戦国）楚国	D
29	孔嵩	山陽（河南）	A
30	楚荘王	（春秋）楚国	D
32	斉国人	（春秋）魯国	A
33	楚恵王	（春秋）楚国	D

いわけではなく、これはやはり敦煌本『捜神記』の特色である。この点を確認するため、干宝『捜神記』二〇巻の場合と比較しよう。敦煌本『捜神記』は、干宝『捜神記』の異本といったものではなく、テキストとしての親縁関係はない。しかし超現実的な怪異譚を集録している点は両者に共通し、幾つかは両者に共通し、幾つかの話は、細部の違いはあるものの、双方」に収録されている。敦煌本『捜神記』6の管輅の話が干宝『捜神記』54に、前者の9、辛道度のが後者の395に、前者の20、李純のが後者の457に、前者の23、田崑崙のが後者の354に、前者の25、郭巨のが後者の283に、前者の27、董永のが後者28にそれぞれ見られる。

干宝『捜神記』全464話の中で、話の発生した地点の明らかなもの396話を、前掲の地区分けに従って分類してみた。時に一話の中に、相互に関係のない二つの話が盛りこまれているケースがあり（例えば107の前半で、斉地で地面がにわかに延び出したことを記し、後半で、歴陽郡—安徽省で一晩で地面が陥没して池になったことを録す）、その場合は二つの話として数えた。本来なら前掲敦煌本『捜神記』

の場合のように、各話の舞台となった地名を示すべきであるが、徒らに紙幅を費やし、無味乾燥でもあるので、省略し、各地区に属する説話数のみ記す。

A＝162

B＝42

C＝18

D＝168

E＝ 8

A＋Bの説話数は204で、全396話に占める割合は、約52％である。干宝『捜神記』は各地区の説話を万遍なく輯成し、敦煌本『捜神記』は主に北方の説話を収録したことが知られる。

敦煌本『孝子伝』は、残欠のため一話を成さないものを除いて、全部で26話を収録する。しかし中には郭巨に関する同一の話が二つあるので、実質的には25話である。これを前掲の敦煌本『捜神記』と同様の方法で一覧表にすると、次のようになる（表２）。

表2　敦煌本『孝子伝』

	主人公	地 点	地 区
2	舜	冀邑	A
3	姜詩	広漢（四川）	C
4	蔡順	汝南（河南）	A
5	老莱子	楚国	D
6	王循	北海（山東）	A
7	呉猛	予章（江西）	D
9	曽参	魯国	A
10	子路	魯国	A
11	閔子騫	魯国	A
12	董永	千乗	A
	黄鳳	会稽	D
14	薩苞	汝南	A
15	郭巨	河内	A
17	江草	臨淄	A
18	鮑出	京兆	B
19	鮑永	上党	A
20	王祥	瑯琊	A
22	王褒	魏郡（河南）	A
24	呉季札	延陵（江蘇）	D
26	向生	河内	A
27	王武子	河陽（河南）	A

全21話中、A＋Bは、16話で、約76％を占める。漢の劉向以下、様々な人が『孝子伝』を撰述したとされるが、完本として伝存するものはなく、前掲『捜神記』の場合のような比較はできない。しかし敦煌本『捜神記』のと同じく、北

方説話に偏る傾向を示していると言えよう。因みに12董永、15郭巨の話は、敦煌本『捜神記』と共通して見られる。

三　唐・五代の北方中国

以上のように作品の舞台をなるべく華北や西北地区に設定しようとするのは、その説唱者や聴衆がこの地区に居住するか、もしくはしばしば旅行するかして、この地に親しんでいるからである。説唱者も熟知している地名の方が使用し易いし、聴衆も話に一層興味を示すのである。敦煌本『捜神記』や『孝子伝』も、散文で書かれているので、一見読み物のような感じを与えるが、実際には他の作品と同じように説話者が聴衆に語ったものであろう。所々に口頭語が用いられているのがその証拠である。その結果これらの作品も北方に偏るという地域性を留めているのである。こう見て来ると、敦煌変文はたまたま敦煌から発見されたものの、実際には北方地区全体の産物と見なすべきではないか。

当時華北から陝西、甘粛を経て中央アジアに至る所謂シルクロードに沿って、人や物が盛んに往来した。この広大な地域全体に大唐帝国の支配が及び、唐の皇帝はこの全域に共通の大可汗と仰がれた。この、妨害者のいなくなった安全な交通路を通って、例えば詩人の岑参は二回西域に赴いた。初回は天宝八載(748)、長安から安西都護府へ、二回目は同一三載(754)、長安から北庭都護府へである(聞一多「岑嘉州繫年考証」、『唐詩雑論』――『聞一多全集』三――による)。高適は、天宝一一載、河南から長安を経て河西(甘粛・青海の、黄河以西の地)に至り、翌一二載にも長安より河西に赴いている(劉開揚『高適詩集編年箋註』1981年、北京による)。逆に西域から商用その他で中国に来往する者も多く、その中にはそのまま長安や洛陽に住みついてしまう人も少なくなかった(この点については、桑原隲蔵「隋唐時代に支那に来往した西域人に就いて」、『桑原隲蔵全集』二、1968年、岩波書店、向達「唐代長安与西域文明」、『唐代長安与西域文明』1933年、北京に詳しい)。

このように唐代、この北方地域は一つの文化圏を形成していた。敦煌変文は、この地域のどこかで生み出されたが、この地域ならどこでも通用する普遍性をもっていた。勿論この背後には、この地区がほぼ後世の官話通用圏に相当し、居住者は口頭語による意思疎通が可能であったという事情もある。敦煌変文は、敦煌という限られた地点のみの産物ではなく、唐代のこの文化圏全体の産物であったと考えるべきである。

四　敦煌変文と宋元の説唱文芸

以上に論じたように、敦煌変文が唐代の北方中国で普遍的に行われたとすると、これを宋元の説唱文芸の源流に位置づけることが可能になる。ここでは宋元に盛行した諸宮調を一例に取り上げて、それが変文のような説唱文芸から発展した可能性について考察してみたい(3)。諸宮調は一人の演者が説（語り）と唱とを連綴して一篇の物語を上演するもので、その説と唱を組み合わせる点が変文に類似することは、誰しも容易に気付く所である、諸宮調は唱の部分で様々な宮調を連ね、一つの宮調の中でも、その宮調に属する曲を幾つか用いる。現存する諸宮調作品の一つ、『董解元西廂記』（以下『董西廂』）巻二の、末尾の部分を例示する。ここは次のような場面である。反乱軍を率いた孫飛虎が、鶯鶯や張生の身を寄せる普救寺を包囲する。寺僧の法聡は鉄棒を奮って勇戦するが、衆寡敵せず、寺内は憂色に包まれる。その時張生は「大笑」して現れ、自分が賊軍を撃退すると申し出る。

〔般渉調〕（麻婆子）大師頻頻勸、先生好性撇。衆人都煩惱、偏你恁歡悦。君瑞聞言越越地笑、吾師情性好佯呆。又不是儒書載、分明是聖教説。○有生必有死、無生亦無滅。生死人常理、何須恁怕怯。乱軍都来半万余、便做天蓬黒煞般尽刁厥、但存得自家在、怎到得被虜劫。

（尾）不須騎戦馬、不須持寸鉄、不須対陣争優劣。覷一覷教半万賊兵化做膏血。

〔般渉調〕（麻婆子）住職の法本大師はしきりに張生をたしなめる、「先生は何とまあひねくれ者だ。他の人は皆悩んでいるのに、先生だけがそんなに

(3)　諸宮調は変文から発展したとする説は、既に鄭振鐸「宋金元諸宮調考」（『中国文学研究』下、北京、1957年）などに見えるが、いずれも具体的証拠を挙げていない。

嬉しがるなんて」。

君瑞は聞いて益々笑い出す、「老師は全くうかつ者だ。儒書に載っているのでなく、他ならぬ聖教（仏教）にははっきり説いていますよ。〇生が有れば必ず死があり、生が無ければまた滅もない。生死は人の常理、どうしてそんなに恐れることがありましょうとね。反乱軍は全部で五千余り、たとえ天蓬や黒煞（ともに凶神名）のように強悍を尽くしても、必ず無事を保って見せます。どうして虜掠されたりするものですか」（下線箇所改訳：私が居りさえすれば）。

（尾）戦馬に乗ることもなければ、寸鉄を帯びるに及ばず、対陣して優劣を争う必要もない。ちょっとの間に五千の賊兵を脂と血に変えて見せる。

この〔般渉調〕は宮調の名、「麻婆子」、「尾」は般渉調に属する曲名である（「尾」は各宮調の末尾に来る曲である）。この例から明らかなように、曲の変わり目は、意味の変わり目であって、必ずしもそこで場面や主語が入れ換わるわけではない。

以上、見てきたのは、金元代に整備された諸宮調作品の一つ、『董西廂』である。諸宮調と変文のスタイルを比較する場合、後世の整った諸宮調ではなく、北宋の孔三伝が創始したとされる「諸宮調古伝」（後述）を取り上げるべきである。しかし孔三伝の作品は伝わらないし、孔三伝の諸宮調も『董西廂』も、基本的な構造は同じだったと思われるので、敢て『董西廂』を引用した。孔三伝の諸宮調も説と唱から成っていたことは、『夢粱録』に「説唱諸宮調」とあるのにより知られるし（後掲）、唱の部分では各宮調を組み合わせたであろうことは、「諸宮調」という名称からして明らかである。

唱の部分を有する変文作品にも、唱の所で歌い方が変化すると思われるものがある。

例えば「難陁出家縁起」の一場面がそうである。この作品のあらすじはつぎのようである。世尊の弟・難陁は、美貌の妻に恋着して出家しようとしない。世尊は乞食に変装して難陁の門の前に立ち、種々の難題を課す。天宮へ連れて行って、難陁の本来の妻である天女に引き合わせ、天上はよい所だと思わせる。

更に地獄を案内して、難陁を煎煮するために用意された湯鑊を見せる。難陁は前非を悔いて出家する。さてこの作品の中に次のような場面がある。難陁が天宮に連れて行かれ各房を見て回るうちに、ある房に一人住まいしている天女を見つけ、天女に自分は難陁の妻だと聞かされる。難陁は、私こそ仏の弟の難陁であると、「笑哈哈」ニコニコしながら話しかけると、天女は次のようにやり返す。

吟　天女当時聞語、便即却報難陁。
　　我家夫主威儀、不作俗人装束束。
　　他家剃頭落髮、身披壊色袈裟。
　　若論進止威儀、恰共如来不別。
　　何処愚夫至此、輒来認我為妻。
　　不如聞早却迴、莫大此時挫辱。
断　欲識我家夫主時、他家還着福田衣。
　　不作俗人之貌相、剃頭俗身作出家児。
吟　天女はその時、その言葉を耳にすると、
　　意外にも難陁に次のように答えた。
　　私の夫は威風堂々、
　　俗人の装束はしていない。
　　あの人は頭を剃り髪を落とし、
　　正色ではない色の袈裟を着ている。
　　立ち居ふるまいの風格はと言えば、
　　全く如来と異ならない。
　　一体どこの愚夫がここに来て、
　　私を妻だなどと言いたてる。
　　早々と引き返し、
　　これ以上恥の上塗りをしなさるな。
断　私の夫を知ろうとすれば、
　　夫は福田用の袈裟を着け、

俗人の容姿はしておらず、

頭を剃って出家者となっている。

各段の上部に注記された「吟」、「断」は、その部分の歌唱法を示したものであろう。この作品の他の部分にも見えるが、「吟」は一句が六字の唱の部分に、「断」は七字の部分に用いられている。一句の字数が違う以上、歌唱法に違いがあってもおかしくない。またこの作品では「吟」から「断」に、もしくは「断」から「吟」に移る際に、場面ないし主語が入れ換わる場合もあるが、この場面のように、天女の一連の発言の中の、ちょっとした意味の転換に過ぎないこともある。この点も諸宮調の曲名の変化の場合と類似する。

この「吟」、「断」の注記は、「歓喜国王縁」にも見られる。但しこちらでは「断」は同じく七言の唱に用いられているが、「吟」は七言や五言に使われ、また「吟」「断」以外に、「側」（七言、六言、五言に注記）、「吟断」（七言）、「断側」（六言）なども見え、前掲の場合より複雑である。「秋吟一人」では「断」は七言に、「吟」は主として六言、時に七言の注記に用いられている。

これらの注記の代わりに、曲名を指定すれば、諸宮調のスタイルに極めて近くなる。勿論諸宮調は複雑な音曲の組み合わせから成り立っており、変文に少し手を加えればそのまま諸宮調になるというものではない。音曲の要素はどこか別のところから取り入れたと考えざるを得ないが、その可能性が高いのは、唐宋の詞と唐の大曲である。諸宮調が使用している曲名には、この詞や大曲の曲名と共通するものが少なくない[(4)]。中でも大曲が諸宮調により大きな影響を与えたと思われる。大曲とは、一つの宮調を用い、その宮調に属する曲を連ねて一つの物語を構成するもので、舞曲であった[(5)]。諸宮調は幾つもの宮調を組み合わせ、それを一つしか使わない大曲とはその点で異なるが、大曲を数曲連ねれば諸宮調の形となり、諸宮調が大曲の構成に学んでいることは疑いない。しか

---

(4)　鄭振鐸は前注の論文で、諸宮調の用いた曲調の来源は、（一）唐燕楽大曲、（二）宋教坊大曲、（三）唐宋詞、（四）流行の歌曲であるとし、それぞれについて共通する曲名や詞牌を列挙している。

(5)　大曲については、王国維の『唐宋大曲考』に詳しい。

し大曲には説の部分はないので、説と唱とから成る諸宮調は、変文のようなものを土台とし、更に大曲を参照して作られたと考えるのが妥当であろう。

諸宮調の起源については、諸書に記載がある。南宋・王灼『碧鶏漫志』巻二に言う。

> 熙寧（1068–1077）・元豊（1078–1085）の間、沢州（山西南部）の孔三伝、始めて諸宮調古伝を創る。士大夫皆能くこれを誦す。

また南宋・呉自牧『夢粱録』巻二〇に言う。

> 説唱諸宮調は、昨（以前）、汴京に孔三伝有り、伝奇霊怪を編成し、曲に入れて説唱す。

これらの記述によって、一〇世紀の後半に沢州の孔三伝が諸宮調を創始し、汴京の盛り場で上演したことが知られる。

孔三伝が諸宮調を創始するに当たって、変文のような民衆文芸を土台としたであろうと推測することは、時間的にも空間的にも許されることである。もし変文が敦煌でしか行われなかったとすれば、沢州の孔三伝がそれを土台に新しい文芸を創始したとするのは、敦煌―沢州間の距離から言って成り立ち難いが、一～三章で論じたように、変文は沢州あたりでも行われた可能性は十分ある。

変文が山西でも行われたことを示す具体的な証拠もある。変文の中に「長興四年中興殿応聖節講経文」というのがあり、五代・後唐の明宗の長興四年（933）、明宗の誕生日の九月九日に後唐の都・太原の中興殿で講唱されたものである[6]。この作品がなぜ敦煌から発見されたのか不明であるが、初演は太原でなされたことは間違いない。

孔三伝の出身地沢州は、この太原に近く、孔三伝が諸宮調を創始した年代も、この変文が講唱された時点より百年余り隔たっているに過ぎない。孔三伝が変文のような民衆文芸のスタイルを踏まえて諸宮調を創始したと仮定しても、決

(6)　『旧五代史』巻三七、明宗紀三に「天成元年（926）九月、……百僚は敬愛寺において斎を設く。緇黄の衆（僧侶や道士）を中興殿に召して講論せしむ。近例に従うなり」とある。明宗は「唐の咸通丁亥の歳（867）九月九日」に生まれた（同書明宗紀一）ので、九月九日を「応聖節」と称したのである（以上は向達「唐代俗講考」附録一の附註――『唐代長安与西域文明』――による）。

して不自然ではなかろう。

諸宮調の創始とほぼ同じ頃、やはり説と唱から成る語り物文芸「鼓子詞」が創作された。鼓によってリズムを取る所からこの名称が生まれた。鼓子詞の唱の部分は一つの宮調で終始するので、その点多くの宮調を組み合わせる諸宮調と異なる。一般に北宋・趙令畤の『侯鯖録』巻五に収める「商調蝶恋花詞」十二闋を以って鼓子詞作品の嚆矢とする。趙令畤に関しては、『宋史』巻二四四に略伝がある。それによると、元祐六年（1091）に簽書潁州公事（簽書公事は宋代、各州に置かれた軍関係の下役）に任命され、紹興の初め（1113）に右朝請大夫（朝請大夫は従五品の名誉職）に至り、以下幾つかの官職を歴任して紹興四年（1134）に世を去っている。この伝による限り、趙令畤は孔三伝よりやや後の人である。論者によれば、諸宮調はこの鼓子詞からも影響を受けたとするが(7)、金元時代の諸宮調であればともかく、孔三伝の創始した諸宮調がそうであるというのは、時間的に成立し難い。むしろ逆に趙令畤の鼓子詞の方が、孔三伝の諸宮調の影響を受けた可能性がある。また欧陽脩の詞「採桑子」（『欧陽文忠公文集』巻一三一）を鼓子詞と見なす説があるが、この作品には文言によるまえがきはあるものの、「説」の部分があったか否か明らかでなく鼓子詞とは断定できない。

以上敦煌変文と諸宮調の関わりを見てきたが、変文が唐から宋にかけて中国北方で普遍的におこなわれたとすると、諸宮調以外にも、例えば雑劇などもこれと関わってきそうである。次の機会には、変文と、雑劇を中心とする宋元の説唱文芸との関係を考察してみたい。

---

(7)　例えば朱平楚・朱鴻『諸宮調概説』（西安、1994年）など。

Ⅱ　書評：兪暁紅著『仏教与唐五代白話小説』

（人民出版社、2006年、492頁）

一

本書は仏教文化と、敦煌変文を中心とする唐五代白話小説との関係を研究対象にしている。仏教と変文との関係については、既に多くの指摘がされている。但しそれらはほとんど、ある変文作品はどの仏典をどう依用したかとか、変文の散文と韻文が交互に繰り返される形式と仏典の叙述形式の異同とかの、言わば目に見える特徴を捉えての仏典との比較研究であった。本書は作品のそういう特徴も問題にしているが、更にその背後にあって一見それと気付き難い仏典と変文との関わりにまで踏み込んでいる。その上著者は、変文の諸作品は俗講の台本だったという従来の説に異を唱えて、俗講で講唱された内容を後に記録した書本であると論じている。以上の２点を中心にして他にも傾聴に値する説が少なくない。以下、先ず各章のあらすじを示しながら、この書の内容を紹介する。著者が特に力点を置いたと思われる第一～第三章はやや詳しく述べる。

二

第一章　仏典的伝訳、流播和仏教的本土化

仏教は漢代末期に西域を経由して中国に伝来した。そのため初期の仏典は中央アジアの諸語で書かれていて、訳経僧も彼の地の出身者が多かった。訳経は主に次の過程を経て行われた。①口誦：一人が経本を持ち、別の一人が西域文もしくは梵文を誦読して漢語に訳す（一人が二役を兼ねる場合もあった)。②筆受：伝訳された経文を主訳が漢文で筆録する。③校勘：その後で主訳ないし別人が比較精査して定本を作成する。

正確な仏典の翻訳には仏教に対する深い理解と漢語の自在な運用能力が求められた。訳文には仏典の義理を正確に伝える「質」と文章を暢達ならしめる「文」の両方が重視された。

魏晋以来大がかりな訳場が設けられれ、主訳は多くの助手を擁したが、彼らは仏教を学ぶ学生でもあった。道安も優れた訳経者だが、章段のなかった元の仏典を序説、正説、流通説の三段に分けて訳出する方法を案出した。こうして訳された経を敷衍説明する講経文が生まれ、その演講が、僧侶に講義する僧講と俗人を対象とする俗講の濫觴となった。唐に至ると訳場の規模は拡大するが、「口訳」(口頭伝訳) は依然として不可欠の一環で、変文の形式に深い影響を与えた。

仏典翻訳は民衆に理解させるために当時流行した駢文でない通俗的な文を用い、且つ仏典中の文学的な記事が仏教文学の構成要素となる。形式上仏典は散文、韻文、韻散結合の三種から成る。

第二章　「変」、「変文」与「変相」疏証

変文の意味については種々の説があった。①仏典を「変更」して分かりやすく解説したもの。鄭振鐸など。②仏典中の神変故事を述べたもので「変」と言い、それを歌詠したメモが変文である。孫楷第、劉大傑など。③梵語Citraないし Mandalaの訳語。周一良など。④深奥な仏典の文体を通俗的な文に変えたので変文と言う。周紹良、科学院『中国文学史』など。⑤変文は仏典の経文の変体であるが、その「変」は『楽府詩集』巻四五に見られる「長史変歌」「子夜変歌」などの「変」から取られた。胡士瑩、喬象鍾など。二十世紀中の説は以上の５類だが、その後も仏教思想の現実化説、神変・変異説、経文変易説などが提唱された。

仏典中の「変」字は仏菩薩が自身を神通で改変する、もしくは対象を改変して衆生を化導する意味が最多で、次いで普通の「変化」の意味が多い。中国固有の文化の中にも「正」と「変」とは対立しつつも密接に関連する概念として存在した。例えば『詩』三百には正と変、音楽にも雅楽とその衍変たる鄭声とがあった。仏教徒の講経説法には二種の方式があった。（１）仏典の故事を集めて経とする方法。『賢愚経』はその筆記によって成立。（２）ある経に基づいて解釈演繹したもの。この経は仏典の正経で、その釈義の産物が講経文、因縁文

(この実質は変文に同じ)、変文である。初期の変文の題材は仏菩薩の神変を演じつつ仏法を説明しようとしたので「変」であり、元の経とは違う文体にしたための「変」でもあった。

第三章　俗講、変文与白話小説的形成

変文は仏典中の故事を敷衍したものだが、変文はその台本であるか、それとも講唱後に記録した文本であるか見方が分かれており、著者は後者であると考える。

講経は経師と唱導師の二人が分担した。経師は仏教音楽に補助されながら経典を転読する。唱導師はその教義を機に応じて闡明し、随時その時の話題を引いて例証したりした。三国時代には既に僧講があった。隋唐に至ると僧講は故事性の内容を講唱する技芸に変わったが、その中の在家の俗衆を対象としたものが俗講で、聴衆は聴講料を払い、俗講僧はそれを生活の資とした。俗講僧はやがて寺院を出て各地を巡歴し、職業的講唱芸人となるが、民間人もそれに携わるようになる。

漢訳仏典は口伝後に筆録された。講経文も法師たちが仏典に依拠しながらも随意に敷衍したものを、他の僧が学習、伝誦するために事後に記録したものではないか。変文や話本を説誦する民間芸人は口と耳により芸を伝える方法を取り、決して文字本を読んで相伝したのではない。彼らに求められたのは記憶力と歌唱力、善く弁ずる口才であって仏教や歌詠の専門知識ではなかった。

変文が台本ではなく記録本だとすると、早期白話小説の濫觴となり得るが、白話小説であるためには次の諸条件が必要である。①白話を用いている。②整ったプロット。③一定の篇幅。④人物の性格描写。⑤虚構成分。⑥主題と教化性。⑦閲読に供するという目的。⑧よりよく読ませるための工夫。変文中の幾つかの作品はこの条件を満たしていて、「唐五代白話小説」と認定できる。

第四章　唐五代白話小説的叙事体制

韻文と散文とが混じり合うのが唐五代白話小説の一般的形式であるが、この

初期形態は「轤山遠公話」に見るように散文中に偈語を挿入するものだった。仏典の形式として長行（散文）に偈語を挿入するものがあり、講経文や変文はこのスタイルを模倣したのである。現有の白話小説には韻文を導く三種の方式がある。（1）直接「偈語」「詩偈」「詩曰」で導く。（2）「当爾之時、道何言語」や「道」「云々」などを引導詞とする。（3）引導詞らしきものはなくて、「道」「曰」「云」などとあるか全く何もないもので、引導詞を省略したケースと考えられる。

なお「……処、若為陳説」というのは（2）に近い。以前の学界では「……処」は図画を示しながら語った痕跡だとされた。絵を示した可能性はあるが、「処」は「場所」ではなく、「……時」の意である。

韻文の句式は七言を主とし、三、五、六言句もある。六言句は概ね押韻しないが、他は大体押韻する。

第五章　唐五代白話小説的題材来源

この章では唐五代白話小説を題材によって次の四つのパターンに大別して各作品の内容と取材源、その特色などを示す。(一) 仏典故事を敷衍したもの。八相題材、目連題材、祇園題材など。(二) 僧侶や道士の故事を敷衍したもの。「轤山遠公話」、「大唐三蔵取経詩話」、「葉浄能話」など。(三) 中国の歴史故事や時事問題に取材したもの。前者には「舜子変」「晏子賦」「伍子胥変文」などがあり、後者には「唐太宗入冥記」「張義潮変文」「張淮深変文」がある。(四) 民間説話、寓話を題材としたもの。前者には「孟姜女変文」「秋胡変文」「前漢劉家太子伝」などがあり、後者には「燕子賦」「茶酒論」がある。

第六章　唐五代白話小説的観念世界

この章では唐五代白話小説の表現する思想を四つの節に分けて論じる。

第一節　修道説法の人生観：「八相変」「太子成道変文」などは、太子が四つの城門で人の生老病死を知る形象を借りて人生を苦と捉える仏教の見方を表現する。一方、「破魔変文」「悉達太子修道因縁」などは如来の知恵、慈悲、神通などを強調する。

第二節　善悪輪廻の果報観：仏教では因果応報を唱えるが、「目連縁起」「醜女因縁」などはこれをテーマとする。この応報観の一つの重要な構成部分が六道輪廻の考え方で、「大目乾連冥間救母変文」「難陀出家縁起」などに文学的に描写される。

第三節　三教融存の倫理観：仏教が中国に受容されるためには道教、儒教との融合が求められた。仏教教理を体現しているはずの変文にも三教を融合した記述、例えば仏典に取材した作品に忠孝観念が現われたりする。

第四節　三世三界の時空観：古来儒家は現実世界に関心を限定し、その外の世界を問題にしなかった。釈家の時間観には「世」「刹那」「劫」などがあり、空間観としては「三界」「三千世界」などがある。衆生は今生、今世の生命規律を超え、前世、今世、来世と天上、人間、地獄の間を往来するとした。

第七章　仏典的伝訳与流播対中国文学世界的影響

ここでは唐五代白話小説の他の文学作品への影響が論述される。

唐の伝奇小説『遊仙窟』や「柳毅伝」などの韻散結合の作品、また白居易「長恨歌」と陳鴻「長恨歌伝」のような、篇目を別にした韻散結合のスタイルはみな変文の影響である。宋元白話小説は、入話、正話、詩詞による三段式構成であるが、これは唐五代白話小説の押座、正文、解座の形式から発展した。説唱文学の一種である宝巻や鼓子詞にもその影響が見られる。

中国古来の散文や詩歌は写実を原則とし、芸術虚構と想像力に乏しい。仏典や変文に見られる誇張、想像、排比、比喩などは各種の文学作品に取り入れられ、その内容を豊かにした。

三

以上のあらすじから明らかなように、本書は仏教と、変文を中心とする唐五代白話小説との関係を後者の成立（一、二章)、形態（四章)、題材（五章)、作品の思想内容（六章）に渉って究明したもので、これは著者の仏教に対する広く深い造詣によって始めて成し得た成果である。この点は著者が巻末の「補記」で「私は大量の仏教典籍を閲読した。このことが早期の白話小説史及び小説作品と仏教文化とを結合させて研究する基礎となった」(489頁) と述懐しているのと符合する。

しかし著者は視野を仏典に限定していたわけではない。中国伝統文化にも幅広く目配りし、必要に応じて仏教の思想と中国固有の思想とを比較対照しながら、その小説へ影響を考察している。例えば六章二節では要旨次のように言う。

中国でも古来、善を行えば福来り、悪を行えば禍を受けると考えられたが、実際には行善悪報、行悪善報のケースもあった。東晋の慧遠はこの矛盾を調和するため、これらは前世の応報であり、今世での善悪は今世もしくは来世で報いを受けるとする「三世三報」観を唱えた。このような果報観は唐五代白話小説にも見出される。

但し仏教では仏本生譚が前世と今世とに重点を置くのに対して、中国では『紅楼夢』で神瑛侍者と絳珠仙草が今世での賈宝玉と林黛玉となるような話は例外で、多くは今世と来世とを舞台にする「両世結構」であると指摘する (444-446頁)。いずれも仏教文学と中国の伝統文学の差違を的確に捉えた立論である。

著者が力説したもう一つの点は、変文は俗講の台本ではなく、講唱後の記録本だというものである (あらすじ「第三章」)。こう考える手がかりとして著者は書写者の姓名と書録年を記録した変文の「題記」に注目している。題記のある十数篇の変文作品の書写年代から判断して、それらの作品は大体晩唐五代に成立したと見られる。そしてその作品が講唱されたのは、それより以前であろうと言う。例えば「破魔変」の篇末題記に「天福九年云々」とあるので、この作品の書写は944年である。一方篇末の韻文に「自従僕射鎮一方、継統旌幢左 (佐) 大梁 (僕射が一方に支配権を確立してから、門に旌旗を立てる高官を拝命して大梁を補佐した)」とある。敦煌を中心とする帰義軍節度使は初代の張義潮が中央政府から僕射、太保に任ぜられて以来、代々の節度使は皆、僕射と称した。一方、大梁は907年に建国し、923年に滅亡した。曹議金は914年に (瓜州、沙州の) 政権を握ったので、黄征・張涌泉『敦煌変文校注』は、当時「僕射」と称したのは曹議金しかあり得ないと言う。栄新江氏の考証によると、曹議金は935年に死去した。これらによって推測すると、「破魔変」が講唱されたのは914年～922年の間であろう。しかし題記は944年に書写したと明言する。正しく「先講後寫、先口頭後書面」であると（163–166頁）。

著者は次のようにも言う。こうした題記は、書写人の後に「写」「書」「記」「書記」「写記」などと記す。これらの語はみな「書写、抄写」の意であって、「創作」の謂ではない。但し一部の変文は既に書録されたものを転写した可能性もあると（168、169頁）[(1)]。

「補記」によると著者は、変文は講唱の台本か、それともその記録本であるか判断するのに迷い、資料による探索の一方で、上海の竜華寺、玉仏寺に通って僧衆に対する僧講や俗衆向けの宣講を聴講した。後者の俗講法師は簡単な提綱を使うか、あるいは何も用いないで、当時の時事問題や世上の出来事を縦横無尽に引きつつ、熟知した経文、仏旨の詮釈に努めた。こうした、嘗ての僧講や俗講に似た宣講の場に身を置いて学んだ体験が著者の変文に対する認識を深める結果となった。更に竜華寺の法師は自らの講経場面を録画してVCDを作成し、その場に来られない人に贈送しているのは、唐五代の寺僧が俗講の内容を書写して部外の俗人の閲読に供したことを想起させるとも言う（483–486頁）。

文献による考察だけでなく、こうした見聞も踏まえて著者は「先講後写」説を主張しているのである。

---

(1)　著者によると、民間の説唱技芸でも説唱文学の演出者は口と耳によって芸を伝承し、決して文字本に頼らなかった。彼らは記憶力と歌唱力、善くべ弁ずる口才は求められたが、仏教や歌詠の専門知識は必要なかった。そこで変文は転変（寺院を離れた、一般聴衆向けの講唱芸）の台本ではなく、その記録本、聴写本と考えるのである。変文の書録者は学士郎、寺僧、孔目官（役所の吏員）などであり、彼らは作品の内容、典故、教義、述語、構文法などに通じ、相当高い教養を有している。民間芸人はこれほどの文化レヴェルではなかったはずだと（157–166頁）。

著者はこうした説唱芸人のありようを、宋代以後に盛んになる話本の伝承について論じた胡士瑩の『話本小説概論』などの説を引いて論じている。しかし発生期の説唱文学である変文や転変の伝承者も同様であったとするためには、彼らがその芸をそのように伝承したことを示す直接的な証拠を提出すべきであろう。

変文は俗講の台本ではなく記録本であるとする説は必ずしも著者の創見ではなく、韓国や米国の研究者が既にこの見解を発表している。著者は次節の構想後にこのことを知って半ば狂喜し、半ば意気阻喪したと記す（「補記」487頁）。しかしたとえ結論は同じでも、著者の、唐五代の寺院における僧講や俗講に対する深い省察は先行する同種の見解にはなかったものであり、この観点は高く評価されて然るべきであろう。

以上この書の主要な二つの論点を紹介した。他にも傾聴に値する指摘は少なくない。

四

一方、個々の論述の中には疑問に思ったり、賛成しかねたりする点もある。主なものを二、三指摘したい。著者は自ら設定した「唐五代白話小説」として多くの変文作品を取り上げているが、その中に『敦煌変文集』など諸変文未収の「黄仕強伝」と『大唐三蔵取経詩話』とを加えている。これは著者の恩師である李時人氏の編校した『全唐五代小説』（陝西人民出版社、1998年）に倣ったものらしい。前者はP.2186その他に見え、多くは『普賢菩薩証明経』の前に挿入されている。黄仕強なる人物が急死して閻魔王の前に引き出されるが、人違いだと判明して陽間に返されるという内容で、写経の功徳を説く感応霊験記の類である。これを「唐五代小説」の中に入れるのは特に問題はない。しかし後者はどうだろうか。『大唐三蔵取経詩話』を唐五代の成立であるとするためには、この中に含まれる個々の説話が全てこの時代に流布していたことを証明する必要がある。ところがこの書のモチーフである猿（猴行者）が三蔵の西天取経を助けるという説話は、遼代の墳墓に線刻されたものが最も早い時期のもので[2]、それ故にこの書の成立も遼・北宋以後と見るべきである。また書中に三蔵法師が猴行者に蟠桃を取って来るように言い付ける場面があり（入王母池之処十一）、これは宋・元の頃の、玄奘は食いしん坊であったとする伝承を反映していると言

(2)　鳥居竜蔵「猴王孫悟空」（遼代の壁画）（『鳥居竜蔵全集』6、朝日新聞社、1976年）。

う[3]。いずれにせよこの書は遼・北宋以後に成立した可能性が大きい。「形態、内容及び言語から考察して、大いに晩唐、五代時期の寺院の「俗講」と関係ありそうである」（『全唐五代小説』2856頁）程度の根拠で、変文と同類だとすることはできないだろう。

著者は自ら規定する「唐五代白話小説」の中で同じテーマの作品を一まとめにして各作品の話柄の繁簡や韻文の割合の変化によってそれらの作品の成立の前後を論じている。例えば著者は「目連変文」「大目乾連冥間救母変文」「目連縁起」を比較する。「冥間尋母」の場面では、「目連変文」は「冥間に母を尋ねた」とだけ記し、「大目乾連冥間救母変文」は「母を尋ねたが見当たらないので、閻魔王と五道将軍に問い尋ね云々」と多くのプロットを追加する。但しこの部分には重複した記事が多くみられる。「目連縁起」ではこの過程は「大目乾連冥間救母変文」程には曲折に富んでなく、より簡潔に書かれている。よって成立は「目連変文」「大目乾連冥間救母変文」「目連縁起」の順であろうと（266–269頁）。

しかしプロットや文章表現の繁簡だけから成立の前後を論じるのは、主観が入りやすく不確実である。この点については『水滸伝』のテキストに繁本、簡本の二系統があり、長い論争を経て現在は繁本を刪節したのが簡本であるという見方に落ち着いているのを想起するだけで十分であろう[4]。

著者は全篇韻文から成る作品、「韓朋賦」「晏子賦」「燕子賦」「茶酒論」を取り上げ、それらの押韻を説明している。例えば「茶酒論」の一段を挙げ、その中の「分、人、因、陳、勲、尊、門」を通押とする（230頁）。但しこの中の「人、因、陳」は上平十七真韻、「分」は上平二十文韻、「勲、尊、門」は上平十二元韻で、『広韻』による限りいずれも通押していない（同用ではない）通押と見なす以上それなりの根拠を示すべきである。この後に挙げた、同じく「茶酒論」の一段の後半、「貴、酔、歳、畏、気、意、智、類」では、「智」は去声五寘韻、

---

(3) 太田辰夫「『大唐三蔵取経詩話』考」（同氏『西遊記の研究』研文出版、1984年）。
(4) 中鉢『中国小説史研究——水滸伝を中心として——』（汲古書院、1966年）128頁参照。

「醉、類」は同六至韻、「意」は同七志韻で以上は同用、「畏、気、貴」は同八未韻、「歳」は同十二霽韻で、『広韻』で見る限り３つの韻に分かれる。これらを「近韻」(230頁) と言う以上はなぜそうなのか説明が必要である。「この種の用韻方式は隋唐時期文人詩歌の、平水韻を標準とする押韻方式と全く同じでない。それが使用したのは広韻で、韻脚は比較的広く云々」とあるが (231頁)、何のことか分からない。

最後に表現方法について一言したい。著者は仏典のみならず中国古典にも広く目を通し、その精力的な資料探索には敬服の他ないが、時々そのことが裏目に出て、調べた事柄をなるべく多く書きこもうとする一種の羅列主義に陥る傾向がある。例えば著者は変文の「変」の意味を説明しようとして、仏典中の「変」のみならず中国古代の『尚書』や『詩』に遡って「変」の概念や「正」と「変」の対立概念が存在したことを証明しようとする (90–93頁、101–105頁)。しかし著者は変文の「変」を仏典だけに関連づけて説明しており (第二章あらすじ)、ここに持ち出した中国の伝統的な「変」の概念は論旨に生かされていない。中国の場合はむしろ触れないか、触れても極く簡略に済ませる方が論旨をより通順ならしめたに違いない。

例文の示し方にもこの羅列主義が現れる。例えば著者は67種の仏典から「変」字を含む表現を53箇所検出したとしてそれらを列記している (93–99頁)、しかも只でさえ難解な仏典中の一節を何の注釈もなく掲示するので、当方は一知半解のまま頭を抱えつつ読み進めることになる。例えば次のようである。

○十二部経最後復滅……沙門袈裟自然変白 (『仏説法滅尽経』)

○有十事可卒知。頭乱髻傾、色変流汗、高声言笑 (『仏説孛経抄』)

同様な箇所は数多くあり (15–17頁、102頁、238–244頁など)、こうした所で論旨の流れがせき止められ、読み続ける意欲が減退する[5]。

---

(5)　羅列と言えば、著者は「緒言」で二十世紀中の、仏教や敦煌文書研究の成果を列挙している。その中で変文、講経文の整理、校録、注釈の仕事として『敦煌変文集』、『敦煌変文集新書』や『敦煌変文校注』を挙げながら、項楚氏の『敦煌変文選注』(巴蜀書社、1990年) を取り上げていない (3、4頁。また本文中の187、188頁)。またやはり「緒言」の中の、これに続けて敦煌文学の諸成果を列挙した所でも項楚氏の業績は

調べた箇所を一々書きこむ必要はなく、グループ毎に代表例を示すだけで十分ではないか。勿論読者の便宜を計って難解な語や文章には注記を施すべきである。

ついぞ見かけない。評者から見れば項楚氏は敦煌文学研究の第一人者であり、この無視は全く理解に苦しむ。本文中に数箇所（236、260、279頁など）項楚氏の論考を引用しているだけに、尚更奇異に感じられる。

Ⅲ　書評：伊藤美重子著『敦煌文書にみる学校教育』

（汲古書院、2008年）

一

本書は唐末から五代にかけての敦煌地区における学校の変遷と、そこに取り上げられた教材について論じたものである。敦煌文書には、その文書の末尾にそれを書写した者が書写年月日、書写者の肩書や名前を記入したものがあり、それらを「題記」もしくは「識語」と呼ぶ。その中には学校の学生による題記、所謂「学郎題記」もある。これを手掛かりとして当時の学校はどんなものであったかが分かり、また「童蒙教訓書」など学郎題記の残る作品の分析を通じて、そこではどんな教材がどのように取り上げられたかを知ることができる。本書では関連する資料や先行研究に広く目を配りながら、これらの課題に丁寧に取り組んでいる。以下各章ごとに論点を紹介しながら、適宜論評を加えていきたい。

二

第一部　敦煌の学校と学生――「学郎題記」をめぐって

第一章　敦煌のさまざまな学校

当時の敦煌地区にどんな学校があったかについては、既に次のような研究がある。

A.　高明士「唐代敦煌的教育」（『漢学研究』4-2、1986年）

B.　李正宇「唐宋時代的敦煌学校」（『敦煌研究』1986-1）

李氏は更に学郎題記を収集整理して次の一文を著す。

C.　「敦煌学郎題記輯注」（『敦煌学輯刊』1987-1）

また学郎題記以外にも多くの写本から題記を収集した書に次のようなものがある。

D.　池田温『中国古代写本識語集録』（東京大学東洋文化研究所、1990年）

著者はこれらの先行研究を踏まえながら、その後の新資料の発見や研究の進展によって判明した事柄を補訂し、先ず三つの時期に分けて敦煌地区の学校を概観する。

第一節　唐朝統一期

官学としては州学（郡学）、県学、医学、崇玄学（老荘思想を学ぶ）があった。またある題記に「義学生」とあるが、これは他の資料により「私学生」と同義であることが確認できるから、私学も存在したことになる。

第二節　吐蕃統治期（786–851年）

この時期に書かれたと特定できる題記は少なく、どんな学校があったのか分かりにくいが、ほぼ前の唐朝統一期と同様であったろう。この期には寺学という私学の一種が登場したと考えられる。

第三節　張氏帰義軍節度使統治期（851–918年）

この時期には官学が拡充され、「郷学」も置かれた。帰義軍節度使張承奉が906年に建てた金山国の時代には州学から「伎術院」が独立し、陰陽卜筮、天文暦学、祭礼などを学ぶ機関となった。この地区に17あった寺院による寺学も発展し、望族の運営する「家学」も置かれた可能性がある。

第四節　曹氏帰義軍節度使統治期（918–1036年）

この時期、官学の他に「坊巷学」が設けられた。これは郷学が郷村に置かれたのに対して城市に設けられたものである。寺院は更に発展し、寺学の学郎、学士郎による多くの題記が残されている。

以上のような敦煌における学校については、既に前掲A、Bの先行研究によってその概略が示されているが、著者は所々でその遺漏を補っている。例えば坊巷学について、S.4307「新集厳父教」巻末に二つの題記があり、後者には「丁亥年三月九日定難坊巷学郎□□自手書記耳」とある。A、Bの論文ともこれによって「坊巷学」が存在したことを想定している（A253頁、B44頁）。これについて著者は言う、この「定難坊巷学○郎」とある鈔本には、この題記の前にもう一つ題記があり、一年前に書かれ、そこの同一人物（崔定興）の肩書が「安参謀学士郎」となっている。これは「安参謀」の「学士郎」という意味で、「安参謀」という官吏（あるいは元官吏）が教えていた学校であろう。つまり安参謀が教授していた私塾が坊巷学となったと解釈できる。

著者は寺学以外の私学の存在を示す題記として次の5点を挙げる。

「汜孔目学士郎」、「孔目官学士郎」、「安参謀学士郎」、「白侍郎門下弟子押衙」、「白仕（侍）郎門下学士郎押衙」（いずれもこれらの肩書の後に人名が来る）。

著者は、後の二つは書写者が当時の流行作家白侍郎（白居易）の弟子だと自称したもので、「白侍郎学」という学校があったのではなかろうとする。しかし前の三つは「汜孔目学」、「孔目官学」、「安参謀学」の私学を表すと言う（39、40頁）[1]。

しかし「汜孔目学」、「安参謀学」はともかく、「孔目官学」はどうだろうか。「孔目官学士郎」の「孔目官」（著者によれば、文書を扱う役人）は単なる肩書で、「孔目官の身分で学士郎の者」といった可能性もあろう。とにかく「孔目官学」なる学校の存在を証明するには更なる傍証が必要であろう。

第一章の末尾に付された「学郎題記リスト」は、題記が記された文献の種類ごとに（経書、通俗文学作品、教訓書というふうに分類）、ほぼ成立年代を追って題記をまとめて一覧表としたもので、各学校でどんな教材が使用されたかを知るのに便利である。

第二章　敦煌の学校教材

この章では学郎題記を有する写本を内容で分類して、どんな教材が用いられたかを探索するが、これに先立ち、この地方の官学の規模を概観する。

第一節　唐制での地方学校

沙州は開元年間、戸数二万戸に満たない下州で、沙州の州学の規模は、『唐六典』によると「経学博士一人、助教一人、学生四十人、医学博士

(1)　この点はBの44、45頁でもほぼ同じ考えを述べる。

一人、学生十人」である。敦煌県は上県で、県学の規模は、やはり『唐六典』によれば「博士一人、助教一人、学生二十人」であった。州学や県学では経書や仏教書を学んだ。郷学や里学（両者の異同については説明なし）では、教材は各教師の裁量に任されていた。

第二節　敦煌の学校教材の傾向

（1）『論語』『孝経』が最多で、『千字文』も多い。この点は寺学も同様であった。

（2）「燕子賦」や「茶酒論」などの通俗文学作品は寺学の題記を多く有する。『敦煌廿詠』「貳師泉賦」など敦煌の土地にちなむ教材もある。

（3）教訓書としては「太公家教」が官学、寺学を通じて用いられた。その他「新集厳父教」「百行草」なども使われた。

（4）字書・類書類では『開蒙要訓』が官学、寺学を通じて用いられた。これは実生活に密着した文字を四字句に並べて押韻した識字教科書に類するものである。

（5）実用書としては手紙の模範文たる「書儀」、占卜書たる「逆刺占」などが伎術院や州学で学ばれた。

（6）題記を有する仏教文献は18点に及ぶが、教材なのか学生が供養のために書写したのか判断に迷う。

第三章　敦煌の学生たちの詩――「学郎詩」

「学郎題記」の後に学生が自ら詩を書きつけている場合があり、他に雑写の間に何らかの余白に書きつけたものもある。合せて「学郎詩」と呼ぶ。

第一節　学郎詩一覧

著者は先ず学郎詩をその詩の書かれた文献名とともに抜き出して一覧し、次いで各題記の年号、書写者名、詩の形式と数などの一覧を掲げる。

第二節　学郎詩に見る学生生活

学郎詩が表現する学郎の心情には次のようなものがある。

（一）書の字が下手だという謙辞と飲酒すべからずという自戒。

（二）学問で身を立て出世し、よい伴侶を迎えたい。

（三）学問に励もうとしてもうまく行かない。

（四）学生生活の点景その他

二、三の詩句の解釈に疑問があり、私見を述べてみたい。

○「父母偏憐昔（惜）愛子、日諷万幸不滞遅」（105頁）：著者の後句の訳「その幸せをかみしめて日々学んで滞ることなし」→これでは「諷」の訳が出ない。[学べる幸せをかみしめて遅滞しないように日々諭す］ではないか。

○「但似如今常尋誦、意智逸出盈金銀」（105頁）：後句の訳「知恵は金銀にまさるもの」→「意智は逸出して金銀盈つ」（知恵はほとばしり出て金銀が満ちあふれるようだ）」ではないか。

三

第二部　敦煌の規範教育――童蒙教訓書の世界

敦煌の学校で用いられたと思われる童蒙教訓書の類は、鄭阿財・朱鳳玉著『敦煌蒙書研究』（甘粛教育出版社、2002年）によれば、「識字類」「知識類」「徳行類」の三種に分類される。「徳行類」は更に「一般類」「家訓類」「格言詩類」に分けられる。ここでは「家訓類」に属する「太公家教」「新集厳父教」などの童蒙教訓書その他を検討しながら、学校で行われた規範教育の側面を探る。

第一章　総合的教訓書「太公家教」

「太公家教」の鈔本点数は「千字文」に次いで多く44点に及ぶ。先学による多くの論考・校釈があるが、それがどんな学校で用いられたかの考察は十分でない。

第一節　「太公家教」の識語に見える学校

識語を有する「太公家教」の鈔本は９点あり、官学、私学ともに音読、書写されていたことが分かる。

第二節　「太公家教」と「村学」

「太公家教」は中央でも各村でも設けられた「村学」でも教授された。村学は私立の庶民用教育機関で、適任者が教材を選んで教えた。

第三節「太公家教」の内容の検討

「太公家教」は序、跋を備え、主に四言句から成り、隔句押韻の韻文である。前半、後半では内容が違うので、二つに分けて検討する。

前半では主に庶民における「礼」のあり方を説いている。具体的には忠孝、また父母と師に対する心得、他人とのつきあい方、尊者・賓客に対する心構え、子どもの養育法、婦人への「四徳」を中心とする訓戒などである。

後半では格言を用いて、客のもてなし方、身を慎み善人と交わるべきことなどを説き、更に雑多な内容の格言、俗諺を羅列している。

全体として常識的な生活規範、礼儀作法を説き、格言や故事成語の類を並べて識字教育、知識教育の役割も果たしている。

この後に「太公家教」の原文、日本語訳、訳注を付す。P.2564を底本として他の鈔本と照合し、広く先行研究を参照している。訳注は『孝経』や『礼記』などの古書に見える典故を指摘することに重点を置き、一巻本『王梵志詩』や『女論語』などの同種の教訓書を参考にする。訳文は簡潔で読みやすい。但し幾つか疑問に思う解釈もあり、敢えて提示して示教を仰ぎたい。

○「父母有疾……聞楽不楽、聞喜（戯）不看」(129、154頁)：最後の句の訳「戯れ事も目にはせず」。同趣旨の表現が他にもあり、「貪食不作、好戯遊走」(136、304頁)、訳「戯れを好み外を出歩く」。「太公家教」のこの箇所は、著者が146頁の注53に指摘するように「父母恩重経講経文」(P2418) に引用され、そこには「聞楽不楽、見戯不看」とある。→この句は「歌舞があると聞いても見に行かない」(「父母恩重経講経文」の「見戯不看」は「歌舞を目にしても本気で見ようとしない」の意ではないか。

唐・五代の「戯」については王国維『宋元戯曲考』では、それ以前から存在した簡単な話の筋を持った歌舞戯と、参軍と蒼鶻の二役によって演じられる滑稽戯（参軍戯と呼ばれる）があったとする。「太公家教」に見える「戯」は、以上の二種のうち、より一般的であった歌舞戯を指すものと思われる。

歌舞戯見物を不道徳だとする見方は、例えば次の資料からも窺われる。隋・慧遠の『観無量寿経義疏』（『大正蔵』第37巻176頁B）に「八戒」を説明して、「何者八戒、不殺、不盗、……不歌舞娼伎及往観聴云々（何が八戒か。殺さず、盗まず、……娼伎に歌舞させず、また行って観たり聴いたりしない云々）」とあり、この「往観聴（歌舞）」は戒めの対象である。

○「黄金白銀、乍可相与」（131、155頁）：訳「金と銀とはどうして一緒にできようか」。「乍可」は蔣礼鴻『敦煌文献語言詞典』に「寧可」と訓み、「（……するくらいなら）……してもよいくらいだ」の意。ここも「（師の道術を習い、その言語を学べるのなら）黄金や白銀を差し上げてもよいくらいだ）」の意ではないかろうか。同じ「太公家教」に「聞人善事乍可称揚」（139、167頁）とあり、「人の善事を聞いたら褒めてやる方がよい」の意であろう。なお同じ「太公家教」に「乃可無官、不得失婚」（134、158頁）とあるが、この「乃可」は「乍可」と同意で（『敦煌文献語言詞典』226頁）、著者は正しく「官は無くとも、婚姻を誤ってはならない」と訳している。

○「他貧莫笑、他病莫欺」（131、155頁）：後句の訳（人の病につけこんではならない）→「欺」は劉堅・江藍生主編『唐五代語言詞典』に「欺凌、軽慢」と訓じるように、口語では「あなどる」の意である。従ってここも「他人が病気だからといってあなどってはならない」の意ではないか。この後にも「他強莫触、他弱莫欺」（132、155頁）とあり、更に「貧不可欺、富不可恃」（172頁）、「凶必横死、欺敵者亡」（175頁）とあるが、いずれの「欺」も同様である。

○「他財莫願、他色莫知」（131、155頁）：後句の訳（人の欲を知ってはならない）→これは直ぐ後に「財能く己を害す、必ず須らくこれを遠ざけるべし。酒能く身を敗る、必ず須らくこれを誡むるべし。色能く乱を致す、必ず須らくこれお棄つるべし」とあるように、ここは「他人の色香を知ってはならない」という色欲の戒めであろう。著者が156頁に引く「新集文詞九経抄」に「才（財）能害己、必須遠之。色能敗身、必須畏之」とあるのが傍証となる。

○「希見今時、貧家養女。不解糸麻、不閑針縷」(136、161、304頁)：後半の二句の訳「絹のことも麻のこともわからずに、針仕事もろくにしない」→「糸麻」は要するに機織りのことであり、また「閑」は「嫻（嫺）」で「習熟する」意。従って二句は「機織りもできず、針仕事にも習熟していない」の意であろう。

○「太公家教」の押韻説明でも時々首をかしげたくなる所がある。例えば170頁注133で、19段の韻字を次のように説明する。

「人」「臣」「薪」「身」は上平17真韻、「深」は上平21侵韻、「分」「君」「文」は上平20文韻、「恩」は上平24痕韻、「門」は上平23……「安」は上平25寒韻、「怨」は去声25願韻、「関」は上平27刪韻、「冠」は上平26桓韻、以上11部。

著者は周大璞「『敦煌変文』用韻考」(『武漢大学学報』1979-3、4、5)に準拠して「太公家教」の押韻を分類している。周氏は『敦煌変文』の用韻を全部で23部に分け、更にそれぞれの通押範囲を示して結局7種に分類している。著者がここに示した韻のうち、「深」は上平でなく下平21侵韻、また著者は取り上げていないが、「火必盛炎」の「炎」も下平24塩韻である。上平真、文韻などは――Nの韻であるが、「侵」「塩」は――Mの韻であり、周氏は前者は「(10) 真文部」、後者は「(14) 侵尋部」に分類している。但し周氏は「侵尋」と「真文」などが通押するとしており、(第三論文38頁)、著者の説明はないものの、ここでも通押しているとしてよかろう。

後半の寒韻などは周氏では11部で、周論文では10部と11部とが通押するか否か明確に説明していない。しかし松尾良樹「音韻資料としての『太公家教』(『アジア・アフリカ言語文化研究』17) では、「平声の真・文・元・魂・痕・寒・桓・刪・先・仙が通押していると帰納される」(219頁) とあるから、ここも通用していると考えてよい。但し著者はどう考えるのかの説明はない。なお著者は「一人守隘、万夫莫当」を韻字として取り上げていないが、「当」は下平11唐韻で、周氏第三論文で「侵尋は真文……江陽 (評者注：唐、陽韻は同用) 東鍾と通押する」と言うから、これも通押の字である。

この他、例えば「これは周大璞2部で、1部と通押する」(172頁注149) などもなぜ通押するのか説明する必要があろう。

第二章　庶民教育「新集厳父教」

坊巷学で教授されたと思われるテキストに「新集厳父教」がある。これは「太公家教」より更に卑俗で簡便な内容を有し、「太公家教」では対象外とした商人その他の低い階層を対象としている。中央の学校ではこの書を用いたという記録はなく、敦煌で独自に編纂された童蒙書である可能性が強い。

第三章　士人教育「百行草」

学郎題記のある文献に「百行草」なるものがあり、「士」は如何にあるべきかを説いている。全部で100章あったらしいが、現在見られるのは計84章である。その章のキーワードを一字で示して章題としている。「太公家教」に説かれているような一般的マナーも述べているが、主に士人のあり方を問題にし、とりわけ「忠孝」を強調している。各章の末尾には「故云」「是以」の語の後に故事、格言、諺の類を持ってきてその章の趣旨をまとめる。

著者は以上のように説明した後、「百行草」の著者とされる杜正倫の略歴や「百行草」の成立年代、杜正倫が本当に敦煌本「百行草」の作者なのかなどについて論じている。

更に「百行草」の原文、日本語訳、訳注を付す。例によって各鈔本を対校し、必要な典故を指摘し、同類の資料を参照しつつ日本語訳を進めている。その中には瞠目すべき解釈も少なくない。例えば「終其身、不忘親。居生位、莫忘生」(262頁)。著者は『法苑珠林』巻69[(2)]受胎部に「其正出時、胎衣遂裂、分之両腋。出産門時、名正生位（まさに生まれようとする時、胎衣は裂け、これを両脇にかき分ける。産門を出る時、正生位と名づける)」とある、に拠って「居生位」を「命あるうちは云々」と訳している。また「不渉丘門、豈知孝者為重乎」(274頁)。『孝経』喪親章に「生きて（親の生時に）事うるは愛敬、死して事うるは哀戚す。生民の本尽きたり。死生の義備われり。孝子の親に事うるは終われり」とあり、『孝経』のこの箇所と同様、この条も「孝は喪で完成するという趣旨をいったも

---

(2)　四部叢刊本では巻85。

のと解釈した」と著者は言う。そして「丘門」を「墓の門」と取り、この二句を「父母の喪に至らなければ、どうして孝の重さを知り得ようか」と訳している。

一方、疑問に思う訳文もあり、指摘して教示を請いたい。

○「化寛無所不帰｛率賓大唐｝（249頁）：｛　｝内（「百行草」に付された無名氏の注）の訳「みな大唐に従者を引きつれて帰服する」→「率賓」は同頁注107にも用例が挙げられるように「率土之濱」のことであり、従ってここは「領内あげて大唐に帰服する」意であろう。

○「斉晏聘｛斉国臣｝梁、挑陳弁辞、而見納也」（251頁）：訳「斉の晏子｛斉の国臣｝は梁に招かれるに及び、挑発を巧みな弁舌で交わし、梁王に受け入れられたのである」（220頁にもほぼ同じ原文、訳文がある）→「挑」を「挑発」と取るのは文法的に無理。ここは「相手の言いがかりをはねのけて巧みな弁辞を述べ云々」ではなかろうか(3)。

○「沙珎命尽煞命、如来未得道、睹蒼生悉渡之也」（214、262頁）：訳「仏僧は殺生をやめることを命じ、如来は悟りを得る前から、人々はそれをのりこえる（殺生をしない）ように示したのである」→この段は仏教の十戒の一つである「殺生」を戒める段であり、引用箇所の前にも「煞生を好む莫れ、他命を規（はか）る勿かれ。……長命を求めんと欲せば、何ぞ煞害するに忍びん」とある。従ってここは次のような意味であろう。「沙珎（「珎」を「弥」と取る）の命は他の命を殺すことによって尽きてしまう。如来は得道の前から蒼生（普通は「人民」の意だが、ここはこの段の冒頭にある「含霊」と同様で、仏教で言う「衆生」のことであろう）に目をかけて尽くこれを彼岸に渡そうとしたのである」。

○「情色処、無能為之」（268頁）：訳「情色というものは、よくこれをなすものはいない」→「よくこれを治める者はいない」であろう。これでは反対の意味になる。

---

(3)　この話、『晏子春秋』では「晏子楚に使いし云々」となっている。ここでは「聘梁」となっていて、なぜ梁なのか著者は説明していない。梁は河南省にあった春秋時代の邑名だが、後には楚に属したので代用したものかと思われる。

第四章　婦人教育「崔氏夫人訓女文」と「齖魺新婦文」

「崔氏夫人訓女文」は、嫁ぐ娘に対する訓戒を記した、七言句32句からなる韻文である。曰く、言葉は少なめに、それもよく考えてから話す、舅や姑を敬い、他の人たちとも仲良くする、夫にはにこやかに接するように、道で人に逢えば尊卑を問わず道を譲るように等々。この新婦の心構えを持った女性と反対の形象が「齖魺新婦文」の新婦像である。夫や舅をののしり、粥や羹をひっくりかえし、釜や鍋を打ち壊す。自分から離婚を申し立て、家を出ていくといった荒武者である。つまり「崔氏夫人訓女文」と「齖魺新婦文」とは、正面と反面の、一セットになる女性像であり、教訓書としては勿論前者に重点がある。題名にある「崔氏夫人」は、当時の望族「崔氏」に仮託したのである。

なお「齖魺新婦文」中の「莫（摸）著臥床、佯病不起」(299頁）の「莫」を『敦煌変文集』や諸注釈書は全て「模」に取っている。しかし著者は、「莫（模）著」の意味がはっきりしない、と疑問を呈している。評者の臆説によれば、「莫」は「驀」(「突進する」意）である。各位の一考を煩わせたい。

第五章　教訓的類書「新集文詞九経抄」

「新集文詞九経抄」は古典から教訓となる言葉を集めたものだが、引用書名が挙げられていても現行の書には見当たらない語も多く含まれる。これに先行する同種の「新集文詞教林」とは、引用書や引用文が極めて類似する。『老子』から正文や河上公の注、またはそれを組み合わせた引用が見られる。『荘子』からの引用は現行の書に見当たらないものが多く、当時通俗的な『荘子』が存在し、そこから引いたことを思わせる。

第六章　書儀を通じた規範教育――「凶書」に見る「孝」

最後に書儀（書信文例集）に見られる規範教育、特に「孝」について取り上げる。父母の死を知らせる書儀には最大級の悲哀と、父母を死なせた自らの至らなさが述べられる。それを受け取った方のお悔やみの言葉には「哀苦奈何」、「哀痛奈何」など「奈何」が使われるが、どうにもならないことなので、こう言うしかないのである。「孝」は親の喪で終わるとされるが、書儀のこうした書き方の中で人々の「孝」の実践が求められるのである。

なお著者は引用文中の「奄」(337、341、343頁）を訳していないが、これは言うまでもなく「にわかに」の意である。

四

以上、本書の概要を紹介した。本書の意義は、取り上げた各作品を学校教育の教材であったと位置付け、それらの有する規範教育の側面に光を当てた所にあろう。例えば「齖䶗新婦文」は、従来は一風変わった文学作品として解釈・鑑賞されてきたが、「崔氏夫人訓女文」とセットにして婦人教育の教材だったと見ることによって、この作品に対する理解もより深いものになると思われる。「太公家教」なども同様である。譬えてみればスーパーの店頭に並ぶ野菜や果物しか見たこともない子どもたちが、それらが野菜畑や果樹園で栽培される様子を目にすれば、認識の仕方も変わって来るようなものである。従来単独で考察されがちだった敦煌の諸作品は、他の作品と組合わせせて、あるいは作品の生まれた場に置き直して検討する段階に来ている。本書はこうした行き方に先鞭を付けたと見ることも出来よう。

第四部　敦煌禅研究

I　北宗「五方便」と神会「五更転」
――唐代前期禅宗の民衆教化――

はじめに

「大乗五方便北宗」と題し、唐代北宗禅の要義を述べた文書が敦煌から発見された。他に「大乗無生方便門」と題する文書も見つかり、前者とは細部に違いはあるが、論旨はほぼ同一で、同じテキストの異本と見られる。これらの文書は初心者向けに禅宗の要諦を分かりやすく説いており、口語の多用その他の点から大衆に向かって説法した時の台本だと思われる。一方敦煌からは唐代の僧侶が民衆教化のために用いた様々なスタイルの民間文芸が発見されたが、その中に神会（じんね）の作と伝え、禅における入門から悟りに至る道程を五段階に分けて説いた「五更転」の韻文作品がある。神会は神秀を中心とする北宗禅を排撃し、六祖恵能に始まる南宗禅を宣揚した人である。このように、北宗「五方便」と神会「五更転」とでは、生み出された宗派が違い、思想内容も同一ではないが、どちらも民衆教化に用いられた点は共通している。そしてこれらの作品の成立は、それまで貴紳や達官、専門の僧徒に限られていた禅宗の教化の対象が、一般の民衆にまで拡大されてきたことを意味するのではなかろうか。

本稿では以上のような想定のもとに論証を進め、唐代禅の大衆化が何時頃、どのように起こったかについて考えてみたい。

一　唐代禅における北宗と南宗

「五方便」、「五更転」を分析する前に、両者の成立の母体となった唐代北宗禅と南宗禅の形成と展開を概観しておきたい。

中国において禅宗が教団としてまとまりをもつようになるのは、後に第四祖と第五祖とされる道信（581–651）[1]、弘忍（601–667）からである。道宣（596–667）の『続高僧伝』巻二〇によると、道信は湖北・蘄州双峰山に仏寺を造営し、五百余人の道俗を擁していたと言う。また道信の弟子の弘忍は、八世紀後半の成立と見られる『歴代法宝記』によれば、同じく双峰山の東峰・馮茂山にあって四十余年間道俗を接引し、『東山法門』と呼ばれた。七世紀半ばの成立である『続高僧伝』では、達摩とその弟子恵（慧）可の伝記は巻一六に、後に第三祖とされる僧璨は巻二五、道信は巻二〇というふうにバラバラに取り上げられ、道宣と同時代の弘忍は姿を見せず、道宣の時代には初祖達摩から五祖弘忍に至る中国禅の伝灯史はまだ形成されていない。

弘忍の下から優れた禅匠が輩出した。玄賾は弘忍の弟子の一人であったが、その弟子の浄覚が八世紀前半に著した『楞伽師資記』[2]によると、弘忍の弟子の神秀（？–706）、玄賾、恵安などは洛陽、長安方面に進出して盛んに化を張り、皇帝に召されて国主ともなった。この派は後世、北宗派と呼ばれるようになる。そして禅の法灯は菩提達摩—恵可—僧璨—道信—弘忍と伝わったとする所謂灯史は、この派の成立を俟って始めて形成された。前掲『楞伽師資記』では弘忍から神秀に伝わったとし、この書と同じ頃、京兆の杜朏によって書かれた『伝法宝紀』では若干違い、弘忍から法如、更に神秀に伝えられたとするが、初祖達摩から五祖弘忍に至る系譜は共通している。北宗派の人々はこの灯史を拠り所にして初期禅宗史である『楞伽師資記』や『伝法宝紀』を著作したのである。

北宗禅の盛行と時を同じくして恵（慧）能（638–723）を中心とする南宗禅が広東の曹渓を中心に勃興しつつあった。北宗と南宗の大きな違いは、前者は段階を踏んでの漸悟を目指すのに対し、後者は一気に悟りに達する頓悟を標榜す

---

(1)　唐代禅僧の生卒年については、資料によって一致しない場合が少なくない。本稿では全て『新版禅学大辞典』（大修館書店、2000年）の説に拠った。

(2)　この書も、後述する『伝法宝記』も敦煌から発見されたが、柳田聖山氏が両書を合わせて『初期の禅史Ｉ』と題し、詳細な注釈・日本語訳を出版した（筑摩書房、禅の語録2、昭和46年）。以下両書からの引用は、この『初期の禅史Ｉ』に拠る。

る点にあると言われる。前者は先ず不動の禅定を修し、そこから慧（悟りに裏打ちされた般若の智恵）を発出させると説くが、後者は定と慧とは一体のものとする「定慧一等」の立場を取る。北宗禅の中にも頓悟を許容する一面があり[(3)]、実際には画然と分け難いが、少なくとも後世の人々は、その点が両者の差異であると見なした。

二　北宗「五方便」

さて前掲の「大乗五方便北宗」はこの北宗派の作品である。敦煌から四種類のテキストが発見され、いずれも活字化されて鈴木大拙「禅思想史研究第三」（『大拙全集』三）及び宇井伯寿『禅宗史研究』の「北宗残簡」に収録されている。以下読みやすいように段落に分け、訓点を施した鈴木本に拠って論を進める。筆者はこれらの作品は大衆に説法するための台本だったと予想するのだが、この点を確かめるためにはその内容の検討が欠かせない。

その検討に先立ち、鈴木本のテキストについて説明しておきたい。鈴木本の第一、第二、第三、第四号の各テキストは、古田紹欽氏の「註記」にあるように（『大拙全集』三、150頁）、それぞれ次の通りである。

①S.（スタイン）2503号「無題」。

②同「大乗無生方便門」。

③a、P.（ペリオ）2058号「大乗五方便北宗」（三号本第一部）。

③b、同2270号「大乗五方便北宗」（三号本第二部）。

④S.2503号「無題」。

このうち③aとbとは、敦煌写本を分類、集成した、黄永武主編『敦煌宝蔵』（1986年、台北）第113冊と第118冊とに収録されている。また禅宗関係の敦煌写本を集成した林世田他編『敦煌禅宗文献集成』（1998年、北京）の上冊に、①～④の各テキストが収載されている[(4)]。なお『大正蔵』第85冊所収の「大乗無生方便

(3)　この点については、宇井伯寿『禅宗史研究』（岩波書店、昭和10年）の「北宗禅の人々と教説」などに指摘がある。

(4)　この『禅宗文献集成』には、他にも鈴木氏が言及しない「五方便」のテキストの断

門」は②のテキストである。

筆者は以下鈴木本に拠りながらも、少なくとも引用した箇所は、以上二種類の集成本所収の各テキストとの対校を試みた。『宝蔵』所収本は字跡比較的分明ながらも収録が二テキストに限られ、『禅宗文献』所収本のは数は多いが、大部分のものは字跡不分明であるため、十分な校合はできなかった。それでも一箇所違いを見つけて注記した。

さて鈴木本のどのテキストに拠っても要旨の把握は容易ではない。経文を至る所に引用するが、文義を離れて自由に解釈したり（前掲宇井書「北宗残簡」に指摘される）、論述の繰り返しが多かったりして真義がどこにあるのか捉え難い。そこで筆者は次の二つを手がかりにして論旨の把握に努めたい。

（一）第二号本の巻頭、第三号本第一部の巻末、第四号本の巻末に、各テキストの章立てを示す記述がある。第三号本第一部、第四号本のは次のようである。

第一、惣章仏体。

第二、開智慧門、亦名不動門。

第三、顕不思議門。

第四、明諸法正性門。

第五、了無異門。

鈴木氏はこの章立てに従って各テキストを五つの章に分けている。これによって少しは読みやすくなるものの、各章の趣旨は依然として分かり難い。

（二）幸い第四号本の末尾にそのテキスト全体のまとめと見られる箇所があり、原文にはそうであることを示す何のしるしもないが、鈴木氏はこの箇所に「総結」と標示している。鈴木氏はこの箇所を各章に分けていないが、筆者は論を進める便宜上、文意に従って五つの章に分け、各章の論旨を要約し（第四、五章は短いので全訳）、それが四号本本文の各章の論旨と対応するまとめの部分であるか否かを確認しつつ第四号本の論旨の理解に役立てたい。

簡が三種類程収録されている。

第一　惣章物体（仏体についての包括的解説）

この章では先ず「縁没学此方便」（どうしてこの方便を学ぶのか、「没」は「甚麼」の意）と問題を提起し、「欲得成仏」（仏になりたいからである）と答える。以下問答が続く。問、どのようにして仏になるのか。答、浄心体で仏になる。問、どんなのが浄心体か。答、浄心体は明鏡のようなものだ。無始（時間が開始される以前）以来、鏡は万像を写してきたが、その像を付着させることはなかった。今日この浄心体を知りたいがために、この方便を学ぶのである。

「浄心」を明鏡に譬えるのは北宗特有の発想法で、神秀が五祖弘忍に呈したとされる偈にそれが端的に表されている（『六祖壇経』他）

身是菩提樹、心如明鏡台。
時時勤払拭、莫使染塵埃。

身は悟りを開く樹、心は曇りのない鏡の台。時々努めて拭き払い、塵埃を付着させないようにしよう。

以下、どんなのが浄心体か、覚性（悟った性）が浄心体である、自覚（悟りを開く）しないと心が我を使役し、覚悟（自覚）すると覚が心を使役する。これが菩提に至る道であると続く。更に仏は菩提に至る道で、無住（執着しないこと）は菩提の種（たね）、……覚は菩提の主であるとも言う。

「覚」については、鈴木氏の以下の解説が参考になる。「北宗も南宗も、畢竟するに、慧即ち般若を体得するのが修禅の第一義となって居るが、北宗はこれを覚と云い、南宗はこれを見と云うのである。北宗の覚は離念のところ、身心不動のところに得られると云うので、看浄心を行じ不動定を修する」（『大拙全集』三、148頁）。

第二　開智慧門、亦名不動門。

この章では覚の前提としての不動即ち定と、慧との関係が説かれる。どんな定より慧を発するのか、この慧より発する方便はどんなものかと問い、前に自証した無為の定（身心脱落の定）から知見を発出させる。その慧の方便は何事にも進んで対処することであると答える。ここに見える「進趣」なる語は「進趨」、「進趍（じんすう）」とも書き、自在に事に処することを言う。静的な「定」に対して「慧」は動的であることを表す。これに続いて（六根のうちの）意根が不動であれば智の門を開き、五根（眼、耳、鼻、舌、身）が慧の門を開くと、智と慧とを分けて説明する。

第三　顕不思議門

ここでは六根、智慧、身心不動（定）、外境の相互関係がより詳しく語られる。智慧を開くことによって身心不動が得られ、それによって外境がその人を傷つけることはなくなる。

外境が傷つけないので修行の功が中断することはなく、それによって六根は起こらなくなる。六根が起こらないから一切の法を取捨することなく受け入れ、口には議さず、心には思わない。一切の法は平等で、大小、長短、自他などの二元対立に惑わされないと。

第四　明諸法正性門（諸法の正性を明らかにする門）

この章では定、智慧と三法（三身仏）との関係が示される。

一切の法は平等であるから、一切の法の正性を現す。正性中においては、無心、無意、無識である。無心であるから念を動かすことはない。念を動かさないから思惟することがない。無識であるから分けて認識することがない。

念を動かすことがないのが大定で、思惟することがないのが大智、分けて認識することがないのが大慧である。大定は法身仏（真如の法を仏に人格化したもの）、大智は報身仏（長期の誓願と修行の結果得られた福徳周備の仏身）、大慧は化身仏（衆生済度のため仏が種々の姿を現したもの、応身仏とも言う）である。三法（三身仏）は仏身という一体のものを三種に分けたに過ぎない。

第五　了無異門（一切の法は異なることがないのを明らかにする門）

ここでは最後に到達する解脱の道が提示される。

一切の法は異なることがない。成仏することと成仏しないこととも異なることがない。清浄は遮り阻むものはなく、どの覚にも対応し、最後まで中断せず、永遠に外物に執われることがない。これが「無礙（むげ）解脱の道」である。

以上、四号本末尾の「総結」を五つの章に分け、各章の論旨を要約した。これは四号本そのものの各章の論旨にほぼ対応している。四号本の第一章では（鈴木本では四号本の序品、第一章、第二章は三号本と同文なりとして省略している。従って四号本の第一章は三号本の第一章でもある）、「離念」が強調され、「総結」の第一章で「浄心体」を主張するのとは同じくないように見える。しかし四号本（三号本）第一章で「言う所の覚は身心離念たり」と言うように、「離念」は「覚」、ひいては「総結」で言う「浄心体」と同じである。両者は同一の事柄をやや角度を変えて述べているに過ぎない。四号本（三号本）の第二章では不動と定、智慧の関係を論じるが、「総結」の第二章も同様である。四号本の第三章（鈴木本221頁以下）では、「不思議（思わず議さず）が法身を勲（熏）成する」となすが、「総結」の第三章でも「思わず議さざるに由りての故に、一切の法は如如として平等なり」と言う。四号本の第四章でも「心が起こらないとは自性を離れることで、識が生じないとは欲際を離れることである」などと論じるが、「総結」でも「無心、無意、無識」を取り上げる。四号本の第五章では「無相法中に異なるなく分別なし、心に分別するなきが故に、一切の法は異なるなし」というが、「総結」の第五章にも「一切の法は異なるなし」とある。以上から「総結」は四号本の内容を各章毎に要約したものであると確認できる。

一作品の末尾に「総結」のようなまとめを付するのは、言うまでもなく、それまでの多岐にわたった論点を整理して理解しやすくするための、聴衆へのサービスである。

「五方便」各章の構成法にも工夫が見られる。「総結」について見ると、第一章「惣章仏体」は総論に当たり、第二章「開智慧門」は仏教への入り口とも言うべき定と智慧との関係、第三章「顕不思議門」は智慧の、現実への具体的摘要、第四章「明諸法正性門」は定、智慧と三身仏との関係を言う。第五章「了無異門」では総仕上げとしての解脱の道が提示される。このように入門から解脱に至る道程が順を追って示されている。この点は「総結」のみならず四号本自体も同様である[5]。

注意すべき点がもう一つある。それは「総結」の各章は、ほぼ前章の終わりか、終わりに近い語句を受けて書き出され、いわばしりとりゲームのように各章が連結していることである。第一章から第二章へはこうした点は認められないが、第二章の終わりに「意根は是れ智門、五根は是れ慧門」とあり、第三章ではこれを受けて「意を転じて智と成す、見聞覚知是れ慧」となる。第三章の終わりに「思わず議さざるに由る故に、一切の法は如如として平等なり」とあり、第四章はこれを受けて「一切の法は平等なる故に、一切の法の正性を現す」と書く。第四章の終わりに「三法は体を同じうす」とあり、第五章の初めに、他の箇所のような直截な連結ではないが、意味上の繫がりのある「一切の法は異なるなし、成仏不成仏も異なるなし」という一文が来る。この点は「五方便」の一部のテキストそのものにも認められる。例えば四号本（三号本）第一章の終わりに「離念に由るが故に、万境皆真なり」とあり、これを受けて第二章の初めに「問う、離念は是没（どんなものか）」とある。第二章の終わり近くに「法花三昧を証し、不思議如如の解脱に悟到す」とあるが、第三章の初め（鈴木本221頁）にはこれを受けて不思議の種々相を展開する（この点は三号本も同じ。鈴木本203、204頁）。第三章の終わり近くに「不思議は法身を薫成す」とあり、第四章は「心思わざれば心如たり、口議せざれば身如たり云々」と書き出す。但し第四章から第五章へのリンクのしかたは明らかでない。また一、二号本にはこうした点は認められない。

以上四つの点について見てきた。即ち各テキストを五章に分けること、五章は入門より解脱まで順を追って進むように構成されていること、各章は前章の

(5) 宗密『円覚経大疏鈔』巻三之下に、「五方便」の解説がある。その「五方便」は敦煌本の「五方便」と各章の題名はほぼ一致するものの、内容的には必ずしも同じくない。宗密（780–841）の時代には別の「五方便」が存在したことを窺わせるが、この点については宗密が敦煌本「五方便」から任意に引用したので、食い違いが生じたという説もある。（伊吹敦「『大乗五方便』の諸本について――文献の変遷に見る北宗思想の展開――」、『南都仏教』65、の注12）。

末尾の言葉を引き継いで書き始めるというように表現上でも連結していること、最後に全体の論旨を要約するまとめの部分があることの諸点である。これらの点は全て聴衆が理解しやすいようにと配慮した、話し手の工夫ではなかろうか。

この「五方便」が不特定多数の聴衆向けに説かれた際の台本だと思われる痕跡は、実にテキスト自体の中にも見出される。二号本の「序品」(これも鈴木氏が『法華経』などの仏典にならって第一章の前に設けたのである)に次のように言う[(6)]。

各各踋跪合掌。当教令発四弘誓願。

各々踋跪(右膝を着け、左膝を立てて敬意を表す)合掌せよ。四弘誓願を唱えしめる。

衆生無辺誓願度。煩悩無辺誓願断。

法門無尽誓願学。無上仏道誓願証。

次請十方諸仏為和尚等。

次請三世諸仏菩薩等。

次教受三帰[(7)]。

次問五能。

一者、汝従今日乃至菩提、能捨一切悪知識不。能。

………

次に十方の諸仏を招請して和尚になっていただく(自分たちはこれから諸仏になりかわって説法する)。

次に三世の諸仏菩薩等を招聘する。

次に三帰(仏・法・僧に帰依する誓い)を受けさせる。

次に五能を問う。

一つ、汝は今日より菩提(悟り)に至るまで一切の悪知識を捨てることができるか、どうか。できます。

---

(6)　以下に示す一段は、仏家が出家、在家を問わず仏弟子に授ける「菩薩戒」である。その次第を記した禅宗系の「授菩薩戒儀」は、この段のもの以外にも神会の『壇語』と敦煌本『壇経』にも見られるが、三者の間には少しずつ違いがある。田中良昭『敦煌禅宗文献の研究』(大東出版社、昭和58年)462〜476頁参照。

(7)　『禅宗文献集成』本では「三帰」でなく「三帰依」となっている。

………

次各令結跏趺坐。

次に各々に結跏趺坐せしめる。

この後「浄心」をめぐる和尚と弟子の問答があり、和尚が「木（木板）を撃ち一時に念仏す[8]」とある。以下、問答が続いて行く。

引用した箇所は、講釈師が説法を始める前に、参集した聴衆に対して要求した一連の作法である。初めに「各各踋跪合掌。当教令発四弘誓願」とあるが、これと類似した「胡跪虔誠斉発願、努力修取未来因」なる表現が、やはり仏教の民衆教化に用いられたと思われる歌謡作品の「十二時」の中に見られる（後述）。この定型化した作法（「授菩薩戒」、注6参照）が儀式化してこの種の講座に行われていたことを推測せしめるが、この点も、この作品は専門の僧衆のみならず、広く在家の求法者まで包含した多数の人々に向けられたものだったと判断する根拠となる。

唐代禅宗も四祖道信、五祖弘忍の時から仏寺を造営し、数百人の道俗を擁したことは前述した。道信には『入道安心要方便法門』の著作があったが、単行本としては現存せず、『楞伽師資記』にその全文と思われるものが引用されている。「有縁根熟者の為に説く」と書き出すが、口語を使わないで終始文言を用いているところから、弟子への説法の記録ではなく、道信その人の論文であると言ってよい。弘忍には『修心要論』と題する語録がある。この書は『最上乗論』とも称し、古くから刊本が存在したが、敦煌から『修心要論』と題した異本が発見された。鈴木大拙氏が敦煌本のテキスト及び日本、朝鮮刊本と校合したテキストを「禅思想研究第二」（『大拙全集』二）に収録した。この書は鈴木氏が解説する通り（同書303頁）、弘忍と弟子との問答の記録であろう。いずれにせよ、以上の二書はその説法のスタイルにおいて、「五方便」とは遠く隔たっている。

これらの道信、弘忍の二書が人里離れた山林中の仏寺に会集した数百人の道

(8)　初期の禅宗が念仏の修行法も実行したことについては、宇井前掲書の「五祖門下の念仏禅」、葛兆光『中国禅思想史——従六世紀到九世紀』（北京、1995年）137～142頁などに詳しい。

俗に説法するのに適したテキストだとすれば、「五方便」はより開かれた場所で、より広範な不特定多数の聴衆に説教するにふさわしいテキストであることは疑う余地がない。出家者以外にも多くの在家の居士をも布教の対象としていたのではなかろうか。するとこれは、当時盛行した、仏教の宗旨や仏典の意味を分かりやすく聴衆に説いた俗講[9]の、その台本に類似したものと思われてくる。

田中良昭氏によれば[10]、禅宗では四祖道信、五祖弘忍から初学者、初心者向けに彼らの機根に適した具体的な説き方が始まり、神秀の「五方便」もこの流れに沿ったものである。更に「『秀禅師勧善文』や『大通和上七礼文』の如き庶民教化の俗説の出現も「この間の事情を物語るものである」とされる。氏は「五方便」を「庶民教化の俗説」と見なしてはいないが、筆者はこれも「秀禅師勧善文」や「大通和上七礼文」[11]と同様の「庶民教化の俗説」であると考えるのである。

「五方便」の作者については、北宗禅の領袖であった神秀であるという説もある。神秀の伝記は『楞伽師資記』が引用する玄賾の『楞伽人法志』に見え、洛陽、長安方面で活躍し、帝王の師となり、則天武后に重んじられたとある。『伝法宝紀』も「王公已下、歙然と（神秀に）帰向す」と記す。また『旧唐書』巻一九一、方伎伝の神秀伝に「禅行有りて帝王のこれを重んずるを得と雖も、未だ嘗って徒を聚めて堂を開きて法を伝えず」と言う。こうした記述による限り神秀は主に上層階級を布教の対象にしていた如くであり、「五方便」の作者としては不釣り合いである。更に「大乗五方便北宗」の「北宗」は、後述するように

(9)　俗講に関する研究は少なくない。例えば金岡照光編『講座敦煌9、敦煌の文学文献』（大東出版社、平成２年）中の金岡氏「講唱体類」など。

(10)　同氏「初期禅宗史における方便法門の意義」（『宗教学論集』１）。

(11)「秀禅師勧善文」と題する作品は、『禅宗文献集成』（中）に見られる（S.5702号本）。「大通和尚七礼文」については、『宝蔵』第125冊に「秀禅師七礼文」として収め（P.2911号）、同一の作品を『禅宗文献集成』（下）にも録する。またこれらの作品については、篠原寿雄・田中良昭編『講座敦煌8、敦煌仏典と禅』（大東出版社、昭和55年）所収の、川崎ミチコ「礼讃文・塔文」、同「通俗詩類、雑詩文類」に紹介されている。

神会が北宗派を激しく排撃して以後次第に定着する呼び方で、神秀が自派を北宗などと言うはずもない。従ってこの作品は唐代禅を北宗と南宗とに分ける呼称が一般化して以後、神秀より何代か後の北宗派の禅師によって、八世紀頃（神秀の示寂は七〇六年）に作られたと思われる[12]。

三　神会の北宗排撃と「五更転」

北宗と南宗の宗旨の違いは第一章で説いた通りであるが、両派はその是非をめぐって争論した形跡はない。しかし恵能の弟子の一人である荷沢神会（684-758、洛陽の荷沢寺に居住したことがあるのでこう言う）は、北宗の漸悟は南宗の頓悟に劣ると激しく攻撃し、北宗は傍系に過ぎず、南宗こそ正統であると主張した。神会は開元二〇年（732）、河南省滑台の大雲寺で北宗派の崇遠法師と公開論争した。神秀禅師は「凝心入定、住心看浄、起心外照、摂心内証（思いを凝らして禅定に入り、思いを鎮めて清浄を見、思いを起こして外界を把握し、思いを収めて心の中に悟る）」を標榜するが、これは愚人の法である。対して我が大師（恵能）の如きは「単刀直入、直了見性（単刀で真っすぐに飛びこみ、直ちに本来の性を悟る）」行き方で、「階漸」（段階的修行）を言わない。弘忍禅師は神秀禅師に付法していないから第六代を称するのは許されないし、その門徒の普寂禅師も第七代となる資格はない。恵能禅師こそは弘忍禅師より伝法の袈裟を授けられた後継者であると[13]。

こうした神会の活動もあってか、それまで明確な対立意識もなかった北宗と南宗がはっきり区別されるようになり、そして北宗派は次第に衰退した。唐代

---

(12) 宗密『円覚経大疏鈔』の、注5と同じ箇所に「方便通経（五方便）は、……五祖下この宗の秀大師宗源と為り、弟子普寂等大いにこれを弘む」とあり、神秀派の中では普寂（651-739）が「五方便」の弘布に最も努力した如くである。これについては注5所載の伊吹論文、河合泰弘「五方便の成立と北宗禅」（『駒沢大学大学院仏教学研究会年報』25）に言及されている。

(13) 神会の言行録は大部分敦煌から発見された。周知のように胡適にそれに関する先駆的な研究がある。最近楊曽文氏が、胡適以後に発見された資料も加えて編集・校正した『神会和尚禅話録』（北京、1996年）を出版し、目睹しやすくなった。滑台での論争の記録は、この書の「菩提達摩南宗定是非論」に収められている。

後期に簇生し、禅宗の黄金時代を招来する各派は全て南宗の系統から出たものである。

さて敦煌から発見された大量の歌謡の中に、「五更転」と題する一群の作品がある。各作品は一更から五更まで配分された五首の歌謡から成り、五首間の句格は同一で、いずれも第一句末及び第二句末、以後の偶数句に押韻している。「五更転」は『楽府詩集』巻三三に『楽苑』を引いて、「五更転は商調の曲なり」と言う通り、曲調の名である。内容的には出征した夫を待つ妻の怨みや、文字を習わなかったことから来る様々な不便をテーマにしたものなどもあるが、多くは仏教一般や禅宗の教理、修行のあり方を分かりやすく説いたものである。

この「五更転」の中に神会の作とされる作品が二種ある(14)。どちらも初めの「一更初」では説きたい事柄の、いわば総論を提示し、「二更催」以下の三首で総論の中の各要点を深め、最後の「五更分」で開悟した者の生き方が示される。まず原題が「荷沢寺神会和尚五更転」となっている作品を取り上げよう。

> 一更初。涅槃城裏見真如。妄想是空非有実、不言未有不言無。非垢浄、離空虚、莫作意、入無余、了性即知当解脱、何労端坐作功夫。
>
> > 一更初、悟りの世界である涅槃城の中に真如が現れる。妄想は空であり、実質のあるものではない。不言は言葉にできないということで、言うことがないから言わないのではない。汚れてもいなくて清くもなく、空虚ではなく充実している。作意を用いることなく、無余（ほとんど涅槃と同義）に入れ。性を明らかにすれば、それが解脱だと知られる。どうしてきちんと坐って修行を積んだりする必要があろう。

以下「二更催」では、第一首で述べた「了性」のあり方として「□□(15)山上

---

(14) 任半塘『敦煌歌辞総編』下（上海、1987年）巻五、「定格連章」の項、また前注の『神会和尚禅話録』所収。以下に解釈する「五更転」のテキストは、二首とも後者に拠った。

(15)『神会和尚禅話録』所収の『南陽和尚問答雑徴義』で、志徳法師なる者が神会に対して「未だ九層の台に昇るに、階漸に由って登らざる者有らざるなり」と漸修の立場を擁護したのに対し、神会は頓悟の中に漸修をもちこむなら階漸を借りる必要があろうが、階漸に由らないで悟るのが頓悟であると反論している。この問答を参照すると、

不労梯、頓見竟、仏門開（山上に登るのに梯を借りる必要はない。頓見しおわれば仏門が開く）と説く。「三更深」では第一首の「莫作意」を更に「莫作意、勿凝心。住自在、離思尋（作意するなかれ、思いを凝らすなかれ。自在に住し、思案を離れよ）」と敷衍する。「四更闌」では第一首の「了性即知当解脱」を違った角度から「若悟刹那応則見、迷時累劫闇中看（もし悟れば刹那に見性するし、迷う時は劫を重ねて闇中に探すことになる）」と言う。

最後の「五更分」では悟りの境地を詠じる。

> 浄体由来無我人、黒白見知而不染、遮莫青黄寂不論。……一切時中常解脱、共俗和光不染塵。
>
> 清浄体（「浄体」を『歌辞総編』で語義未詳とするが、『南陽和尚雑徴義』に言う「清浄体」のことであろう。『禅話録』94頁）は由来、人と我を区別しない。黒白の差別の相は知ってもそれに染まらず、まして青黄を問題にすることはない。……一切時中に常に解脱し、世俗に交わって己の光を和らげ、俗塵に染まらない。

こう見て来ると、この五首の作品は歌謡の形で人々に分かりやすく仏法を説いたものであると知られる。

神会の作とされるもう一つの「南宗定邪正五更転」の構成も以上のとほぼ同じである。

> 一更初、妄想真如不異居、迷則真如是妄想、悟則妄想是真如。……有作有求非解脱、無作無求是功夫。
>
> 一更初、妄想と真如とは別々に住んでいるものではない。迷えば真如が妄想であり、悟れば妄想が真如である。……何かしようとしたり求めたりするのは解脱ではない。しようとせず求めないのが修行である。

以下「二更催」では第一首の「迷則真如是妄想、悟則妄想是真如」を別の側面から、「大円宝鏡鎮安台、衆生不了攀縁境、由斯障閉不心開（大円宝鏡（前掲の「清浄体」に同じ）が台上に鎮座しているのに、衆生は悟らず外境に取りすが

ここの□□には「昇、上」といった文字が入るであろう。

り、これによって閉ざされて心が開かない）」と歌う。「三更侵」では第一首の「有作有求非解脱」の一例として「処山窟、住禅林、入空定、便凝心（山窟に処り、禅林に住み、空定に入り、思いを凝らす）」を挙げ、このような「声聞縁覚」（ともに悟りの中間の段階にあるもの）は「不知音」（如来の智恵に通じない）と言う。「四更闌」では第一首の「無作無求是功夫」をより具体的に「善悪不思即無念、無念無思是涅槃（善悪を思わないのが即ち無念であり、無念無思が涅槃である）」と表現する。最後の「五更分」は前掲の「五更分」とは趣きを異にし、祖師たちの報恩利他の行為を詠じる。「施法薬、大張門、去障膜、豁浮雲、頓与衆生開仏眼、皆令見性免沈淪（法薬を施し、大いに教門を開き、衆生の見性を妨げる遮蔽物を取り除き、太陽を隠す浮雲を開く。頓（とみ）に衆生のために仏眼を開いてやり、皆、見性して沈淪を免れさせる）」。

以上二篇の「五更転」に共通してみられる頓悟の標榜、見性の主張、作為、凝心の否定などは神会の語録中によく見られるものである。頓悟については注15に示した例以外に、「その漸や、僧祇劫（「阿僧祇劫」に同じ、永久の時間の意）を歴ても猶お、輪廻に処り、その頓や、臂を屈伸するの頃に便ち妙覚に登る」（『景徳伝灯録』巻二八の「洛京荷沢神会大師語」『禅話録』124頁所引）。見性については、「只だ未だ見性せざるが為に、これを以て空を説く。若し本性を見れば、空も亦有らず」（『問答雑徴義』、『禅話録』73頁）。作意・凝心の否定については、「一切善悪、総べて思量する莫れ、凝心して住まることを得ず」（『壇語』、『禅話録』9頁）、「若し作意と言わば、即ち是れ得る所有り、得る所有るは、即ち是れ繋縛なるを以ての故に、何に由りてかか解脱するを得べけんや」（『問答雑徴義』、『禅話録』72頁）などである。これ程までに一々対応すれば、以上二篇の「五更転」が神会か、もしくは神会を開祖とする荷沢宗に属する人によって作られたことはほぼ確かであろう。

この二作品はメロディに載せた歌謡であり、且つ五首の構成にも第一首で総論し、第二～四首で総論に提起した要点を各論展開、第五首でまとめるというふうに先の「五方便」と同様の工夫がなされている。これらの作品も専門の僧衆のみを対象としたものではなく、在家の居士や一般の人を含んだ広範な聴衆に向けられたものであることを思わせる。

この点を直截に示す痕跡はこの二作品そのものの中には見当たらない。しかし「五更転」と同様に同じ句格の歌辞を連ね、やはり仏教的な内容を盛る作品に「十二時」(16)なる一連の作品があり、その中に「鶏鳴丑」「平旦寅」から「夜半子」に至る十二時にそれぞれ八ないし十二の歌辞を配し、最後に総結として六首を配した計134首の「十二時」がある。この長篇歌曲の末尾に次のように言う（任半塘『敦煌歌辞総編』に「長篇定格連章」としてこの「十二時」歌を収める。以下の引用はこれによる。同書1663頁）。

更擬講、日将西。計想門徒総待帰。念仏一時帰舎去、明日依時莫教遅。

更に講を続けたいところだが、日は西に傾いた。門徒の皆さんも帰りたくなろうというものだ。一時（いっとき）念仏して家に帰りなさい。明日は時間通りに遅れないように。

王重民はこの部分を根拠にして、この「十二時」（王氏は「大十二時」と呼ぶ）は唐末五代の寺院で用いられた民衆教化のための講唱作品であると言う(17)。前述の「五更転」は、この「十二時」と形式、内容ともに類似しており、ただ短篇と長篇の違いがあるに過ぎない。「五更転」も同様に講唱作品であったと見て差し支えなかろう。

なお前に「五方便」二号本の「序品」に「各各蹦跪合掌、当教令発四弘誓願」とあり、聴衆に呼びかけた語であると論じたが、これと極めて類似した表現が、以上の長篇とは別の「十二時」の第一首中に見られる（『歌辞総編』「定格連章」中の「十二時」、同書1389頁）。

平日寅。洗足焼香礼世尊。胡跪虔誠斉発願、努力修取未来因。

平日寅。足を洗い焼香して世尊に拝礼せよ。胡跪（蹦跪に同じ。語義は前述）恭虔して斉（ひと）しく願を発し、努力して未来の因を修得せよ。

---

(16)「十二時」と題する作品も敦煌歌辞の中には数少なくないが、これらもみな唱われた可能性があることは、入矢義高氏「敦煌定格連章曲子補録」(『東方学報京都』35）で、白居易が十二時歌のメロディを元にして作った、「酔歌」と題する詩を取り上げて論じている通りである。

(17) 王重民「説『十二時』」(『敦煌遺書論文集』下、北京、1984年)。

ここで言う「願を発す」とは、「五方便」二号本の記述を参照すれば、四弘誓願（衆生無辺誓願度、……無上仏道誓願証）を唱えさせることであると知られる。前述した「五方便」とこの「十二時」、ひいてはこれと同じ形式、内容の神会「五更転」の講唱作品としての類似性をこの一条は端的に示している。

神会作と伝える「五更転」が神会もしくはその派の人々により作られたとすると、神会の示寂は諸説はあるものの神秀より約50年後の760年前後であるから、これらの作品は八世紀半ば以後の成立となる。前述のように「五方便」も八世紀頃の成立と見なされ、両者はほぼ同じ時代に作られたと言ってよい。

四　唐代前期禅宗の民衆教化

以上、ともに八世紀頃に使用された民衆教化用のテキストについて見てきた。同じ頃に使用されたと思われる同種の作品は他にもある。例えば玄覚の作とされる(18)「永嘉証道歌」もその一つである。この歌の初めの15句は次の通りである。

君不見、絶学無為閑道人。不除妄想不求真。無明実性即仏性、幻化空身即

---

(18) 玄覚（675–713）については、『祖堂集』巻三、『宋高僧伝』巻八、『景徳伝灯録』巻五などに伝がある。『伝灯録』によると、彼は浙江省温州永嘉県の人で、幼時に出家し、天台止観に詳しかった。東陽玄策禅師とともに曹渓に恵能大師を訪ね、数回の問答の後、玄旨を悟った。恵能の勧めで一宿した後、温州に帰ったので、時人は彼を「一宿覚」とも称した。教えを請うものが輻輳した。真覚大師と号し、「証道歌」及び『永嘉集』の著作があり、世に盛行していると。「証道歌」そのものは『伝灯録』巻三〇に玄覚作として載せられている（『大正蔵』第48冊所収）。しかし『宋高僧伝』では「証道歌」が玄覚の作であるとは言わない。「証道歌」の作者については諸説がある。胡適は敦煌本の「証道歌」に「禅門秘要決招覚大師一宿覚」と題することなどを根拠に、「証道歌」と玄覚とは無関係だとする（「所謂『永嘉証道歌』」、『胡適文存』三）。宇井伯寿『第二禅宗史研究』（岩波書店、昭和16年）では、九世紀から一〇世紀にかけて「証道歌」は玄覚の作と見なされており、その成立は、750–800年であるとして玄覚作を肯定する立場である（同書269～281頁）。近年、柳田聖山氏は、一宿覚禅師の曹渓参問の話は、当時の天台系の人々が実在の玄覚を元にして作り上げた伝説であり、その中で「証道歌」は玄覚と結びつけられたと論じる。（『禅の語録16、信心銘・証道歌・十牛図・坐禅儀』の、同氏「証道歌」解説。筑摩書房、昭和49年）。本稿では、この問題にこれ以上立ち入らない。

法身。

覚即了、無一物。本源自性天真仏。五陰浮雲空去来、三毒水泡虚出没。

証実相、無人法。刹那滅却阿鼻業。若将妄語誑衆生、自招抜舌塵沙劫。

最初の五句の句格は、「三、七、七、七、七」であり(△は押韻字)、多くの「五更転」「十二時」類の句格が「三、七、七、七」であるのと幾分違う。しかしこれに続く「三、三、七、七、七」の句格は、例えば「維摩五更転十二時」[19]がそうであるように、これまた「五更転」「十二時」歌に常用される句法である。「証道歌」はこの後者の句法を畳みかける形を取っている(極く稀に「…七、七」の後に更に七言のが二ないし四句加えられる)。ここから「証道歌」は「維摩五更転十二時」と同類の、歌唱された作品であったと推定できる。また例えば「實是身貧道不貧」の次句は「貧則……」で始まり、「道則心蔵無価珍」の後には「無価珍……」が来る。「一月普現一切水」に「一切水月一月摂」が続き、「諸仏法身入我性」に「我性還共如来合」が来るというふうに、「五方便」に見られたしりとり式の言葉の連結も使われる。これも歌唱しやすいようにする工夫の一つであろう。仏教に特有な用語は用いられているが、その他の部分では口語が多用され、趣旨を把握しやすい。

末尾の二句、敦煌本[20]では「莫将管見誑衆生、未了吾能為君訣(管見で衆生を欺いてはならぬ、まだわかっていないなら、わしが君のために決めてやる)」となっている(『伝灯録』巻三〇には「莫将管見訪蒼蒼、未了吾今為君決」とある)。これも説教師の口吻ではなかろうか[21]。

---

(19) 『敦煌歌辞総編』巻五、「定格連章」1486頁以下所収。

(20) 鈴木大拙『禅思想史研究』二(『大拙全集』二)に、鈴木氏の校定したテキストを「禅門秘要決　招覚大師一宿覚」と題して収める。

(21) 「証道歌」の一節が敦煌歌辞中から発見されたことも、この推定を助ける。なぜなら敦煌歌辞の仏教的な勧戒を盛る作品は、前掲の「五更転」の諸作がそうであるように、民衆教化のテキストである可能性が大きいからである。発見された「証道歌」の一節は次の部分である。

窮釈子、口称貧。実是身貧道不貧。貧則身常被縷褐、道即心藏無価珍。

無価珍、用無尽。随物応時時不吝。(『伝灯録』では「利物応時終不吝」)。六度万行(『伝灯録』では「三身四智」)体中円、八解六通心地印。　『敦煌歌辞総編』巻

以上の諸点は全て「証道歌」が民衆教化に供された作品であることを示すものと思われる[22]。類似の作品は『伝灯録』の巻二九、三〇に多数収録されており、多くは民衆教化のテキストではなかったかという観点から再検討する必要があろう。

唐代仏教の民衆教化に関しては、浄土教が他宗に先駆けて盛んに教線を張った。道綽（562–645）は阿弥陀仏を称念することによって阿弥陀浄土に帰入すべきことを説き、山西地方や長安に熱心に伝道した。その後を継いだ善導（613–681）は道綽の教えを徹底させ、罪深い凡夫でも一心に弥陀の名号を唱えることによって必ず弥陀浄土に往生すると説き、長安、洛陽方面に布教した。更に法照（？–821）はこうした浄土教普及の後に登場し、道綽、善導の創唱した宗旨に則りながら、音曲に載せて念仏を唱える「五会念仏」を創造し、五台山、太原、長安などで教勢を拡大した[23]。

どんな宗教であれ教義の深化・発展と大衆への布教という両側面を必須としている。どちらが欲けても存立の基盤を失い、やがて消滅する道をたどらざるを得ない。浄土教も勿論この二面を有するが、民衆の救済を標榜する簡明な教えであるために、民衆に対する働きかけが早くから実行されたのである。一方禅宗は高踏的で民衆教化に不熱心だと思われがちである。しかし、浄土教に比べて出遅れたとは言え、殊の外民衆教化に努力していることは前述の通りである。唐代後期における禅宗の盛んな教勢は、民衆教化による信者の増大と無関係だったとは思えない。従来の禅宗研究が語録類に現れた各禅師の思想やその系譜などを主な対象とし、この方面には余り注意を向けなかっただけである。

第一線で民衆教化の任に当たったのは主に無名の僧侶であったろう。しかし

三、「普通連章」、78頁以下所収）

(22) 任継愈主編『仏教大辞典』（江蘇古籍出版社、2000年）では「証道歌」を「禅宗教義を宣伝する通俗性文学作品」だとしているが（『同書』445頁）、そう見なす根拠を挙げていない。

(23) 以上の唐代浄土教に関する記述は、ほぼ『塚本善隆著作集』四、中国浄土教史研究』（大東出版社、昭和51年）中の「唐中期浄土教」に拠った。

名のある高僧も決して禅院の奥深い所で教義の深化発展に努めていたばかりではなかった。彼らも一面では民衆教化に意を用いたことは『六祖壇経』の冒頭の一段が端的に物語っている。

> 大師唐時、初従南海上至曹渓。韶州刺史韋璩等、請於大梵寺講堂中、為衆開縁、授無相戒、説摩訶般若波羅蜜法。……座下僧尼道俗一千余人、刺史官僚等三十余人、儒宗学士三十余人、同請大師説是法門。
>
> > 恵能大師は唐時、初め南海（現在の広州附近）のほとりから曹渓（広東省曲江県）に移住した。韶州刺史（韶州は広東省北部、刺史は州の長官）韋璩等は、大梵寺の講堂で仏縁を開き、無相戒（相を離れた仏心の戒）を授け、摩訶般若波羅蜜（「摩訶」は大、「般若波羅蜜」は智慧の意）の法を説くようにお願いした。……座下の僧尼道俗一千余人、刺史官僚等三十余人、儒学の大家や儒学者三十余人は、ともに大師にこの仏法の門を説くようお願いした。

南宗禅の開祖たる恵能からして多数の道俗のために仏法を説くことを重視しており、民衆教化は唐代禅宗の見逃せない一側面だったと言えるのである。

更に民衆教化の問題は、どんな人々をどのように教化し、それがどう教勢の拡大に結びついたかといった方面に止まらず、教義自体をどうするかに跳ね返ってくる重要な要素を有している。唐代後期には「著衣喫飯、行住坐臥」に悟りの境地が体現されるとされ（『頓悟要門』）、「平常無事」（『臨済録』）が強調される。こうした禅理の日常即応化、生活具体化は、布教の対象たる民衆の増大と無縁であったとは言えないであろう。

Ⅱ　敦煌禅の「無念」について

一　はじめに

禅宗は唐代に興起、発展するが、敦煌から初期禅宗に関する文献が発見されるまでは、宋代以後に編集された語録や灯史によって研究せざるを得ず、隔靴搔痒の感がつきまとった。胡適が中国禅学史の著述を志して、神会あたりで筆を進められなくなり、神会についての唐代の資料の必要を痛感し、ついにロンドン、パリにあった敦煌文献の中から神会の語録を探し出す話はよく知られている[(1)]。その後、神会以外の禅文献も多く見つかり、現在ではそのほとんどが編集、校訂を経て出版もしくは写真版が提供され、それらに拠った研究も盛んである。本稿で論題とした「敦煌禅」は、以上のような経緯からほぼ「初期禅」を意味する。

本稿では、初期の禅文献である『六祖壇経』（以下『壇経』）、神会の語録、『歴代法宝記』中の無住禅師の語録の、三種の文献に頻出する「無念」及びそれに関連する概念を取り上げ、「無念」の意味とそれが多用された意義について考える。この語はよく現れるので、多くの研究者に注目され、すでに十指に余る専論が発表され、禅宗史の類にも大抵言及されている。しかし多くは用語を蒐集してその意味を帰納するといったいわば統計的処理に留まっている。こうした方法では、この語を使用した祖師たちの真意に迫ることは難しかろう。筆者は、「無念」はある種の心理状態を表すとする立場からこの語の真意に迫りたい。

以下、『壇経』、神会の語録、無住の語録の順に取り上げるが、これらの書がこの順に成立したというのではない。これらの中で『壇経』の成立は複雑で、他の書との前後関係がはっきりしない。また本稿はこれらのテキストの授受関

(1)　胡適編『神会和尚遺集』（亜東図書館、民国19年）の自序に見える。

係ではなく、三人の祖師の「無念」に対する考え方を比較するのを目的としており、成立前後の問題はそれ程重要ではない。以下の三種のテキストの説明も、論を運ぶのに必要な最低限度に留めた。

二　六祖恵能の「無念」

達摩から始まる禅宗は初め教団を形成しなかったが、四祖道信の頃から僧徒が定住して集団で修行するようになる。同時に流派も生じ、五祖弘忍の弟子・恵能（638-713）と神秀（?-706）はそれぞれ南宗と北宗の祖とされた。北宗禅は比較的早く衰微したのに対し、南宗禅は興隆し、そこから禅宗の黄金時代を担う祖師たちが輩出した。南宗の始祖たる恵能の教えが重視されるのはそのためである。彼の言行は『壇経』に記録されている。

但し『壇経』には後人が様々に手を加えたらしく、どこまでが恵能の本来の現行の記録であるのか識別が難しい。『壇経』の祖本は恵能の入寂（713年）後間もなく成立したらしい。しかし南陽慧忠国師（?-755）は、南方に行脚した時の見聞談として「把他壇経改換、添糅鄙譚、消除聖意、或乱後徒（〈僧侶たちは〉『壇経』を改作し、鄙譚を入り込ませ、聖意を削除して、後生を混乱させている）」と述べている[(2)]。祖本の成立から半世紀程でこの調子であるから、以後は推して知るべしである。

『壇経』のテキストとしては北宋刊本の恵昕本、契嵩本など数多いが、敦煌から発見されたものが最も早い。但しそれでも祖本から相当離れているというのが諸先学の一致した見解である。祖本やそれに近いものが存在しない以上、敦煌本によるのがベターな方法であろう。

敦煌本『壇経』は『大正蔵』第48巻にも収められるが、原本そのものが誤字、脱字だらけで、校正も不十分な「比類なき悪本」である[(3)]。そこで本稿では比較的校正の行きとどいた郭明『壇経校釈』（中華書局、1983年）を用いることにす

---

(2)　『景徳伝灯録』巻28、「南陽慧忠国師語」（『大正蔵』第51巻、473頁ｃ）

(3)　柳田聖山「敦煌本『六祖壇経』の諸問題」（『講座敦煌8、敦煌仏典と禅』大東出版社、昭和55年所収）26頁。

る。但し、次の一点に留意したい。印順法師は、『壇経』を二つの部分に分けるべきだとする。(一) 原始の『壇経』――「壇経主体」で、大梵寺での開法の記録。(二)「壇経附録」で、六祖の平時の弟子との問答、臨終前の遺言、臨終及び以後の記録(4)。本稿で用例を挙げる際にはなるべくここで言う (一) の部分から取り出すように心掛ける。

初祖達摩から五祖弘忍までは、語録の類がまとまって残されていないこともあって、「無念」を正面からとりあげたようには思えない(5)。『壇経』に至って始めて中心テーマの一つとなる。そこでは次のように論じられる。

我此法門、従上已来、頓漸皆立、無念為宗、無相為体、無住為本、何名無相、無相者、於相而離相、無念者、於念而不念、無住者、為人本性。

(壇経校釈31、32頁)

わがこの法門は、昔から、頓悟あるいは漸悟を標榜する宗派はみな無念を立てて宗派とし、無相を体とし、無住を本としてきた。何を無相と名づけるか？　無相は相において相を離れ、無念は、念において念(おも)わず、無住は、人の本性である。

この場合のように「無念」は、「無相」、「無住」とセットになって論じられることが多い。

従ってこの三つの概念は相互に関連づけて考察する必要があるが、「無相」、「無住」は後回しにして先ず「無念」を掘り下げよう。『壇経』の別の箇所では、「無念」を次のように説明する。

汝若不得自悟、当起般若観照。那期間、妄念倶滅、即是自真正善知識。……悟般若三昧、即是無念。何名無念？無念法者、見一切法、不着一切法、

(4) 印順『中国禅宗史』(江西人民出版社、1999年) 198頁。

(5) 達摩の語録とされる「二入四行論」(『続高僧伝』他) や、三祖僧璨の「信心銘」(『景徳灯録』巻30他) に「無念」は見えない (二祖恵可は文紀を残さず)。四祖道信の著とされる「入道安心要方便法門」(『楞迦師資記』所収) や五祖弘忍の作とされる『修心要論』(『最上乗論』とも言う) では、「安心」や「守心」が強調され、「無念」はほとんど現れない。

遍一切処、不着一切処。常浄自性、使六賊従六門走出、於六塵之中、不離不染、来去自由。即是般若三昧。自在解脱、名無念行。 (60頁)

きみが悟れなければ、般若観照を起こすべきである。あっという間に妄念はすべて滅し、真正の善知識となる。……般若三昧を悟るのが即ち無念である。何を無念と名づけるか。無念法は、一切のもの(「法」には種々の意味があるが、ここでは「物、事」の意)を見て一切のものに執着せず、一切の処に身を置いて一切の処に執着しない。常に自性を清浄にして六賊(眼、耳、鼻、舌、身、意の六根は煩悩を起こす本になるので賊に譬える)を六門(眼、耳などの六根)から出させて、六塵(六根の対象となるそれぞれの外境、人に煩悩をもたらすのでこう言う)の中で離れず染まらず、来去自由である。これが般若三昧、自在解脱であり、無念行と名づける。

六根が外境に接すると煩悩が起こる。しかしここでは耳目などの六根を塞いで外境と接触しないのが「無念」だとは言わない。

議論が抽象的になって上滑りするのを避けるため、筆者はここで「無念」とは、次のような心理状態を言うのではないか、という予想を立てたい。

ある人が一日の勤めを終えて帰宅する。折から初春の候で庭先には白い梅の花が咲いている。その人は我を忘れて梅の花に見とれ、自分が梅の花か、梅の花が自分かというふうに我と梅の花が一体となり、自他の区別がなくなる。

引用文に「使六賊従六門走出、於六塵中不離不染、来去自由」とあるから、「無念」は決して感覚作用を発動させないというのではなく、それを自由に解き放ちながら対象に捉われれないということであろう。そしてこうした体験は、必ずしも特殊なことではなく、スポーツ観戦で我を忘れてひいきチームを応援している時など、日常生活に時々現われるのではなかろうか。

但し、私たちの普段の認識の仕方は、庭先の梅の花を見ても、見る我と見られる梅の花とは二つに分かれており、今年の梅の花は去年より咲くのが早いとか、隣家の梅の花より色が鮮やかだとかあれこれ考える。こうした考えが引用文に言う「妄念」である。

更に『壇経』によれば、妄念を排して「無念」となれば、それが万物の真のあり方である「真如」そのものであると言う。

若無塵労、般若常在、不離自性。悟此法者、即是無念、無憶、無着、莫起誑妄、即是真如性。（53頁）

もし心を労する煩悩がなければ、般若（悟りの真智）は常にあり、自性を離れない。この法を悟る者は、即ち無念、無憶（あれこれ思わない）、無着（執着しない）であり、誑妄（妄念と同じ）を起こさなければ、即ち真如の性である。

さて以上に見てきた「無念」「妄念」と「真如」の関係を問題にするのは『大乗起信論』である。この書には、テキストが二種あり、一本は「馬鳴菩薩造……真諦訳」、もう一本は「馬鳴菩薩造……実叉難陀訳」となっていて、ともに『大正蔵』第32巻に収められている。よく読まれたのは、真諦訳の方なので、以下の引用はこちらに拠る。

『起信論』では「妄念」、「無念」、「真如」の関係を次のように説明する。

一切諸法唯依妄念而有差別、若無妄念則無一切境界之相、是故一切法従本已来……畢竟平等無有変異、不可破壊。唯是一心、故名真如。

（『大正蔵』第32巻576頁a）

一切のものはただ妄念によって差別がある。もし妄念を離れれば、一切の境界の相がなくなる。これゆえ一切のものは本源以来……究極的に平等であって変異することもなく、破壊することもできない。ただ一心のみで、それゆえに真如と名づける。

「依妄念而有差別」とは、私たちの、ものをあれこれ分別し、比較する行為を言う。「離妄念」が即ち「無念」である。「無念」になれば、一切の対象の、他と区別される相はなくなる。そしてこの「一心」が「真如」であると言う。「妄念」はまた「無明」とも言われる。同じ『起信論』（577頁b）に「当に知るべし世間一切境界は皆衆生無明妄心に依りて住持するを得るを」とある通りである。

『起信論』の先の「一切諸法云々」の引用箇所の前後では、「心真如門」と「心生滅門」を対比して論じている。「生滅」とは、一定期間生きて死を迎える私たち凡夫のあり方であり、その反対は「不生不滅」で、これこそ生滅を離れる「真如門」である。

三 「無相」と「無住」

「無念」とセットで現われる「無相」については、『壇経』の最初に引用した「無念」、「無相」、「無住」を提起する一段に続けて次のように言う。

但離一切相、是無相。但能離相、性体清浄。 (32頁)

ただ一切の相を離れれば、これは無相であり、ただ相を離れられれば、性体(「性」は心の本質である真如、「体」は本体のことで、作用を示す「用」に対する)は清浄である。

ここから推察すると、「無相」とは「無念」と連続したあり方で、対象をそのまま受け入れ、他と比較分別しないことを言うようである。同じ『壇経』に「外もし相に着すれば、内心即ち乱れ、外もし相を離るれば、内性乱れず」(37頁)とあるのがこの推定を助ける。

なお四巻本『楞迦経』81段(『大正蔵』第16巻511頁b)に「相」とは「処所(場所)、形相、色像等」を名づけるとあり、これらの相があれば、「瓶」などと名づけるとあって、相の分別は命名を伴うと説明する[6]。

「無住」も「無相」と同様、「無念」に関連したあり方だと予想されるが、やはりこの三つの概念を提起した先の引用文の直後に言う。

念念時中、於一切法上無住、一念若住、念念即住、名繫縛。於一切上、念念不住、即無縛也。 (32頁)

一念一念と思う時に、一切の対象の上に住(とど)まらない。一念が住まれば、どの念も住まり、これを繫縛と名づける。一切の対象にどの念も住まらないのが無縛である。

これによると、「無住」とは対象に心を留めてあれこれ思念しないことを言う

---

(6) この点については、高崎直道『仏典講座17、楞迦経』(大蔵出版、1980年)262頁参照。

ようだが、この語の注脚として最も相応しいのは、恵能が拠り所としたとされる『金剛般若経』の次の一条であろう(7)。

不応住色生心、不応住声香味触法生心、応無所住而生其心。

（『大正蔵』第 8 巻749頁 c）

何かの対象に住まって心を生ずるべきではない。耳、鼻、舌、身体、意識の対象に住まって心を生ずるべきではない。住まることがないようにして心を生ずるべきである。

以上、『壇経』の「無念」、「無相」、「無住」を見てきた。禅宗ひいては仏教には、全ての存在を「空」とする世界観、客観的に存在すると思われているものは、実はわたくしたちの心がそう見ているに過ぎないとする唯心論など広範な思想を包含しているが、「無念」、「無相」、「無住」の概念は、その中の心理説とでも言うべき一側面である(8)。

---

(7)　恵能は大衆に対する説法の中でも「但だ金剛般若波羅蜜経一巻を持すれば、即ち見性し、般若三昧に入るを得ん」（『壇経』54頁）と述べている。但し『金剛経』中の「応無所住而生其心」と恵能との関係は敦煌本『壇経』では明示されず、時代が下がる流布本に至って始めて現れることは、既に鈴木大拙『禅思想史研究第二』（『鈴木大拙全集』2、岩波書店、昭和43年）326頁、宇井伯寿『第二禅宗史研究』（岩波書店、昭和16年）31頁、平井俊栄『中国般若思想史研究――吉蔵と三論学派――』（春秋社、1976年）669頁に指摘されている。ここでは恵能と『金剛経』の全般的な関わりに注目して引用した。

(8)　鈴木大拙は、恵能時代までに形成された達摩の禅思想には大体次の四つの側面があるとする。（『禅思想研究第二』（前掲）92頁）

一、宗教的側面から見て、「即心即仏」。

二、心理的方面から見て、「無心」、又は「無念」、又は「無憶」などの思想範疇に属する意識態。

三、実在論的方面では、「無相」の思想。「無相」は夢幻観及び自心現などいう認得に移りゆく。

四、認識論的には、般若の智慧が高く主張せられた。

ここでは「無念」と「無相」は別々に分類されているが、筆者は前述のように「無念」と「無相」は一連の概念と見なすので、「無住」ともどもまとめて心理説とする。

四 『壇経』の他の思想

『壇経』では、「無念」が力説されているが、それで終始しているわけではない。「無念」と並べて「般若の智」も強調される。

何名摩訶？摩訶者是大、心量広大、猶如虚空……虚空能含日月星辰、大地山河、一切草木、悪人善人、悪法善法、天堂地獄、尽在空中。世人性空、亦復如是……何名般若？般若是知恵……何名波羅蜜？此是西国梵音、唐音彼岸到。（49–51頁）

何を「摩訶」と言うか。「摩訶」は「大」である。心量（心の及ぶ範囲）は広大で、虚空のようである……虚空は日月星辰、大地山河、一切の草木をふくむことができる[9]。悪人善人、悪法善法、天堂地獄も尽く空の中にある。世人の性が空であるのもまたこのようである。……何を般若と言うか、般若は知恵である。……何を波羅蜜と言うか、波羅蜜は西国梵語の音訳で、唐語に意訳すれば、「彼岸到」である。

ここで恵能は「摩訶」を「虚空」に譬えているが、「摩訶」は偉大なという程の意味であって、実際に「虚空」に譬えられたのは「摩訶般若」であると見てよい。

仏教によれば、すべての物、事は実体はなく、因縁によって和合し、仮に存在しているに過ぎない。（「法無我」の説。この場合の「我」は「実質」程の意）。人も色（身体）、受（感覚）、想（想念）、行（意思）、識（認識作用）の五蘊の集合体に過ぎず、これといった自性はないとする（「人無我」の説）。これが所謂「空」の思想で、それを悟るのが「般若の智」である。この思想を簡潔に説くのが『般若心経』で、よく知られた唐・玄奘訳には次のように言う「是の諸法は空相にして不生不滅、不垢不浄、不増不減、是の故に空中には色も無く、眼耳鼻舌身

(9) 原文の「能含」がどこまでかかるのか曖昧である。敦煌本についで成立が古いとされる興聖寺本の一系統である恵昕本では、ここは「世界虚空能含万物色象、日月星辰…」となっている。これだと、「能含」の対象は、「万物色象」だけで、「日月星辰」以下は、この後にある「総在空中」の主語となる。ここでは一応、自然界に存在する「一切草木」までを「能含」の対象と見なした。

意（「意」は認識作用）も無く、声声香触法（「法」は認識作用の対象）も無し……般若波羅蜜多（「波羅蜜多」は「波羅蜜」に同じ）に依るがゆえに、心によつがしら罣礙（けいげ、「障碍」の意）無く、罣礙無きが故に、恐怖有る無く、顚倒夢想を遠離して、涅槃を究竟す」（『大正蔵』第8巻848頁c）。「生滅」、「垢浄」、「増減」あるいは「眼耳鼻舌身意」も、これに対応する「色声香味触法」も、それぞれ他を俟って成り立つ相対概念ないし人体器官で、いずれも自性を持たない「空」の存在である。「般若波羅蜜多」に依ってこれらの「顚倒夢想」の産物に縛られず、心に障碍がなく、恐怖もなくなると言う。

すると『壇経』の引用文中の「悪人善人、悪法善法、天堂地獄、尽く空中に在り、世人の性、空なるも、亦復た是の如し」というのも、善悪や天堂地獄は実体を持たない相対概念の「空」なるもの、世人の性も同様であるという意味で、般若の空の思想を説いていることが明らかである。

そしてこの般若は、先の引用文（「汝若不得自悟云々」、『壇経』60頁）に「悟般若三昧、即是無念」とあったように、ほとんど「無念」と同じ概念である。しかし「無念」が前述のような心理状態を指すとすると、それが直ちに般若の空観となるというのではなく、無念の心理状態を基礎にしながらも、それに更に思索が加えられてそうした思想に行き着くと考えるべきだろう。

以上『壇経』の「無念」、「般若の空」説を見てきた。この他『壇経』には衆生が即ち仏であり（66頁）、三身仏（法身、化身、報身）は世人の自身に備わる（39、40頁）、とする説、自心中の仏に帰依せよと説く革新的な「無相三帰依戒」（46、47頁）[10]、認識論である「三科法門」（92頁）、それぞれの対立概念を示した「動用三十六対」（95. 96頁）、修行の心構えをまとめた「無相頌」（「滅罪頌」）（62頁）など、その内容は包括的で多岐に渉る。

(10) 柳田聖山『初期禅宗史書の研究』（法蔵館、2000年）では、『壇経』の「無相三帰依戒」は、伝統的な神会の三帰依戒とは違って革新的である点が指摘されている（同書149–153頁）

五　神会の「無念」

恵能の弟子、神会は、恵能より更に「無念」を強調し、「無念」を中心二に仏法を説いている。この点を論じる前に神会の言行を記録したテキストについて簡略に記したい。

神会の語録は、いずれも敦煌文書の中から発見され、主なものは次の三種である。

A.『南陽和尚頓悟解脱禅門直了性壇語』

神会は恵能の許で修行し、その没後各地を遊歴した。宋賛寧の『宋高僧伝』巻八によると、開元八年（720）に河南省南陽竜興寺の住職となり、天宝２年（743）までここに留まる。『壇語』はこの南陽時代の説法の記録だというのがほぼ定説となっている[11]。

B.『菩薩達摩南北定是非論』

この書冒頭の説明によると、神会は開元二〇年（732）、河南省滑台の大雲寺で、当寺の住職で高名な崇遠法師と論争した。神会は、北宗の立場を代表する崇遠いを相手に、北宗は漸悟を主張する禅の傍系であり、頓悟を標榜する南宗こそ正統である。北宗の領袖たる神秀は弘忍の付嘱を受けていない、それを受けた恵能禅師こそ第六代の祖師であると宣揚した。この経緯を神会の弟子の独孤沛が編集したのがこの書である。

C.『南陽和尚問答雑徴義』

宗密（780-841）の『円覚経大疏鈔』巻三下（『卍続蔵経』第41冊〈新文豊出版、1977年〉553頁）によると、神会は天宝四載（745）から洛陽の荷沢寺の住職となる。

---

(11) 古くは胡適が『神会和尚遺集』で『壇語』は南陽時代の語録だとし（320頁）、最近出版された唐代語録研究所編『神会の語録　壇語』（禅研究所、平成18年）でもこの説を取っている。但し前掲印順『中国禅宗史』は、『歴代法宝記』に「東京荷沢寺神会和尚、毎月壇場を作り、人の為に説法す」（『大正蔵』第51巻185頁ｂ）とあるのを根拠に、神会が洛陽に移ってからの記録だとする（同書242、243頁）

『南陽和尚問答雑徴義』の中に「荷沢和尚与拓抜開府書」なる手紙が収録されているので、この書は神会の荷沢寺時代を含めた語録であると考えられる。

この他やはり敦煌から発見された短編の「頓悟無生般若頌」があり、これは『景徳伝灯録』巻三〇収録の「荷沢大師顕宗記」とほぼ同じである。また、『景徳伝灯録』巻二八に「洛京荷沢神会大師示衆語」を載せる。

本稿では、以上の諸作品を収めた、楊曽文『神会和尚禅話録』（中華書局、1996年）（以下『神会禅話録』）をテキストとして用いる。敦博本（敦煌博物館本）77号を定本とし、他の写本で校勘している。本稿でこの書から引用する場合、煩雑を避けて一々原書名は挙げず、この書の頁数を示すに留めた。

恵能の弟子である神会は恵能より更に「無念」を強調し、「無念」を中心に仏法を説いている。『神会禅話録』に言う。

云何無念？所謂不念有無、不念善悪、不念有辺際、無辺際[12]。不念有限量、無限量。不念菩提、不以菩提為念。不念涅槃、不以涅槃為念。是為無念。是無念者、即是般若波羅蜜、般若波羅蜜者、即是一行三昧。

（39頁、また73頁）

どんなのが無念か。所謂有無を思わず、善悪を思わず、時空の果ての有る無しを思わず、能力、可能性の限界の有る無しを思わない。菩提を思わず、菩提を念頭に置かない。涅槃を思わず、涅槃を念頭に置かない。これが無念である。この無念が即ち般若波羅蜜である。般若波羅蜜は、即ち一行三昧（法界、真如の一相と一体となる三昧）である。

ここでも「無念」は『壇経』の場合と同様に「般若波羅蜜」と結びつけられている。

またここに言う「一行三昧」は前掲『壇経』の「般若三昧」と同義であるが、決して感覚作用を塞いで精神を集中することを意味しない。『神会禅話録』の別

(12)「不念有辺際、無辺際」は、『敦博本禅籍録校』（江蘇古籍出版社、1998年）が底本とした「敦博本」では、「不念有限辺際、無辺際」となっている（90頁）。意味は変わらない。

の所に（10頁）「見無念者、雖具見聞覚知、而常空寂（無念を見る者は、見聞覚知してもそれに捉われないで常に空寂である）」とあり、これは前掲の『壇経』の「使六賊従六門走出、於六塵中不離不染、来去自由」と同じ意味で、「無念」は感覚作用を解き放ちながらもそれに執着しないありかたである。

「無相」や「無住」が「無念」に関連して説かれるのも『壇経』に類似する。次の一条では「無相」と「無住」を合わせて説いている。

> 但一切衆生、心本無相、所言相者、並是妄心。何者是妄？所作意住心、取空取浄、乃至起心求証菩提涅槃、並属虚妄。但莫作意、心自無物、即無物心。自性空寂、空寂体上、自有本智、謂知以為照用。故般若経云、応無所住而生其心、応無所住、本寂之体、而生其心、本智之用、但莫作意、自当悟入。　（119頁）
>
> 一切の衆生は、心は元来無相である。「相」と言われるものは、みな妄心である。何が「妄」であるか。何かをしようとして対象に心を住め、空を取り浄を取ろうとし、もしくは意識して菩提涅槃を証得しようとするのは、みな虚妄に属す。ただ作意する（対象に捉われる）莫かれ。心に物を意識しなければ、物に捉われる心もない。自性は空寂で、空寂体上におのずから本智があるとは、知を照用（状況に応じて働かせる）とすることを言うのである。故に『般若経』に言う、応に住まる所無くしてその心を生ずべしと（前掲）。「応無所住」とは本寂の体であり、「而生其心」とは本智の用である。ただ作意する莫かれ、そうすればきっと悟入するだろう）。

ここには「無念」の語は見えないが、以下に論じるように神会の「不作意」は「無念」と同義語に使われており、ここでの「莫作意」と「無相」、「無住」との関係は、「無念」と「無相」、「無住」との関係に等しいと見てよい。

「不（無）作意」は神会特有の用語で『神会禅話録』の所々に現われる。例えば「無念」と「無作（無作意）」を並べて次のように言う。

> 無念則境慮不生、無作則攀縁自息。　（112頁）
>
> 無念であれば対象へのあれこれの思慮が生じない。無作であれば対象への働きかけが自然に止む。

この「不（無）作意」は、神会の作とされる「五更転」にも転用されている[13]（後述）。

六　神会の「無念」と「知（智）」、「慧」

神会の「無念」は「知（智）」と結びついている。例えば次のように言う。

有無双遣、中道亦亡者、即是無念、無念即是一念、一念即是一切智。一切智即是甚深般若波羅蜜。般若波羅蜜即是如来禅。……如来禅者、即是第一義空。……菩薩摩訶薩、如是思惟観察、上上昇進自覚聖智。（97頁）

有無の二元対立を押しやり、さりとて中道もなくなるのは、即ち無念である。無念は即ち一念であり、一念は即ち一切智である。一切智は即ち深遠な般若波羅蜜である。般若波羅蜜は即ち如来禅である。……如来禅は即ち第一義空（真如、涅槃の絶対的境地が空であること）である。菩薩摩訶薩（「菩薩」と同じ）が、このように思惟、観察すれば、次第に進んで「自覚聖智」に至る。

ここの「如来禅」及び「自覚聖智」は、劉宋・求那跋陀羅訳、四巻本『楞迦経』に、禅を四種に分け、その一つの如来禅は「自覚聖智の相、三種楽住（衆生救済の三種の楽しみ）を行ず」（『大正蔵』第16巻492a）と言うものである。『楞迦経』は他に十巻本、七巻本があるが、初期の禅宗は専ら四巻本を依用した。

『楞迦経』の「自覚聖智」とはどんなものかについては、この経が難解なこともあって様々な説がある。鈴木大拙はそれを『楞迦経』の中心思想と見なし、「自ら覚る、そして証明する、その知慧が自分にある、その境涯に自分が入ると云うことが自覚聖智である」としている[14]。

翻って引用文に言う「（一切）智」とは、世間的な所謂知恵ではなくて、「一切智即是甚深般若波羅蜜」とあるように、『壇経』に言う「般若波羅蜜」と同じ

---

(13) 神会の「不作意」が「無念」と同義語であることは、前掲の印順『中国禅宗史』295、296頁に指摘されている。本稿では論を運ぶ都合上この点に触れざるを得ず、同書にあげていない例文によって確認した。

(14) 『禅とは何ぞや』（『大拙全集』14〈岩波書店、昭和44年〉）168頁。なお「自覚聖智」については、高崎直道『楞迦経』（注6前掲）354-356頁に詳しい解説がある。

ものであり、ひいては『楞迦経』の「自覚聖智」と同質である。従って「知（智）」の用語は神会の独創ではないが、この点を「無念」と結びつけて強調するのが神会禅の特色であると言えよう。

神会は「智」と「慧」を同質なものと捉える。

無主是寂静、寂静体即名為定。従体上有自然智、能知本寂静体、名為慧。（9頁）

「無住」（これは前述のように「無念」の一属性）は寂静（安らかで静謐な境地）であり、寂静の体は「定」と名づける。そこから「自然智」が生まれるが、その「寂静の体」を自覚できることを「慧」と名づけると言う。

そしてこの「慧」はまた「定」と対になって用いられることが多い。例えば次のようである。

本体空寂、従空寂体上起知、善分別世間青黄赤白、是慧。不随分別起、是定。（9頁）

本体は空寂（前記の「寂静」に同じ）であり、空寂体から知が生まれ、善く世間の青黄赤白を分別するのが慧である。分別に従ってあれこれ考えないのが定である（「不随分別起」の「起」は「起心」の意）。

この引用文の後に、神会は北宗の「定」と「慧」とを二段構えで捉える考え方を批判して言う、

祇如「凝心入定」、堕無起空。出定已後、起心分別一切世間有為、喚此為慧。経中名為妄心。此則慧時則無定、定時則無慧。如是解者、皆不離煩悩。（9頁）

「凝心入定」（神会によれば、北宗派の神秀が人々にこう教えたという。『神会禅話録』29頁）のようなのは、無記空（何にもないという空）に堕すだけである。定から出て以後に一切の世間の事象を分別し、これを慧と呼んでいるが、経の中では妄心と呼んでいる。これはつまり「慧の時は定無く、定の時は慧無し」である。このような解釈は、みな煩悩を離

れないのである[15]。

「定」と言えば、「禅定」と熟するように私たちは坐禅などによって心を静めることだと思いがちで、神会の批判する北宗禅でも先ず精神を集中する「定」に入り、そこから出たあとに外境に対処すべしと教えたらしい。しかし「定」を広く「精神を集中すること」と捉えると、「定」のままで外境に対処する「慧」の発揮が可能となり、そこから「慧に即するの時即ち是れ定、定に即するの時即ち是れ慧……是れ即ち定慧双修、相去り離れず」(11頁)の「定慧一等」、「定慧同時」の考え方が出て来る。この考え方は既に『壇経』に「第一に(決して)定恵別なりと言うなかれ、定恵は体一つにして不二なり」(26頁)などと言われており、南宗禅の基本的な見方である。

このように見てくると、「無念」と「定」はほとんど同じものを指し、「知(智)」や「慧(恵)」も「無念」や「定」を別の角度から捉えた概念だと思われてくる。

神会は他にも「衆生有物性」論(62、63頁など)、「煩悩即菩提」論(11、95頁など)も取り上げているが、これらも「無念」と関連する問題である。師の恵能は「無念」を説きつつも他の問題も広汎に取り上げているのに対し、神会は「無念」を中心に議論を展開しながら関連する概念にも言及していると言えよう。

七　神会の作とされる「五更転」

神会はなぜ「無念」やそれに関連する諸問題を重点的に取り上げたのだろう

---

(15) ここでは「定」と「慧」を一連のものとして取り上げるが、『起信論』では、「止」と「観」とでこの問題を論じる。

　云何修行止観門。所言止者、謂一切境界相。随順奢摩他観義故。所善観者、謂分別因縁生滅相。随順毘鉢舎那観義故。　　(『大正蔵』第32巻582頁a)

　　どのように止観(定と慧に相当)門を修行するか。止と言うのは一切の境界の相を止めることである。奢摩他観(心の動きを止めること)の意味に従うからである。観と言うのは因縁生滅の相を分別することである。毘鉢舎那観(事物のあり方を観察すること)の意味に従うからである。

か。筆者はそれは神会が禅を分かりやすく人々に説く必要を感じたためだと考える。人々が禅を受容するには、先ず「無念」の心理的体験こそが重要で、それなくしては「空」の哲学や煩瑣な認識論を説いてみたところで、俗耳には容易に入らないであろう、また現実に生きる力ともなり得まい。

神会が禅を平易に説くことに努めたと思われる一つの根拠は、禅の教義を分かりやすく「五更転」の曲牌に乗せて説いた「釈神会作」と称する作品が敦煌歌辞の中に残されていることである。これは後述するように必ずしも神会自身の作品とは見なされないが、神会の禅の分かりやすさの一面を体現していると考えられる。任半塘『敦煌歌辞総編』で「頓見境」と題されるもの(同書1424頁以下)と「南宗定邪正」と題されるもの(同書1443頁以下)の二種類がある。筆者は旧稿でこれらの歌辞を分析して、これらは民衆教化の用に供されたと論じたので(16)、ここでは二種の中からそこで取り上げなかったものをそれぞれ一首ずつ紹介するだけとする。

五更転 「頓悟境」

三更深、無生□□坐禅林、内外中間無処所、魔軍自滅不来侵、莫作意、勿凝心、任自在、離思尋、般若本来無処所、作意何時悟法音。

三更深、全ては無生(前述の「不生不滅」と同じ)……と観じて禅林に坐す。内外も中間も心を動かすところはない。魔軍は自滅して襲ってこない。対象に捉われるな、心を凝らす勿かれ、自在に任せ、思案を離れよ、般若は本来空間を超越したものだ。対象に捉われていては何時になったら法音を悟れるだろうか。

同 南宗定邪正

四更闌、法身体性不労看。看則住心便作意、作意還同妄想摶。放四体、莫攢頑。任本性、自観看、善悪不思即無念、無念無思是涅槃。

(16) 中鉢「北宗『五方便』と神会『五更転』」(『東方宗教』106、2005年)

四更闌、法身（仏法を身体で体現したもの）の内実を見ようとしてしなくてもよい。見ようとすれば、対象に心を住めて「作意」になってしまう。「作意」は、妄想を捏ね回すのに等しい。四肢をのびやかに放ち、委縮する莫かれ[17]。本性に任せ、自然に観よ。善悪を思わないのが無念、無念無思が涅槃である。

いずれも「無念」や「不（無）作意」をめぐって議論が展開されている。この点ではここに取り上げなかった他の歌も同様である。これらは神会の作品ではなく、後人の仮託である可能性が強いが[18]、神会禅がこんな形で民衆に語られるところに、その分かりやすさが現われていると言えよう。

八　無住禅師の「無念」

最後に無住禅師の「無念」を取り上げる。無住禅師は『景徳伝灯録』巻四に立伝されているが、やはり敦煌から発見された『歴代法宝記』（以下『法宝記』[19]）によってその法系や思想の詳細が知られるようになった。

五祖弘忍—智銑—処寂—無相—無住

であると言う。しかしこの法系には疑わしい点が少なくない。

先ず智銑については、虚構の人物であるとする説がある程で経歴不明であ

(17)「攢頑」は『漢語大詞典』6巻に見える「欑□」「欑頑」「欑抏」と同じであろう。意味は「萎頓の貌」である。

(18)「五更転　南宗讃」なる歌辞もある（『敦煌歌辞総編』1429頁以下）。龍晦「論敦煌詞曲所見之禅宗与浄土宗」（『世界宗教研究』1986–3、また『敦煌歌辞総編』巻末に付録）によれば、この「南宗讃」では、「–m」と「–n」の尾韻が通押しているところから、神会生存時期よりもかなり後の成立と見なされると言う。このことは、神会（684–758年、他の説もある）の語録など南宗関係の文献が敦煌が吐蕃の支配下に入って以後（786–848年）、そこに到達したとされる（上山大峻『敦煌仏教の研究』〈法蔵館、平成2年〉425頁）のと符合する。これらの点から、この作品は神会自身の作ではなく、彼に仮託されたものとすべきであろう。前掲旧稿では一応神会作としたが、誤りである。

(19) 主なテキストはP.2125とS.516である。『大正蔵』第51巻にP本を底本として収録し、S本が異なる場合はその旨欄外に注記してある。この書は柳田聖山氏の詳細な訳注（『禅の語録3、初期の禅史II——歴代法宝記——』〈筑摩書房、昭和51年〉）によって読みやすくなった。

る[20]。次の処寂は実在の人物ではあるが、『法宝記』では処寂は智銑に師事したとは言わない。次の無相禅師は朝鮮新羅の人で『宋高僧伝』巻一九に伝がある。しかしそこには処寂に嗣法したとは言わない。また無相も無住禅師に会ったことはなく[21]、示寂の前に弟子を差遣して付法を示す「信袈裟」を送ったことになっている（『法宝記』、『大正蔵』第51巻185頁a）。各々の付法の仕方、従ってその師弟関係も極めて曖昧模糊としており、どこまで信を置けるか疑問である。但し本稿ではこれらの問題に立ち入らず、無住は無相の弟子であったとして論を進める。

無住禅師は前述の法系に拠る限り北宗でも南宗でもなく。中立の一派である。しかし、『法宝記』によれば、どちらかというと、南宗と関係が深い。例えば次のような記述からその点が窺われる。「天宝年間、忽ち聞く范陽到次山に明和上有り、東京に神会和尚有り、太原府に自在和尚有り、並びに是れ第六祖師の弟子にして、頓教の法を説くと。……遂に太原に行き、自在和尚を礼拝す」（同186頁a）。特に『法宝記』では、無住禅師の語録を記す前に、神会が北宗の崇遠法師と滑台で宗論を闘わせたこと（前述）を紹介しており、無住の「無念」説も神会から影響を受けた可能性はある[22]。しかし神会の説の単なる祖述でないことは以下に見る通りである[23]。

無住の師・無相禅師も「無念」を強調した。「無憶無念莫妄。無憶は是れ戒、無念は是れ定、莫妄は是れ恵」（同185頁a）、「念起こらざるは是れ戒門、念起こらざるは是れ定門、念起こらざるは是れ恵門、無念ならば即ち是れ戒定恵、具足す。過去現在未来の恒沙（ガンジス河の沙程の）諸仏、皆此の門より入る」（同

---

(20) 杜斗城「敦煌本『歴代法宝記』与蜀地禅宗」（『敦煌学輯刊』1993-1）

(21) 『法宝記』の無相禅師の伝記（『大正蔵』第51巻184頁c以下）によれば、無相と無住は面識はなかったようだが、無住禅師の伝記（186頁a以下）には、無住は苦難を重ねて成都の浄泉寺に無相を訪ねたとある。

(22) この点については既に多くの先学の指摘がある。例えば柳田聖山『初期禅宗史書の研究』（前掲）280頁。

(23) 以下『法宝記』によって無相や無住の「無念」を見てゆく。この書はおそらく無住の示寂後に弟子によって編集された。柳田聖山『初期禅宗史の研究』279頁参照。

185頁b)。以下に見る無住の「無念」は、直接には無相の「無念」説を受けたと言うべきであろう。

無住の「無念」の説き方は懇切丁寧である。

為衆生有念、仮説無念。有念若無、無念不自。無念即無生、無念即無滅、無念即無愛、無念即無憎。……無念即無是、無念即無非、正無念之時、無念不自。（同189頁c）

衆生が有念であるために、仮に無念を説く。有念がなければ無念も出てこない（「無念不自」については後述）。無念なれば則ち無生、無念なれば即ち無滅である。無念なれば即ち愛なく、無念なれば即ち憎なし。……無念なれば、即ち是なく、無念なれば、即ち非なし。正に無念である時、無念も出てこない。

恵能や神会の場合は、同じ「無念」でも幅広く他の概念と関連づけて説くのに対し、無住の場合はあくまでも無念に焦点を合わせて押出している。

無住は時に譬え話で分かりやすく「無念」を説こうとする。例えば次の話柄がそうである。

無住為説一箇話。有一人高塠阜上立。有数人同伴路行、遙見高処人立。遞相語言、此人必失畜生。有一人云失伴、有一人云採風涼。三人共諍不定。来至問塠上人。失畜生否？答云不失。又問失伴？云亦不失伴。又問採風涼否？云亦不採涼。既総無、縁何高立塠上？答、只没立。和上語悟幽師、無住禅不沈不浮、不流不注、而是有用。……活鱍鱍、一切時中総是禅。

（同195頁a）

無住は一つの話をした。ある人が高い岡の上に立っていた。数人が連れ立って通りかかり、遠く高い処に人が立っているのを見て口々に言う、この人はきっと家畜を見失ったのだろう。ある人は言う、同伴者とはぐれたのだろう。ある人は言う、涼んでいるのだ。三人は言い争って決着せず、やってきて岡の上の人に尋ねた。家畜を見失ったのですか、見失ったのではないよ。同伴者とはぐれたのですか、はぐれていない。更に涼んでいるのですかと尋ねる。涼んでいないと答える。どれでもないのにどうして岡の上に立っているのですか。答え、ただ（只没）立っているだけだよ、と。和上は悟幽師に語る、無住禅は、沈まず浮かばず、流れず注がず、それでいて実に用（働き）がある。……魚が跳ねるようにぴちぴちしていて一切時中、全て禅である。

この岡の上の人物のように、何の目的もなく、「只没に立つ[24]」のが「無念」のあり方で、少しでも目的があったらそれは「妄念」に堕す。そして無住が「実に用有り」というように、「無念」によって、却って四六時中に生起する諸事物に機敏に対処できるのである[25]。

九　「正無念之時、無念不自」釈義

無住の説法には「(正無念之時)、無念不自」なる語が多用される。これはどういう意味だろうか。

前掲の「為衆生有念、仮説無念」で始まる引用文には、「有念若無、無念不自」。「正無念之時、無念不自」と２箇所に用いられている。これを柳田聖山氏は以下のように訓読、日本語訳している[26]。

---

(24)「只没」は「只」「只摩」「只物」と同じで「ただ……だけ」の意。

(25) 無住はここで「無念」の「用（働き）」について具体的に説いていないが、次のような処し方がその一例になると思われる。大珠慧海の『諸方門人参問語録』巻下（『卍続蔵経』第110冊855頁）に言う。

有源律師来問、和尚修道還用功否？師曰、用功。曰、如何用功？師曰、飢来吃飯、困来即眠、曰一切人総如是、同師用功否？

師曰、不同。曰、何故不同？師曰、他吃飯時、百種須索。睡時不肯睡、千般計較、所以不同也。

源律師が来て尋ねた。和尚は道を修めるのに何か努力をしていますか。師、している。どう努力していますか。

師、腹がすけば飯を食べ、眠くなったら眠る。一切の人がそうですが、師と同じ努力ですか。師、同じでない。どうしてですか。師、彼らは食事の時、飯を食べようとしないであれこれ文句を言う。睡眠の時、眠ろうとしないでああだこうだと思いめぐらす、だから同じでない。

このように食事や睡眠などその時々の所作事になり切って余念がないこと、これが「無念の用」であろう。

(26) 柳田氏注19前掲書213頁。なお「正無念之時、無念不自」を「正に無念の時は、無念

○「有念若無、無念不自」

（訓）有念若し無ければ、無念も自ならず。

（訳）念を起こすことがなければ、無念すらない。

○「正無念之時、無念不自」

（訓）正に無念の時は、無念も自ならず。

（訳）ずばり無念であれば、無念すらない。

「無念すらない」なら「無念也無」などと書くのが普通ではなかろうか。『壇経』には「若無有念、無念亦不立」とあり（32頁）、句意はほぼ「有念若無、無念不自」と同じであろうが、「無念（亦）不立」と「無念不自」とは語法の上では違いがある。

「不」は動詞か形容詞の前に来てそれを否定する。すると「自」は動詞もしくは形容詞として用いられていると思われるが、本来の「自」にはそんな用法はない。そこで筆者は介詞としての用法が動詞化して、「……よりす」の意味を表すようになったのではないかと考える。

「自」をこのような意味に用いた他の例を挙げる。釈延寿『宗鏡録』巻一に言う。

是故初祖西来、創行禅道。欲伝心印、須仮仏経。以楞迦為証明、知教門之所自。（『大正蔵』第48巻419頁a）

これ故初祖達摩が西方から来て、禅道を創始した。以心伝心の悟を伝えるために仏典を借りる必要があった。楞迦経で証明し、教門（仏典による教え）がどこから出たかその所を知らせた(27)。

これも「自」を「よりす」とでも訓む動詞として使用した例である。

も自ならず」と訓読するのは、諸氏に共通している。例えば平井俊栄「牛頭宗と保唐宗」（『講座敦煌8、敦煌仏典と禅』〈大東出版社、昭和55年〉217頁）。

(27) 禅籍ではないが、王重民編『敦煌曲子詞集』（商務印書館、1950年）「叙録」5頁にも次のような用例がある。

故次伯三二七一、斯六五三七為一巻（下巻）以示曲子淵源所自。

それ故P.3271、S.6537を編次して一巻（下巻）とし、以って曲子の淵源がどこから出てきたか、その所を示した。

そこで「無念不自」とは、「無念もそこから出ない」の意とならないだろうか。

「正無念之時、無念不自」とは、「ちょうど無念の状態にある時は、無念という意識もそこから出てこない」意と思われる。「無念」の状態にあって、「ああ、今、自分は無念の中にいる」などと意識した途端に、それは「無念」ではなく、「有念」となる。このことを別の角度から言うと「有念若無、無念不自」、有念という意識作用がなければ、無念もそこから出ない、である。

『法宝記』は次のようにも言う。

正見之時、見猶離見。見不能及、即是見仏。正見之時、見亦不自。

（同194頁c）

ちょうど見性する時は、見ることはなお「見る」（という意識）を離れる。見ていながら「見ている」と意識できないのが即ち「見仏」である。ちょうど見性している時、「見ている」という意識もそこから出ない。

この「見亦不自」も結局「無念不自」と同じ事柄であろう。

無住は恵能や神会より更に「無念」に集中し、その心理状態としての側面にも注意したと言えよう。

一〇　無住禅の庶民性

無住は説法の中で、俗耳に入りやすい格言、俗言の類を多用している。例えば次のようである。

摂己従他、万事皆和。摂他従己、万事競起。　（同192頁b）

己を抑えて他人に従うなら、万事がみな和やかである。他人を抑えて己に従わせるなら、いろんな問題が競い起こる。

但修自己行、莫見他邪正。口意不量他、三業自然浄。　（同）

ただ自分の修行に励み、他人の邪正を見ようとするなかれ。あれこれ口で言い心で思わなければ、三業（身、口、心による働き）は自然に清らかになる。

また通俗的な王梵志詩を引用したりする。

恵眼近空心、非開髑髏孔、対面説不識、饒爾母姓董。　（同193頁a）

項楚『王梵志詩校注』（上海古籍出版社、1991年、725頁以下。増補新版、同社、2010年、621頁以下）によれば、「非開髑髏孔」は王梵志詩写本では「非関髑髏孔」である。「髑髏の孔」は「髑髏の眼窩」で、これは肉眼を指す。また「董」は「懂」の諧音（同音ないし類似音）による双関語（かけことば）であると言う。これらの説に従って訳せば、大凡次のようになる。

恵眼は「空心」（「無念」や「無心」と同義であろう）に近く、肉眼に関係するものではない。面と向かって説いても識りようはない。たとえきみの母の姓が「董」であっても（きみの母が「懂」と形容されるような賢い母であり、その子であるきみも母譲りの賢さであっても）、そうだ。

こうした俗言や俗文学を利用しながら「無念」を中心とする仏法を説いている。

無住もやはり「無念」を仏法への入り口と捉え、人々にそれを集中的に且つ分かりやすく説くのが効果的だと考えたのであろう。

一一　おわりに

本稿の初めに示したような、見る我と見られる梅の花との対立が消え、両者が一体となる経験は普通の人には偶然にしか現れないものである。こうした偶発的な出来事では現実に生きる上での支えとはなり難い。日常生活の中で絶えず我とその対境（所謂「我」と「我所」）とが一体となる、例えば衣服を着たり、物を食べたりする時もその所作になり切って余念がないというふうになって始めて意味を持つようになる。暑い時は暑さになり切り、寒い時は寒さになり切る、善悪、苦楽その他もその時々の対象と一体となって二元的な見方を乗り越えて行く。果ては生きている時は「生」になり切り、死しては「死」になり切って生死の対立すら越えられるというふうになれば、それは宗教的な救いとして機能することになる。

こうしたことが可能になるためには日常不断に精神を集中する訓練が必要に

なる。そのための有力な手段として仏教とりわけ禅宗は「坐禅」を取り入れてきた。ところが『壇経』ではこれについて次のように言う。

> 此法門中、一切無礙、外於一切境界上念不起為坐、見本性不乱為禅。何名為禅定？外離相曰禅、内不乱曰定。外若着相、内心即乱。外若離相、内心不乱。　（37頁）
>
> この法門の中では一切は無礙自在で、外の一切境界の上に念が起きなのが坐、本性の乱れないのが禅である。何を禅定と名づけるか。外に相を離れるのを禅と言い、内に乱れないのを定と言う。外、相を離れれば内性は乱れない。

こうした発言を根拠にして研究者の中には、恵能は伝統的な坐禅を否定したかのように取る人もいる[28]。

しかし『壇経』では次のようにも言う。

> 若坐不動是、維摩詰不合呵舎利仏宴坐林中。……又見有人数人坐、看心看浄、不動不起、従此置功。迷人不悟、便執成顚。　（28頁）
>
> もし坐禅して不動であればよし、とするなら、維摩詰は舎利仏が林中で坐禅するのを叱るべきでなかった（『維摩経』に、維摩詰が樹下で坐禅する舎利仏に対して、何となく坐禅するのが坐禅ではないと諭したと言う話が見える。『大正蔵』第14巻539頁c）……またある人は人々に坐禅を勧めて看心看浄（前述のように北宗の行き方）、不動不起、これを修行とさせている。迷人は気づかないで、こうしたやり方に執着して本末顚倒となっている。

つまり恵能は坐禅を目的化することの愚を戒めているのであって、精神集中力を養う坐禅まで否定しているのではない。神会も北宗式の「凝心入定、住心看浄、起心外照、摂心内証」の坐禅法を批判している所（『神会禅話録』29、30頁

---

(28) 例えば葛兆光『中国禅思想史――従６世紀到９世紀――』（北京大学出版社。1995年）162頁、同『増訂本中国禅宗史――従六世紀到十世紀』（上海古籍出版社、2008年）196頁。

他）などから、神会は坐禅を不必要と考えていたという説もある[29]。しかしこれも北宗の「定、慧」を二段構えで捉える、もしくは坐禅を目的とする行き方を批判しているのであって、坐禅そのものを否定していたとは限らない。

これについて宗密の『禅源諸詮都序』に言う。

> 曹渓荷沢、恐円宗滅絶、遂呵毀住心伏心等事。但是除病、非除法。……達摩以壁観教人安心、外止諸縁、内心無端、心如牆壁、可以入道、豈不正是坐禅之法。（『大正蔵』第48巻403頁c）
>
> 恵能や神会は禅宗が滅びるのを恐れ、かくして住心、伏心などを批判した。但しそれは弊害を除こうとしただけで、坐禅法そのものを除こうとしたのではない。……達摩は面壁坐禅によって人々に安心を教え、外は諸縁を止め、内心乱れることなく、心は牆壁の如くすれば入道できるとした。正しく坐禅の法ではないか。

恵能、神会に限らず、その後の馬祖、石頭系の祖師たちも機械的な坐禅を批判しながらも実際に坐禅に励んだことは、前掲印順『中国禅宗史』278–284頁に詳論されている通りである。「無念」は禅への入り口として重要であるが、それが可能になるためには坐禅が必要であると各祖師が考えていたことは間違いない。

神会や無住以後、「無念」が特に強調された形跡はない。これは以後の禅宗が民衆に分かりやすく説くスタイルを放棄したからではなく、馬祖、石頭以後に盛行する禅問答を中心に禅への導き方も多様になっていったためだと思われる。これらの点については、稿を改めて論じてみたい。

---

(29) 例えば杜維文・魏道儒『中国禅宗通史』（江蘇人民出版社、2007年）173、177頁。また小川隆『唐代の禅僧2、神会』（臨川書店、2007年）。

Ⅲ 初期禅宗の「安心」「守心」と楞伽経

一 はじめに

馬祖道一（709–788）に次のような示衆の語がある。

汝等諸人各信自心是仏、此心即仏。達摩大師従南天竺国来至中華、伝上乗一心之法、令汝等開悟。又引楞伽経以印衆生心地、恐汝顛倒不信此一心之法各々有之、故楞伽経以仏語心為宗、無門為法門[1]。

きみたち各人は自心が仏で、この心が即ち仏であると信じなさい。達摩大師は南天竺国から中華の地に最も優れた（「上乗」は「大乗」と同じ）一心の法を伝え、きみたちを開悟させようとした。また「楞伽経」を引いて衆生の心を明かしたのは、きみたちが考え違いをしてこの一心の法は各々にあるのを信じないことを恐れたのである。だから楞伽経は「仏の語った心」（後述）を宗とし、無門を法門としている。

ここで言う「一心」とは、私たちの所謂「一心」ではあるまい。もしこれが普通に言われるような一心だとすると、それを達摩がわざわざ伝えに来たというのでは意味をなさないからである。

本稿ではここに言う「一心」と初期禅文献に頻出する「安心」「守心」との関わり、更にそれらと楞伽経との関係を考え、それによって初期の禅宗が有していた一面を考察してみたい。

二 二つの「心」

本題に入る前に、禅宗ではよく「心」を二種類に分ける点を見ておきたい。例えば宋・釈延寿『宗鏡録』巻3には要旨次のように言う。

心には真、妄の二心がある。真心は霊知寂照（「寂」は霊知の在り方、「照」

(1) 以上の馬祖の語は、宋代に成立した『四家語録』（『四家語録・五家語録』日本・中文出版社、1983年再版）3頁。

はその働き）を心とし、不空（実体は空でありながら働きがあるのでこういう）、無住[2]を体とし、実相を相とする。一方、妄心は色、声、香、味、触、法の六塵（六境とも言う）の対象を心とし、無住を体とし、攀縁思慮（対象についてあれこれと考える）を相とする。この縁慮（攀縁思慮の略）は境が来れば生じ、境が去れば滅する。境によって起き、境の全てが心である。まったく心によって境を照らし、心の全てが境である。心も境も自性がなく、ただ因縁によるだけである。

この虚妄の色心（身体と心）は自分の業（ごう）を因とし、父母を縁とし、それらが和合して色心を現すのである。この心はもし因縁がなければ生起しない。縁から生まれたものは皆、無常である。鏡に映った像は鏡中にその物なく全く外にある物に因り、水中の月はその中に月があるのでなく、空の月を映しだしているだけである。これを本物だと考えるのは愚の骨頂である。

これに対して真心は十分に遍く、十方全て空と見て、そこから父母所生の身を観ると、十方虚空の中で一微塵を吹いて存するが如く亡ずるが如くである。巨海に浮かぶ一浮漚の如くで、起滅もままならない。

（『大正蔵』第48巻431頁b、c）

このように「心」を真妄二心に分ける方法は『宗鏡録』のこの箇所に延寿が『法句経』や『円覚経』を引用することからも明らかなように、仏典に普遍的に見られるものである。

三　「二入四行論」の「安心」

以下初期禅宗の「安心」「守心」を言う文献を取り上げる。「初期」と言っても前稿で言及した恵能、神会、無住以前の五祖弘忍あたりまでの文献である。「安心」「守心」はその辺まで現われるが、以下は「無念」や「無心」に取って代わられる。

初期の禅文献として真っ先に挙げるべきは達摩の著とされる「二入四行論」

(2)　「無住」は「無念」「無相」とほぼ同じ概念である。前章参照。

である。

達摩が実在したか否か、また実在したとしても、その「二入四行論」が果たして達摩のものか否かについては諸説があって決し難い。但し道宣（596-667）の『続高僧伝』に菩提達摩の伝記が取り上げられ、その「二入四行論」も収載されているので、当時、達摩は実在し、その言をこのように残したと考えられていた。ここではこの事実に立脚して考察することした。

『続高僧伝』巻16、菩提達摩伝に言う。

如是安心謂壁観也。如是発行謂四法也。如是順物教護譏嫌。如是方便教令不著。（大正蔵第50巻561頁c）

このように安心するとは壁観（壁に向かって坐禅する）を言う。このように行動するとは四法（四つの行動、この後にある「四行」[3]に同じ）を言う。このように世間に従うとは人の謗り、嫌悪を防がせることであり、このように手立てを講じるとは人々に執着させないことである。

敦煌本の「二入四行論」では、この箇所の前に次のような一段がある。

如是安心、如是発行、如是順物、如是方便、此是大乗安心之法[4]。

これによると「発行」「順物」「方便」とも全て「安心之法」ということになり、「安心」が根底に置かれている。

この一段は『続高僧伝』以後に付加されたものと考えられないことはない。しかし道宣より一世紀足らず後の浄覚（683-750）の『楞伽師資記』菩提達摩の条にもこの一段はあり（大正蔵第85巻1285頁a）、おそらく『続高僧伝』と『楞伽師資記』は同じ資料（それが敦煌本だとは限らない）に依りながら、『続高僧伝』はこの一段を省略したのである[5]。

---

(3) 「四行」とは「報怨行」（苦難は前世の報いと観じて甘受する）、「随縁行」（苦楽は前世の縁で生じると観じてみだりに喜怒しない）、「無所求行」（貪着は苦の元と観じて求めることがない）、「称法行」（諸物惜しむことなく喜捨し、衆生を接化する）である。

(4) 柳田聖山『達摩の語録』（禅の語録①、筑摩書房、昭和44年）は、敦煌本を底本にし、他のテキストで校訂している。以下敦煌本「二入四行論」の引用はこの書による。ここの引用は25頁。

(5) 「二入四行論」は、前掲の『続高僧伝』、『楞伽師資記』以外に『景徳伝灯録』巻30に

さてこの「安心」について鈴木大拙は

「安心」というのは、どんな意味かと云うに、矢張り今日吾等の使用する意味だと思う[6]。

と言うが、筆者は普通に言う「安心」の意だとは思わない。私たちが幾ら「心を安んじた」ところで、『続高僧伝』が前引箇所に続けて言う「壁観に凝住し、自無く他無く、凡聖は等一」、「道と冥符し、寂然無為」のようにならないからである。これはやはり前掲『宗鏡録』に言う「真心」を安んずることであり、更に初めに掲げた馬祖の「一心」を安んずることと同じに違いない。

『続高僧伝』巻16には菩提達摩に続いて、その弟子の恵可の伝がある。そこには「初め達摩禅師四巻楞伽を以って可に授けて曰く、我漢地を観るに、惟だこの経有るのみ。仁者依りて行えば自から世を度すを得んと」(552頁b) とある。達摩に始まる初期の禅宗が四巻本の楞伽経を依用したが、ここではそれが達摩から恵可へ依嘱されたことが言われている。

『続高僧伝』の恵可伝には「安心」についての記述がないが、「二入四行論長巻子」の雑録[7]に見える恵可と弟子との問答で「安心」が取り上げられる。

も収録されている(『伝灯録』のは『師資記』とほぼ同じだが、語句が整理されていて幾分読みやすい)。この他朝鮮刊本の『禅門撮要』や日本刊本『小室六門』(『大正蔵』第48巻) 所収のものがある(『小室六門』のは『伝灯録』のとほぼ同じ)。

敦煌本「二入四行論」の出現は、鈴木大拙が北京図書館で宿99号の写本を発見したのに始まる。以後、諸先学によって新しい写本の発見やテキストの校訂がなされている。この辺の事情については前注所載の柳田書の前書きや田中良昭『敦煌禅文献の研究』(大東出版社、昭和58年) 二章一節に詳しいので、ここでは贅言しない。前注の柳田書はS.2715を底本とし、他の諸本で校訂して訳注を施している。

(6)『大拙全集』二 (岩波書店、昭和43年) 54頁。

(7) 敦煌本の「二入四行論」には達摩の真説とされる「二入四行論」の後に、比較的短い問答や説法を伴っていて、「雑録」と呼ばれる。鈴木大拙は全体を「二入四行論長巻子」と擬題した。前掲柳田書はこの部分を含めての訳注であるが、この書の出版以後にも更に十数人の問答、説法が発見され (田中前掲書前掲部分) 更に従来の諸テキストの不備を補う朝鮮刊本 (天順本)「菩提達摩四行論」も椎名宏雄氏によって発見された (田中良昭『敦煌禅宗文献の研究第二』〈大東出版社、平成21年〉一章一節に詳しい)。この「雑録」は達摩の法系に属する禅師たちの発言を集めたものと思われる。但し発言者の伝記は唯一人恵可を除いて不明である。その発言内容にも恵可のもの以外

又問、教弟子安心。答、将汝心来、与汝安。又言、但与弟子安心。答、譬如請巧人裁衣。巧人得汝絹帛、始得下刀。本不見絹帛、寧得与汝裁割虚空。汝既不能将心与我、我知為汝安何物心。我実不能安虚空。

（注4の書217頁）

また問う、私を安心させて下さい。答え、きみの心を持ってき来なさい。安心させてあげよう。また言う、とにかく私を安心させて下さい。答え、例えば裁縫師に衣服の制裁を頼むようなものだ。裁縫師はきみの絹帛を手に入れてやっと鋏を入れられる。絹帛を目にしていないのに、どうして虚空を制裁できよう。きみが私に心を持って来られないなら、私はきみにどんな心を安んじてあげられよう。私はどうあろうと虚空を安んずることはできない。

かくして達摩の安心法門が恵可に継承されていることが分かる。

達摩―恵可―僧粲―道信―弘忍と続く禅宗の法系は『続高僧伝』の著者・道宣の時代にはまだ形成されておらず、僧粲、道信は達摩や恵可とは無関係に立伝されている。弘忍（661-674）に至っては、道宣より生卒年がやや後のせいもあって、道信の弟子として名が出ているだけである（巻20、道信伝）。

『続高僧伝』巻25[8]の法沖伝には、恵可が楞伽経を教の拠り所として確立し、それを師承した禅師の名を列挙するが、その中には「粲禅師」も見える。しかしこの楞伽経を依用した一派が「安心」をどう捉えたかの記述はない。「道信伝」では「安心」はもとより、楞伽経との関わりについても触れられていない。

四　伝法宝紀、楞伽師資本記の「安心」

は達摩の教えらしきものが見られない。時代がかなり下がることを思わせるが、以上の事情から本稿ではこの資料からは恵可を取り上げるだけとした。

(8)　法沖は実際には巻二五に立伝され、「感通篇（中）」に分類されている。この篇の初めに「続高僧伝巻三十五」とあって、巻二五の中に巻三五が割りこんだかたちになっている。大正蔵のこの部分は明本によってこの巻を補ったためこうなったとの注記がある。

道宣の死から約50年後、京兆の杜朏（とひ）によって『伝法宝紀』が書かれた。

杜朏の伝記は不明ながら諸般の事情から、この書の成立は開元初、713年頃であろうとされる(9)。

この書には達摩、恵可、僧粲、道信、弘忍、法如、神秀の名が挙げられ、達摩の禅はこの系列に伝えられたとして各祖師の略伝と伝法の経緯を述べる。つまり、伝灯史、略して灯史と呼ばれる書であり、後世に簇生する同類の書の嚆矢となるものである。

この書の達摩、恵可、道信伝はほぼ『続高僧伝』によっている。僧粲伝も「素材はほとんど『続高僧伝』の関係部分を集めたもの(10)」で構成されている。弘忍、法如、神秀はこの書で初めて立伝された。

この書には彼らの間に達摩の「安心」法門が受け継がれたとはない。その自序に楞伽経の、言葉や文字によらない「宗通の相」の精神で菩提達摩が印度から来て伝法し、恵可以下がそれを伝えたと言う(11)。しかし各祖師の伝記では『続高僧伝』によって達摩が楞伽経を恵可に授けたと言うのみで、それ以外の祖師たちの間にこの経が伝授されたとは言わない。

『伝法宝紀』とほぼ同じ頃に浄覚（683-750？）によって『楞伽師資記』が書かれた。この書では禅の祖師として四巻本楞伽経の訳者・求那跋陀羅（グナバッタラ）が挙げられ、達摩は第二代とされ、以下弘忍まで伝えられ、更に神秀及びその弟子たちに伝えられたとする。所謂北宗の由来を説く灯史である。

この書には「安心」が復活している(12)。先ずグナバッタラは、次のように教

(9)　柳田聖山『初期禅宗史書の研究』（法蔵館、2000年）48頁。

(10)　柳田聖山『禅の語録②、初期の禅史Ⅰ』（筑摩書房、昭和46年）373頁。

(11)　『伝法宝紀』のテキストは大正蔵第85巻に収められているが、P.2634による不完全なものである。前注の柳田書所収の『伝法宝紀』は首尾完備したP.3559を底本とし校訂を加えたもので、以下の引用はこの書による。

(12)　『楞伽師資記』は大正蔵第85巻にS.2054を底本としたものが収録されている。鈴木大拙はこの書の「道信伝」の部分をS.2054とP.3436で対校したテキストを提供し（『全集』2、260-267頁）、柳田聖山氏は更に新発見の写本で校訂してこの書の訳注を作った（前掲『初期の禅史Ⅰ』）。本稿では参照しやすさを考えて大正蔵所収本の頁数を示すことにする。

えたと言う。

> 擬作仏者、先学安心。心未安時、善猶非善、何況其悪。心得安静時、善悪倶無作。（大正蔵第85巻1284頁a）
>
> 仏になろうとする者は先ず安心を学びなさい。心がまだ安んじていない時は善はまだ善ではないし、まして悪はなおさらである。心が安静を得る時、善悪はともに起こることはない。

ここに言う「善悪倶無作」とは「善悪を発動しない」意ではなく、「善悪二元の見方をしない」意であろう。

この書の道信伝では、道信の作とされる「入道安心要方便法門」がそのまま引用されている。この題目からして『続高僧伝』の「菩提達摩伝」に「如是安心謂壁観也。……如是方便教令不著」とある（前掲）のを思わせる。この中でも次のように「安心」を説く。

> 離心無別有仏、離仏無別有心。念仏即是念心、求心即是求仏。所以者何、識無形、仏無相貌。若也知此道理、即是安心、常憶念仏、攀縁不起、則泯然無相、平等不二。
>
> 心を離れて別に仏が有るのではなく、仏を離れて別に心が有るのでもない。仏を念ずるのは心を念ずるのであり、心を求めるのは仏を求めるのである。なぜかと言えば認識作用は無形であり、仏は相貌を持たないからである。もしこの道理を知れば、これが「安心」であり、常に仏を憶念して対境との関わりも起こらず、全てが消滅して無相であり、平等不二であるからである。

『楞伽師資記』の弘忍伝は分量が少ないこともあって、その「安心」に対する考えを知ることができないが、幸い弘忍の撰述とされる「修心要論」（「最上乗論」とも言う）が存在し[13]、そこには「安心」とほぼ同義と思われる「守心」が

---

(13)「修心要論」（「最上乗論」）は『卍続蔵経』第110冊（新文豊出版）と大正蔵第48巻所収。更に三種類のS写本を対校したテキストが『大拙全集』二、303-309頁に収録されている。ここでは一応大正蔵所収の「最上乗論」の頁数を示し、必要に応じて大拙対校本に言及する。

なお『楞伽師資記』は「修心要論」から２箇所、それと断らずに引用している（注

強調されている。例えば次のように言う。

但能凝然守心、妄念不生、涅槃法自然顕現。故知自心本如来清浄。

(大正蔵第48巻「最上乗論」377頁 b)

ただよくじっと「守心」し、妄念が生じなければ涅槃の法 (注13の大拙本では「涅槃法日」となっている) が自然に顕現する。だから自心は本来清浄だと知られる。

然るにこの「守心」は「守真心」と表現されることが多い。例えば次のようにである。

努力。会是守本真心、妄念不生、我所心滅、自然与仏平等不二。

(同377頁 c)

努力せよ。必ず本真心 (大拙本には「本」字なし) を守れば、妄念が生ぜず、己と対境とを区別する心がなくなる。それゆえ自然に仏と平等一体となる。

「安心」であれ「守心」であれ、その心は前掲『宗鏡録』の言う「真心」を指し、「妄心」ではないのである。

『楞伽師資記』で弘忍に次いで立伝されている神秀も「守真一之門、孤懸心鏡(真一の門を守り、一人、心の鏡を懸けた)」(大正蔵第85巻1290頁 b) と記されている。

以上、『伝法宝紀』、『楞伽師資記』で達摩の安心法門が神秀まで代々継承されてきたのを見てきたが、このことと彼らの楞伽経の伝持とはどう関係するのだろうか。

『伝法宝紀』、『楞伽師資記』とも『続高僧伝』に拠って達摩が恵可にこの経を伝授したことは明記するが、僧粲以後はどうであったのか記述がない。『楞伽師資記』に引用された「入道安心要方便法門」にも「諸仏心第一」、「独一清浄」などの隻句以外に楞伽経からの引用は見られない。そこで柳田聖山氏は次のように論じる。

10柳田前掲書85、86頁)。

かくて、楞伽の伝統を主張する目的で編せられた『楞伽師資記』にも、依用資料と意図との間に、多くの矛盾があることが知られる。元来、楞伽師であったかどうかも判らぬ東山法門の人々を、『続高僧伝』が伝える古い楞伽師の伝統に、意識的に統一しようとすることに無理がある云々(14)。

確かに僧粲以下神秀に至るまで代々楞伽経を伝えたことはないし、かれらがこの経を拠り所としたとも言わない。しかし彼らが「安心」や「守心」を標榜する限り、やはり楞伽派だったというのが筆者の考えである。以下にそう考える根拠を挙げよう。

五　「安心」、「守心」と楞伽経

楞伽経は仏がセイロン島（現在のスリランカ）の楞伽山上に滞在中、大慧菩薩の問いに答えて仏教の諸側面を論じた経典である。漢訳には劉宋・求那跋陀羅訳四巻本、北魏・菩提流支訳十巻本、唐・実叉難陀訳七巻本の三種がある。禅の祖師たちが依用したのは専ら四巻本なので、以下の引用は全てこの経に拠る。

序文に、仏の楞伽山における説法の際、仏の周囲に居並ぶ大比丘や大菩薩は「五法、自性、識、二種無我」に通達していたとある（大正蔵第16巻480頁a）。「五法」とは「名（名称）、相（色相）、妄想、正智、如如（真如）」、「自性」は「三自性」の略で「妄想自性（妄想された自性）、縁起自性（他を縁として成立する自性）、成自性（完成した自性）である。「識」は「八識」の略で、眼、耳、鼻、舌、身、意の六識と第七末那識、第八アーラヤ識を言う。「二種無我」は「人無我と法無我」である。この「五法……二種無我」は本経に繰り返し現れるところから、これがこの経の主題であるとみる先学が多い(15)。

このテーマが最も詳しく説明されるのは、巻四の、大慧菩薩が「惟だ願わくは為に五法、自性、識、二種無我究竟分別相を説かれよ」と請うたのに仏が答えた一段である（510頁c–511頁b）。それによると、眼、耳、鼻、舌、身、意など

(14)　注9前掲書66頁。

(15)　例えば菅沼晃「入楞伽経における唯心説について」（『印度学仏教学研究』16–2）、高崎直道『楞伽経』（仏典講座17、大蔵出版、1980年）77頁など。

の識によって「相」が生まれ、それに「名」を与えるのが「妄想」である。こうした妄想を離れるのが「如如」で、「自覚聖趣」（楞伽経に多用される「自覚聖智」と同じ）に随順するのが「正智」である。三種の自性のうち、名及び相は「妄想自性」、それぞれに妄想、分別するのが「縁起自性」、正智と如如は「成自性」である。妄想による「我我所」の対立が消滅すると「二種無我」が生じる。従って三種自性、八識、二種無我は全て五法に包摂されると。

あらゆるものが「相」と「名」を有しているというのは常識的にも納得できる。例えば木や花はそれぞれの種類による個別の「相」を持っていると同時に、木や花としての共通の「相」、またそれぞれに対応した「名」を持っている。だがなぜそれが「妄想」になるのか。それは「相」や「名」を認識することがそれぞれの比較対照に繋がるからである。花や木の比較は問題ないが、是非善悪、生死などの二元対立は人を苦しめる。それゆえ仏教ではこれを「妄想」、「妄念」などと称する。この二元対立（「我」と「我所」の対立などと表現される）を離れて対象と一つになるのが「如如」であり、それに随うのが「正智」である。

ここで、この五法を筆者が提起してきた「妄心」と「真心」に分類すると、言うまでもなく「名、相、妄想」が前者、「正智、如如」が後者に属する。楞伽経は「妄心」と「真心」をテーマとしているとも言えるのである。

この段ほど詳しくはないが、このテーマは繰り返し語られる（例えば484a–485a、487c–488a、489b–490a、510a–c）[(16)]。

---

(16) またこのテーマを部分的に説明したとみられる箇所も少なくない。以下大正蔵所収四巻本楞伽経の段落分けに沿ってこのテーマに関連したテーマを簡潔にまとめてみる。一つの段落に二つ以上のテーマが重なっていて、何が中心であるか判然としない場合があり、その場合は比重の大きいと思われる方に分類した。一つのテーマが二つ以上の段落に渉る場合もある。

諸識について（483a、b、496a、b）認識はみな自心に依り、また如何にそれを離れるかについて（483b–484a、485c–486b）、有無、非有非無、一異、倶不倶、常無常の相対的見方（485a–c、490c–492a、499a、b）、自覚聖趣及び第一義境界（486b–487a）、空と自覚聖智との関係（488b–489a）、三自性（487c）、真の涅槃（492b、504c–505b）、妄想自性（496b–497a、501c–502c）、自覚聖智と一乗（497a–c）、仏の知覚するもの（498b）、仏の悟りと説法（498c–499a、513a、b）、不実妄想（499c–500b）、智と識（500c–501a）、真の智（502c–503a）、仏陀は一切の根量（六根による認識）を離れる（寄せ付けない）

「心宗」と言われる程「心」を重視する禅宗は、初期には特に、心には「真心」と「妄心」があることを何としても人々に理解させる必要があった。その際そうした心の在り方を説く楞伽経は彼らに理論的な根拠を提供したのである。従ってたとえ楞伽経から引用していなくても、彼らの言う「安心」や「守心」の「心」は楞伽経で説く「心」であった。道信、弘忍、神秀などが楞伽経に言及することが稀だったり、皆無だったりしても「安心」や「守心」を標榜している限り彼らは楞伽派だったのである。

この点は『伝法宝紀』、『楞伽師資記』の編者の自序や『楞伽師資記』に引かれた道信の「入道安心要方便法門」の楞伽経への言及からも確かめることがで

(505b–506a)、不生不滅の真意（506a–508b)、声聞、縁覚、菩薩の正受（定による精神集中）の各段階（509a–c)、三世の諸仏の存在（511c–512a)、一切の物は刹那に滅壊するという見方（512a、b)。

但し以上の「五法……」のテーマとは直接の関わりのない事柄も取り上げられている。以下のようである。初めに列挙された「百八義」の問い、及びそれに続く「百八句」(480b–483a)、声聞の「自覚聖差別相」(これに安住して衆生を顧みない）と「性妄想自性計着相」(妄分別して執着する）(486b)、五無間種性（声聞、縁覚、如来の種性と所属未定の「不定種性」、いずれでもない「各種別性」で、修行者の素質による五種の分類)、及び「各別種性」の具体的な説明である「一闡提」(仏法を求めない者）(487a–c)、建立誹謗相（「建立」は、ないものをありと言うこと、「誹謗」は、あるものをないと言うこと）(488a、b)、四種の言説妄想相（言説は第一義を示し得ないということ）(490b、c)、四種の禅（492a、b)、神通力（492a–493b)、惑乱（493b、c)、諸法は幻にあらず（493c–494a)、一切の性は無性（空）である（494a)、事柄と名称の関係を示す「名句形身相」(494a、b)、無記論（世尊が外道の質問に答えなかったことを言う）(494b、c)、須陀洹（しゅだおん）など小乗仏教における声聞の四果中の初果及び阿羅漢の在り方（494c–495b)、二種の覚（観察法）(495b、c)、地、水、火、風の四大が諸物質を造るという説及び五陰（495c–496a)、外道の四種涅槃（496a)、意成身（身体を離れて心のみの身）(497c–498a)、五無間業（父母を殺すなど無間地獄に堕ちる五種の罪業）(498a、b)、諸仏における四種の平等（498b、c)、宗通相と説通相（根本的な体得と言葉による理解）(499b、c、503a、b)、語と義の関係（500b、c)、外道の九種変転説（仏教の不生不滅に対し、諸物は変化生滅するとの説）(501a、b)、貪、恚、癡などの相続と解説（501b、c)、世間の諸論（503b–504b)、外道の言う無常（508b–509a)、常と無常（509c–510a)、六波羅蜜（512b、c）食肉の戒め（513b–514b）以上は間接には「五法……」のテーマを補強すると見られないことはないが、なかったとしても本論の展開に支障ないと思われるものである。

きる。『伝法宝記』の序に言う。

如修多羅説、菩薩摩訶薩、独一静処自覚観察、不由於他、離見妄想、上上昇進、入如来地、是自覚聖智。是故若非得無上乗、伝乎心地、其孰能入真境界者哉。　　（注10の柳田書331頁）

経典（修多羅とは経典の意。ここでは楞伽経を指す）に言うように菩薩は独り静かな処で自覚的に観察し、他の方法に頼らず、妄想を離れ、次第に昇進して如来地に入る。これが自覚聖智である（ここまでが楞伽経からの引用。大正蔵第16巻497頁bに見える）。このゆえに無上乗（「無常真宗」とも言い、「大乗」の別名）を得て、他人の心に伝えるのでなければ、一体誰が真の境界に入ることができようか。

この書に取り上げた達摩以来の祖師たちは、楞伽経に言う「自覚聖智」つまり「真心」を伝えたと述べている。

また『楞伽師資記』の序に言う。

楞伽経云、自心現境界、随類普現於五法。云何是五法、名相妄想正智如如。是故衆物無名、由心作名。諸相無相、由心作相。但自無心、則無名相。故曰正智如如。　　（大正蔵第85巻1283頁a）

楞伽経に言う、自分の心が現す境界は、その類に随って一般に五法に現われる。どんなのが五法であるか。名、相、妄想、正智、如如である。これゆえ多くの物には名がないが、心によって名を作り、諸相は無相だが、心によって相を作る。ただ無心でありさえすれば、名相はなくなる。だから正智、如如と言うのである（楞伽経にはここに引かれたのと同一の箇所はないが、同じ趣旨の記述が見えることは前述のと通りである）。

これも「正智、如如」を代々の祖師が伝えたことを言う。

『楞伽師資記』の序には楞伽経の「諸仏心第一」の句が引かれる。これは楞伽経巻一の長い頌に、「大乗の諸度門は、諸仏心第一」と見えるものである（481頁c）。実はこの語は、『楞伽師資記』に引用された「入道安心要方便法門」に

「我がこの法要は、楞伽経諸仏心第一に依り、又文殊説般若経一行三昧[17]に依る」とも見えるものである（大正蔵第85巻1286頁c)。「諸仏心」とは楞伽経各巻の題名となっている「一切仏語心」と同義と思われるが、[一切仏語心] は世尊が説いたとされる八識、五法、三性を内容とする[18]。

六　教と禅

関口真大氏は、李華の撰した「故左渓大師碑」に「梁魏の間に至り、菩薩僧達摩禅師有りて、楞伽法を伝う」とあるのを根拠に、初期の禅宗は「楞伽宗」と目されていたとする[19]。しかし李華の文には「楞伽法」とあるだけで、「楞伽宗」とはない。第一この時代には「宗派」という意味での「……宗」の観念はなく、「般若宗」、「維摩宗」などというような、経名の後についた「宗」はその経の本質、趣旨という意味を表すに過ぎない。この点から考えても初期の禅宗が「楞伽宗」などと呼ばれるはずはない[20]。

ではどう呼ばれていたか。

『楞伽師資記』第二、菩提達摩の項に言う。

> 菩提師又為坐禅衆釈楞伽要義一巻、有十二三紙、亦名達摩論也。
>
> （大正蔵第85巻1285頁b）
>
> 菩提達摩師はまた坐禅衆のために「楞伽要義」一巻を解釈し、十二三紙有って「達摩論」と名づけた。

つまり初期の禅宗は「坐禅衆」と呼ばれた。

隋から唐にかけて「華厳宗」、「禅宗」などと呼ばれる前に「華厳衆」、「禅衆」

(17) 「一行三昧」は梁・曼陀羅仙訳『文殊師利所説摩訶般若波羅蜜経』巻下に見える。そこには「善男子善女人、一行三昧に入らんと欲せば、応処の（適宜な）空間に諸乱意を捨て、相貌を取らず、心を一仏に繋け、専ら名字を称う」(大正蔵第８巻731頁b）とあるから、念仏によって精神を統一する方法であったらしい。

(18) 注15の高崎書93頁。

(19) 同氏「禅宗の発生」(『福井博士頌壽紀念東洋思想論集』同論文集刊行会、昭和35年）328、329頁。

(20) 真野正順『仏教における宗観念の成立』（理想社、昭和39年）227-255頁。また平井俊栄『中国般若思想史研究――吉蔵と三論学派』（春秋社、1976年）30-41頁。

などと呼ばれており、「衆」が先行して「宗」へと移行したが[21]、「坐禅衆」の呼称もこの流れに沿うものである。

「(坐) 禅衆」の他には「禅門」などと言う名もある。『楞伽師資記』道信の項に次のように見えている。

其信禅師、再敞禅門、宇内流布。　（同1286頁c）

その道信禅師は、再び禅門を広め、宇内に流布した。

同書の巻末に普寂や義福など大通和尚（神秀）の弟子たちの事跡を述べる際にも、

尋師問道、遠訪禅門。　（同1290頁c）

師を探して道を問い、遠く禅門を訪ねた。

とある。

また『壇経』に「我が法門は一般若より八万四千智慧を生ず」（郭明『壇経校釈』、中華書局、1983年、53頁）に言う「我が法門」も「禅門」とほぼ同じ呼称であるが、『壇経』の段階でも「禅宗」なる語はまだ使われていない。

注19の関口論文は劉禹錫（772-842）の「牛頭山第一祖融大師新塔記」（『劉夢得文集』巻三〇、『全唐文』巻六〇六）に次のようにあるのを根拠に、五祖弘忍の一派は「東山宗」と呼ばれたとする（329頁）。

達摩……又三伝至双峰信公、双峰広其道而岐之。一為東山宗、能、秀、寂其後也。一為牛頭宗、巌、持、威、鶴林、径山其後也。

達摩は……また三伝して双峰山道信に至った。道信はその道を広めて枝分かれさせた。一つは（弘忍の）東山宗となり、恵能、神秀。普寂はその後継である。一つは牛頭宗となり、智巌、法持、智威、鶴林玄素、径山法欽はその後継である。

しかしここに言う「東山宗」や「牛頭宗」は、劉禹錫の時代に既に各宗派が分立してからの呼称であって、初期の禅宗がこの名で呼ばれていたのではない[22]。『楞伽師資記』では「東山法門」と呼ばれており（神秀の項、1290頁b）、「我

(21) 前注の真野書255-264頁。

(22) 関口真大『達磨の研究』（岩波書店、昭和42年）でも「六世紀ごろから楞伽宗なるも

が法門」と同軌である。

「禅宗」なる語が登場するのは8世紀後半で、馬祖道一や孫弟子に当たる黄檗希運の語録に見える。『四家語録』[23]巻一、「馬祖語録」に「有る講僧来たり問うて曰く、未だ禅宗何の法を伝持するかを審らかにせず」とある。また同書巻四、「黄檗禅師伝心法要」に「我がこの禅宗、上より承けて已来、曽て人をして知を求め解を求めしめず」とある。

禅宗は「不立文字、教外別伝」(『無門関』第六則など)、「以心伝心、不立文字」(『禅源諸詮集都序』など) を標榜する。経論などの文字に頼らず、心から心へと真法を伝える意であるが、これらは馬祖以後の禅には言えても、楞伽経を依用していた初期の禅には当てはまらない。

しかし初期の禅も決して「楞伽宗」ではない。楞伽経は生まれたばかりの禅宗が歩みを始めるためにやむを得ず借用した支えであったが、経そのものを信奉したのではない。彼らは飽くまでも「坐禅衆」であり、坐禅こそは彼らの中心綱領であった。従ってこの段階では「教外別伝」、「不立文字」などとは言えないが、将来そうなる可能性を保持していたのである。

六祖恵能以後、禅門が依用する経典は楞伽経から『金剛般若経』に変わる。しかし私見によれば、これは単に依用する経典が変わったというに止まらず、依用の仕方も変わるのである。次稿でこの辺の事情を論じてみたい。

のがまず世に行なわれ、ついでそれが東山宗なるものに転移し、その東山法門の発展のなかから八世紀ごろに達磨宗なるものが発生し、その達磨宗がやがて禅宗なるものに転移したのである」とあるが (368頁)、正確さを欠く記述である。

(23) 注1参照。

収録論文初出一覧

本書の各部、各章の初出資料を目次の順序に従って示す。

第一部　中国古典散策（全章ともに未発表原稿）

第二部　敦煌歌辞訳注

Ⅰ　孟姜女六首

中鉢雅量編『敦煌作品研究』創刊号

（名古屋崑崙書店、2009年4月）50–57頁

Ⅱ　開海棠二首

前掲『敦煌作品研究』第2号（2011年1月）60–61頁

Ⅲ　傷寒三首

同　上　61–66頁

Ⅳ　宮辞八首

前掲『敦煌作品研究』第3号（2013年1月）23–28頁

第三部　敦煌文献の環境

Ⅰ　敦煌変文の説唱者と聴衆

『古田敬一教授頌寿記念中国学論集』（汲古書院、1997年3月）287–304頁

Ⅱ　書評：兪曉紅『仏教与唐五代白話小説』

前掲『敦煌作品研究』第2号（2011年1月）41–48頁

Ⅲ　書評：伊藤美重子『敦煌文書にみる学校教育』

同上49–57頁

第四部　敦煌禅研究

Ⅰ　北宗「五方便」と神会「五更転」——唐代前期禅宗の民衆教化——

『東方宗教』106号（日本道教学会、2005年）35–54頁

Ⅱ　敦煌禅の「無念」について

前掲『敦煌作品研究』第2号（2011年1月）1–18頁

III　初期禅宗の「安心」「守心」と楞伽経

前掲『敦煌作品研究』第３号（2013年１月）１-12頁

中鉢雅量　年譜・著作目録

年　譜

1938年7月　旧樺太真岡郡真岡町に生まれる。父、中鉢清人。母、しづゑ。
1945年4月　宮城県栗原郡金田国民学校入学
　　　　　　(1947年　金田村立金田小学校へ校名変更)
1951年3月　金田村立金田小学校卒業
1951年4月　金田村立金田中学校入学
1954年3月　金田村立金田中学校卒業
1954年4月　宮城県立築館高等学校入学
1957年3月　宮城県立築館高等学校卒業
1957年4月　京都大学文学部入学
1961年3月　同大学文学部中国語学中国文学専攻卒業
1961年4月　京都大学大学院文学研究科修士課程入学
1963年3月　同大学院修士課程中国語学中国文学専攻修了
1963年4月　京都大学大学院文学研究科博士課程進学
1966年3月　同大学院博士課程中国語学中国文学専攻退学
1966年4月　兵庫県立神戸高等学校教諭（至る1967年3月）
1967年4月　兵庫県立尼崎高等学校教諭（至る1972年7月）
1972年8月　愛知教育大学助教授（至る昭和1981年3月）
1981年4月　愛知教育大学教授（至る1993年3月）
1986年11月　京都大学大学院文学研究科博士取得（論文博191号）
1987年3月　文部省在外研究員（短期）として中国に留学（至る1987年9月）
1993年4月　佛教大学文学部教授（至る1996年3月）
1996年4月　名古屋外国語大学外国語学部教授（中国文学研究）
　　　　　　(至る2007年3月)
1996年4月　名古屋外国語大学外国語学部中国語学科長（至る2007年3月）

1997年４月　名古屋外国語大学大学院国際コミュニケーション研究科担当（至る2007年3月）

2007年４月　名古屋外国語大学名誉教授

2016年４月　逝去

学会及び社会における活動等

1969年10月　日本中国学会会員（至2016年）

1974年１月　東方学会会員（至2016年）

1978年10月　日本道教学会会員（至2016年）

1996年10月　日本中国語学会会員（至2016年）

1997年４月　東海中国語・中国語教育研究会の設立を呼びかけ、世話人となる（至2004年3月）

1998年10月　日本中国語学会理事（至2006年3月）

著　　書

1）　中国の祭祀と文学（創文社）1989年10月

2）　中国小説史研究――水滸伝を中心として――（汲古書院）1996年2月

3）　中国語・中国語教育法の研究（共著　名古屋外国語大学研究叢書）2000年2月

4）　中国四大奇書の世界（懐徳堂記念会編）（共著　和泉書院）2003年1月

学術論文

1）　敦煌変文の一側面（兵庫国漢13）1966年11月

2）　水滸伝の構想のしかたに関する一試論（吉川博士退休記念中国文学論集　筑摩書房）1966年3月

3）　水滸伝の対異民族意識について（日本中国学会報21）1969年12月

4）　水滸伝の後半部について（日本中国学会報22）1970年10月

5）　金聖嘆の水滸伝観（野草４　中国文芸研究会）1971年7月

6）　漢文教育における訓読の問題と教材の選択について（野草７　中国文芸研究

会）1972年4月

7） 三国演義の表現手法（愛知教育大学研究報告23）1974年10月

8） 元雑劇の構成（入矢・小川教授退休記念中国語学・文学論集　筑摩書房）1974年10月

9） 神仙道化劇の成立（日本中国学会報28）1976年10月

10） 異類婚説話の変容（日本中国学会報29）1977年10月

11） 古代神話における楽園（東方学58）1979年7月

12） 神話と老荘（森三樹三郎博士頌寿記念東洋学論集　朋友書店）1979年12月

13） 死と再生――中国古代祭祀の一側面――（日本中国学会報32）1980年10月

14） 中国古代の動物神崇拝について（東方学62）1981年7月

15） 中国古代の鬼神信仰（東方宗教62）1983年10月

16） 西遊記の成立（中国文学報35）1983年10月

17） The Relationship between People and Animals in Chinese Classical Stories (*PROCEEDINGS of the 31st International Congress of Human Sciences in Asia and North Africa TÔHÔ GAKKAI*) 1984年3月

18） 詩経における神婚儀礼（東方宗教66）1985年10月

19） 神婚儀礼説話の展開（愛知教育大学研究報告35）1986年2月

20） 老子と神話（老子の世界　新人物往来社）1988年2月

21） 古代人の宇宙観――鄒衍の大九州説をめぐって――（佐藤匡玄博士頌寿記念東洋学論集　朋友書店）1990年3月

22） 水滸伝と鬼神信仰（山下龍二教授退官記念中国学論集　研文社）1990年10月

23） 楊家将説話と水滸伝（愛知教育大学研究報告41）1992年2月

24） 水滸伝の成立と杭州（東方学85）1993年1月

25） 宋金説話の地域性（愛知教育大学研究報告42）1993年2月

26） 水滸伝の成立過程の研究（平成3年度科学研究費研究成果報告書自印）1993年2月

27） 徐市・徐福考――古文献における漢字の借用――（黒野貞夫教授退官記念論集同論集刊行会）1994年3月

28） 中国講史小説の二類型（佛教大学文学部論集79）1995年3月

29）敦煌変文の説唱者と聴衆（古田敬一教授頌寿記念中国学論集　汲古書院）1997年3月

30）敦煌変文的説唱者和听衆（唐代文学研究７　広西師範大学出版社）1998年10月

〔補記〕本目録以降に執筆された論文については、前掲「収録論文初出一覧」参照。

あとがき

夫・中鉢雅量は、研究者としての現役時代に、二冊の研究書『中国の祭祀と文学』『中国小説史研究』を出版しました。本人はあと一冊、禅と仏教に関する大きなテーマで「人生最後の研究書」を出したいと願い、研究に打ち込むため退職を２年早めたほどでしたが、七十五歳の時、突然、血液のがんである悪性リンパ腫を発症しました。あと四、五年でまとめられそうだ、と目途をつけて治療に期待し、一旦は寛解となりましたが、再発し、七十七歳で、最後の研究を完成させる前に亡くなりました。

最後の研究は未完に終わり、後には、雅量が考えていた禅と仏教という大きなテーマの一部をなす論文・書評と、テーマは異なりますが、三国志について自由に書いていた随筆が残されました。家族として、これらは雅量が目指していた研究の全貌でないにしても、雅量の、最後の本を出したいという願いは叶えたいと思いました。しかし、専門分野についても出版についても知識に欠け、あきらめかけていたところ、雅量が心から尊敬し、かつ長年の研究仲間でおられた田仲一成先生の友情と多大なご尽力により、このたび、残された論文・書評・随筆が一冊の本としてまとまり、世に出るはこびとなりました。ただただ感激しております。雅量が知ったらどれだけ喜ぶことでしょうか。

このあとがきでは、家族の目から見た中鉢雅量の人となり、研究と教育に対する姿勢について述べたいと思います。

雅量の他界後、長女・朋子が中心となり名古屋市にてお別れ会をアレンジし、田仲一成先生、故郷・宮城の高校時代の同級生、京都大学で学生生活を共にした方々、大学に職を得て研究・教師生活を始めてからの同僚や教え子の方々、退職後始めた川柳の仲間の方々が、親族とともに、遠方からも集まってくださいました。お別れ会では、ご出席者が一人ずつ雅量の思い出を語ってくださり、それぞれ視点は少しずつ異なりましたが、「素朴で、真面目で、研究と学生指導に熱心であった」、という点はほぼ同じで、また、皆さまの雅量についてのあたたかい語り口も共通で、雅量を失った家族の心に沁みました。

家族の目から見ても、雅量は本当に素朴で、真面目で、勉強熱心な人でした。地道な勉強を続け、信念として、安易な方向に流れない独自の研究を追求し続けていました。退職後も現役時代と変わらず自らを律し、研究に散歩や運動、家事を組み込んだ日課を立て、規則正しい生活を送っていました。几帳面な性格で、部屋はいつも片付いていました。雅量は世事に疎く、俗なことや社交からは距離を置きがちでしたが、自然や中国文化の雄大さに感動するロマンチストであり、故郷の東北を愛し、独自の人生哲学、ユーモア、正義感、反骨精神にあわせて、子どもや小動物をかわいがるやさしさも持っていました。

雅量は幼少時に実父を亡くし、経済的困窮の中で苦学したため、とにかく努力家でした。逆境をばねにしたがんばりが嵩じ、柔軟性に欠けるきらいはありましたが、打算のなさ、誠実さ、一生懸命さは無比のものでした。好きな研究に打ち込み、家族や仲間にも信頼され、愛されて、とても幸せな人生ではなかったかと感じております（本人は生前、私に、幸せな人だと言われると、憤慨しておりましたが）。

雅量は学生時代、人生に悩んだときに禅に出会ったとのことです。以来、禅の精神は雅量を支える重要な哲学となりました。悪性リンパ腫と診断され、長年の研究を断念せざるを得なかった時も、治療が奏功して治ったと思った矢先に、突然両脚がきかなくなり（脊髄にがんが再発したためのようでした）、亡くなるまで約１年、ベッド上の生活を余儀なくされた時も、「どうにもならない現実は受け入れる」という禅の精神を貫き、苛立ちやぼやきは皆無でした。それどころか、雅量は「病室で書けるテーマはいくらでもある」と、気持ちを切り替え、随筆『中国古典散策』に注力することにしました。執筆内容確認のために、毎日、私に、自宅からさまざまな書物を運ぶよう依頼しましたが、本は、ほとんどメモされた場所に正確に見つかり、驚かされました。

がんが再発し、もはや治療は断念せざるを得ず、病院と介護施設のベッド上で生活した最後の１年間、私は毎日病室に通い、東京と仙台でそれぞれ生活する長女・朋子、次女・奈津子や孫たちも折に触れて病室に集合しました。私は雅量が好きな食べ物を差し入れ、朋子は雅量の『中国古典散策』の手書き原稿のパソコン入力を手伝い、奈津子は仕事や生活の近況を伝えました。時折、車いすで外出して皆でにぎやかに食事をし、散歩をしました。雅量は、以前と変わらずシャープで、時折冗談も飛ばし、家族として、いつまでも元気でいてほしい、この穏やかな時間がいつまでも続いてほしいと、どれほど願ったかわかりません。

最後の2か月、急に容態が悪化し、雅量は2016年4月13日、眠るように亡くなりました。葬儀は家族わずか6人で行いましたが、病床での最後の日々のように、静かに雅量を囲み、孫たちは騒ぎ、長女・朋子は、書くことをライフワークとした父のために、棺に原稿用紙と鉛筆を入れました。

本書の『中国古典散策』のうちVII章～IX章は、雅量の最後の穏やかな日々に病床で書かれた部分であり、このたびこれが本になることで、家族との最後のあたたかい貴重な時間までも、形として残る気がしております。

家族に残された雅量の思い出は数多く、書きだすときりがありません。自動車大国愛知県の片田舎に住みながら、その頑固さから、長年、自家用車を持つことを拒否し、50代を目前にやっと免許を取得し、運転の便利さと楽しさに目覚めたのも、世事に疎い雅量らしいところでした。家族の勉学は常に応援する姿勢で、私が読書に夢中になっているときは、自分の分とあわせてお茶を二人分淹れ、お菓子をつけて運んでくれ、薄暗い部屋で読書しているときは、「前世はモグラだったな」と言いながら、電灯を点けてくれるのでした。私が高校で英語の時間講師をしていた頃、勉強のためにイギリス短期滞在を希望した際は、全力で応援してくれました。料理を習い、不在にした夏休みの6週間、当時小学生・中学生であった子どもたちの面倒を一人で見てくれました。

子どもたちに表層的な受験勉強をさせることには反対でした。塾通いより、大人になっても心に残るものをと、子どもたちが小学生の時、唐詩や三国志演義の手書きテキストを作り、月に2度ほど、家庭で講義を行いました。数年間は続いたかと思います。講義の内容は、断片的ではありますが、子どもたちの記憶に深く残り、それぞれの人生を豊かにしています。

教師としても懸命に取り組む人でした。高校教師時代も、大学で学生指導をするようになってからも、熱意は変わりませんでした。退職後「敦煌作品研究会」を立ち上げた際も、自分の勉強だけでなく若い研究者への貢献を目指していました。見返りを求めることなく、とにかく一生懸命に尽くす姿勢は、家族や周囲に深く影響を与えました。

私が実母の遠距離介護でしばらく留守にして戻る日は、カレーライスやおでんなど、夕飯を作って待っていてくれました。子どもたちが独立した後は、夫婦で時折、登山をしましたが、立山の雄山山頂から眺めた黒部湖は、忘れえない思い出です。駒ヶ岳では、私が高山病になり、山頂を目前にして登れなくなってしまいました。「すぐあそこだから、一人で登ってきて」と頼んでも、「また来ればよい」と言い、引き返す決断をしていました。その後、結局、駒ケ岳には登れずじまいでしたが、彼らしいところでした。

雅量亡き後、「私と話せる状態で戻って来て欲しい」と思い続けました。前向きに過ごそうと決意をした今も、その思いが折に触れて頭をもたげます。そのたびに、「どうにもならない現実は受け入れるんだよ」という、彼の言葉が蘇ります。

雅量は、素朴な市井の人であったと同時に、知性とあたたかさを持ち、誠実に一生懸命生きた人でした。このたび、雅量をよくご存じの田仲一成先生のご厚意で、雅量の人生最後の書物が出版されることは、彼への、最大の贈り物と思います。

田仲一成先生と、本書の出版にご尽力くださった汲古書院の三井久人社長、編集部の小林詔子氏、雨宮明子氏、及び校正に協力して下さった名古屋大学の笠井直美先生へ、家族一同、心より御礼申し上げます。

2018年2月25日

中鉢信子、家族一同

中国古典叢林散策　中鉢雅量遺稿集

2018(平成30)年 4 月13日　発行

著　者　中鉢雅量（ちゅうばち まさかず）

発　行　三井久人

製版印刷　窮狸校正所
株式会社　栄光

発行所　汲古書院

〒102-0072　東京都千代田区飯田橋 2-5-4
電話 03(3265)9764　FAX 03(3222)1845

ISBN978-4-7629-6616-3　C3098